KB234164

그 소년은 왜
대통령이 되었을까

그 소년은 왜
대통령이 되었을까

초판 1쇄 인쇄 | 2012.7.5
초판 1쇄 발행 | 2012.7.10
지은이 | 박도
발행인 | 황인욱
발행처 | 圖書出版 오래

주소 | 서울특별시 용산구 한강로 2가 156-13
이메일 | orebook@naver.com
전화 | (02)797-8786~7, 070-4109-9966
팩스 | (02)797-9911
홈페이지 | www.orebook.com
출판신고번호 | 제302-2010-000029호

ISBN 978-89-94707-63-1 (03800)

아버지가
딸, 아들에게 들려주는
인생길 이야기

그 소년은 왜 대통령이 되었을까

· 박도 지음 ·

圖書出版 오래

그대를 위하여

- 딸 아들, 그리고 젊은이들에게

먼 옛날 어느 분이
내게 물려주듯이

지금 어드메쯤
아침을 몰고 오는 어린 분이 계시옵니다.
그분을 위하여
묵은 의자를 비워 드리겠습니다.

- 조병화 '의자'

어느덧 내 나이 일흔에 이르고 있다. 이제는 떠날 준비를 해야겠다. 지난날을 돌이켜 보니 나는 꿈이 많은 소년이었다. 어릴 때 품은 그 꿈을 이룬 것도 있고, 끝내 이루지 못한 것도 있다. 이즈음 내 마지막 꿈은 다음 세대들이 사람대접을 받으며 평화롭고 슬기롭게 살아갈 수 있도록, 그들이 인생이라는 험한 개울을 건너는데 징검다리의 한 돌멩이 역할을 하고 싶다. 나는 그 꿈을 이루고자 이 책에 그 돌멩이와 같은 말을 차곡차곡 담았다.

이 책의 원고를 쓰고자 내 지난 삶을 돌이켜 보니 보잘것없는 삶이라 과연 '글로 남길 가치가 있을까' 라는 회의가 들기도 했다. 하지만 관념적인 얘기는 공허하게 들릴 것 같아 가능한 내가 체험한 이야기를 썼다. 그래서 별 것도 아닌 내 지난 삶의 일들이 너무 많이 드러난 듯하다. 그렇지만 한편으로는 성공한 인생의 이야기만이 값어치가 있는 건 아니고 오히려 예사사람의 인생에 실패한 이야기, 역경을 헤쳐 나온 이야기, 늘그막에도 꿈을 가지고 사는 이야기도 새겨들으면 그 나름대로 인생 공부가 되리라는 신념으로 이 책을 썼다.

　　현명한 젊은이는 곧 내 세상이 될 내일을 위해 부족한 실력을 기른다. 또 부모세대의 삶에서 교훈을 얻어 시행착오를 거듭하지 않으려고 노력한다. 그것이 똑똑하고 바른 자식의 태도이다.

　　"사람이 배우지 않으면 마치 캄캄한 밤길을 가는 것과 같다"고 하였다. 이 책에 실린 모든 이야기들은 아버지로서 심사숙고하여 고르고 골라 들려준다. 이 책을 쓰면서 가장 괴로웠고, 글이 잘 쓰이지 않았던 점은 나는 실천 못했으면서도 너희에게 당부할 때였다. 혹 읽으면서 눈에 거슬린 부분이 있다면, 너희는 아버지보다 나은 사람이 되라는 한 아버지, 한 훈장의 애정으로 이해해 다오. 너희에게 들려줄 이야기를 다 쓰고 나자 지금 나는 마치 실을 다 뽑은 누에처럼 탈진한 상태다. 하지만 간곡히 한 마디만 거듭 덧붙이겠다.

　　그대들은 내일을 준비하는 젊은이가 되라. 너희 아버지, 어머니는 어느 날 갑자기 이 세상을 떠난다. 그때를 대비하라. 현명한 목장 주인은 햇볕이 있을 때 건초를 마련한다.

이 책《그 소년은 왜 대통령이 되었을까》
는 1997년에 펴낸《아버지는 언제나 너희들 편이다》의 33 꼭
지 글 가운데 11꼭지를 빼고 새로 20 꼭지를 보태 모두 42 꼭
지로 늘렸을 뿐 아니라, 남은 꼭지의 글도 새로 크게 다듬어
세상에 내보낸다.

이 책에 새로 발문을 써주신 김영숙 선생님은 이화
여자대학교 사범대학 영어교육과 교수 겸 교육대학원장을 역
임하셨다. 1976년 8월, 내가 모교 교단을 떠나 깊은 마음의 상
처를 입고 있을 때, 당신은 이대부중고 교장 선생님으로 학기
도중임에도 흠이 많고 모난 사람을 특별히 불러주셨다. 그날
이후 오늘까지 내 인생의 스승이시다. 이 책을 예쁘게 펴내준
오래출판사 가족과 제자(題字)를 써준 서예가 우송(雨頌) 윤
병조 형, 그리고 추천의 글을 써준 제자에게 고마움을 전한
다. 책 속의 사진은 대부분 내가 셔터를 누른 것이다. 이 책을
읽은 독자들의 인생길에 나의 말이 도움이 된다면 글쓴이로
가장 큰 보람이겠다.

2012년 여름

원주 치악산 아래 '박도글방' 에서

박도

|차례|

세 번 째 이 야 기

사람은 저마다 길이 있다

네 번 째 이 야 기

시간은 돈이다

다 섯 번 째   이 야 기

여행길에 보고 듣다 (1)

여 섯 번 째   이 야 기

여행길에 보고 듣다 (2)

일 곱 번 째   이 야 기

최고는 다르다

| 발문 | 그는 영감을 주는 아버지요, 스승이다

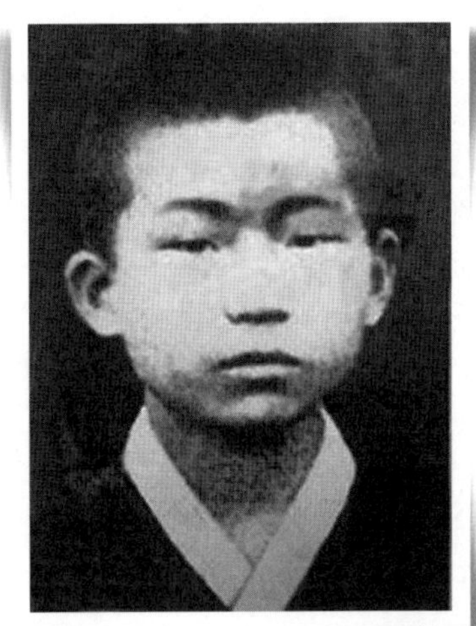

소년 박정희

인생은 한 편의 드라마다

누구나 인생은 그 사람이 쓰는 한 편의 드라마다.
기왕이면 재미있는 감동의 드라마를 쓰고
하늘의 섭리에 따라 이 세상을 떠나라.
그래야 다음 세대 사람들이 그대를 아름답게 추억하리라.

1.
인생은 한 편의 드라마다

나는 세상에서 가장 존귀하다

나 '박도' 라는 사람은 이 세상에 단 하나밖에 없다. 너희도 이 세상에 한 사람밖에 없다. 우리뿐만 아니라 이 세상에 태어난 모든 사람 또한 마찬가지다. 그래서 모든 사람은 매우 존귀하다. 그야말로 '천상천하 유아독존(天上天下 唯我獨尊)' 이다. 이는 "천지 우주 간에 나보다 더 존귀한 것은 없다" 라는 뜻이다.

아버지가 너희에게 이 이야기를 하는 것은 우리 언저리에 이 진리를 잊고 사는 사람들이 매우 많기 때문이다. '왜 나는 못생겼을까?', '왜 나는 가난하게 태어났을까?', '왜 나는 의지력이 약할까?', '왜 나는 공부를 못할까?' '왜 나는 그런 잘못을 저질렀을까' 따위의 이유로, 때로는 이런저런 이유도 없이 자기 자신을 포기하거나 스스로 학대하고,

심지어 단 하나밖에 없는 목숨까지 버리는 사람들이 적지 않다.

스스로 목숨을 끊는 당사자야 죽음을 택할 수밖에 없는 절박한 이유가 있었을 테지만, 제삼자가 볼 때는 하찮거나 어처구니없는 이유로 너무 쉽게 자기 생명을 버린다. 몇 해 전 한 여고생이 중간고사에서 1등을 하고 정상에 오른 채 죽겠다는 이유로 스스로 목숨을 끊었다 하고, 며칠 전에는 대학수학능력시험을 잘못 보았다고 한 수험생이 고층 아파트에서 뛰어내렸다고 하는구나. 정말 세상을 너무 모르는 철부지다. 사람이 세상을 살다보면 역전에 다시 역전이 거듭되는 게 인생인데, 한 순간만 보고 너무 섣부른 결론을 내리니 말이다.

나의 고교시절

아버지가 살아온 얘기를 들려주겠다. 사람은 다가올 앞날이 중요하지 지나간 시시콜콜한 얘기가 무슨 소용이 있느냐고 그럴지도 모르겠다. 하지만, 우리가 역사를 배우는 이유가 무엇 때문이냐? 그것은 우리가 과거를 앎으로써 현재를 알고, 또 현재를 앎으로 미래를 가늠할 수 있기 때문이다. 물론 성공한 사람의 화려한 얘기가 감동을 불러일으킬 테지. 하지만 평범한 사람, 어쩌면 실패한 사람의 삶에서 우러나온 진솔한 얘기에서 오히려 더 큰 깨달음을 얻을 수 있지 않을까 하는 바람으로 이 이야기를 한다.

나는 중학교 졸업할 때까지 고향인 경북 구미에서 살았다. 내 유소년 시절 우리 집은 고향에서 부자로 논밭이 50마지기(약 1만평) 정도로, 가을걷이를 하면 100석 남짓 추수했다. 또 부산에 사셨던 아버지는 국제시장과 중앙동에 큰 점포를 가지고 있었다. 그 무렵에는 자가용 승용차를 갖는다는 것은 무척 드물었는데, 그때 아버지는 최신형 고급 세단을 타고 다녔다. 이따금 아버지가 고향에 오면 동네 아이들이 아버지가 타고 온 승용차를 구경하기 위해 몰려들어 법석을 부렸다. 고향집에는 머슴, 가정부, 친척 등 늘 많은 사람들로 득시글거렸고, 부모님이 사는 부산 집에도 손님들이 많았다.

내가 초등학교 5학년 때 할아버지가 돌아가신 이후, 집안이 기울기 시작하여 곧 우리 집과 논밭은 남의 손에 넘어가버리고 말았다. 나는 고향에서 중학교를 졸업하고 서울로 와 고교 입학시험에는 합격했지만 입학금을 납기일까지 내지 못해 입학식에도 참석하지 못한 채 방문을 닫고 우울한 나날을 보냈다. 그런 나의 처지를 안타깝게 여겼던 주인댁에서 입학금을 마련해준 덕분으로 학교를 찾아가 입학이 취소된 걸 사정 끝에 허락 받아 추가로 등록했다. 서울에서 학교는 다니게 되었지만 쪼들리는 생활은 계속되었고, 엎친 데 덮친 격으로 5·16 쿠데타가 일어나자 아버지는 교도소에 갔다. 나는 어쩔 수 없이 휴학계를 써서 학교에 보낸 뒤 절망 속에서 무의미한 나날을 보냈다.

나는 낯선 서울에서 아무 희망이 없는 암울한 나날을 보내면서, 매일같이 엉뚱한 생각만 했다. 이대로 죽어버릴까? 아니면 가출해버릴까? 죽는다면 어떻게 죽어야 고통도 없고 흔적도 없이 죽을까? 그 무렵 자살 방법으로 유행이었던 방안에다 연탄 화덕을 들여놓을까? 나는 먹으면 죽는다는 알약을 한 움큼 종이에 싸서 주머니에 넣어 다니기도 했고, 차라리 고향이 아닌 낯선 시골로 가 남의 집 머슴살이를 하면서 독학으로 학업을 계속해 볼까도 생각했다. 나는 그때 학교를 그만두게 되자 그것이 인생의 끝인 줄로만 알고 갈팡질팡했다. 그 무렵 막내 여동생은 아직 철부지라 매 끼니 때마다 주인집 밥상을 건너다보고 우리 집 밥은 찬밥(쌀밥)이 아니라고, 반찬이 없다고 울음을 터트렸다. 그런 막내의 울음에 쩔쩔 매시는 어머니를 쳐다보기가 괴롭고 갑갑하여 나는 낯선 서울 시내를 마구 쏘다녔다.

생명의 은인

그때 우리 집은 경향신문을 구독했는데 신문대금을 여러 달 내지 못해 석간 배달시간이면 신문배달원에게 신문대금을 독촉 받았다. 그 신문배달원과 여러 날 대하다보니 그만 친해져버렸다. 어느 날, 그는 내

사정을 어림한 듯 자기 대신 신문배달원을 권했다. 나는 선뜻 대답을 못하고 며칠 생각해보겠다고 했다.

그날도 정처 없이 시내를 쏘다니다가 발길이 멈춘 곳은 종로 탑골공원이었다. 그곳에는 늘 많은 사람들이 몰려 있었다. 지게꾼, 잡상인, 날품팔이 노동자, 약장사, 관상쟁이, 점쟁이, 팔각정에서 열변을 토하는 우국지사 등 그야말로 서울 시내에서 별 볼일 없는 백수들이 죄다 모이는 곳으로 늘 많은 사람들이 들끓었다.

나는 여러 인간상을 구경하면서 하염없이 시간을 보내다가 후문을 통해 공원을 벗어나려는데 거기서 한 거지를 만났다. 그 거지의 두 다리는 무릎 위까지 완전히 끊겨 있었고, 그 부분은 고무판으로 상처 부위를 싸맸지만 뾰족이 내민 살갗에는 피고름이 엉겨 있었다. 그 피고름이 엉킨 상처에는 쉬파리가 붙어 피고름을 핥는 데도 그는 관계치 않고 지나가는 사람에게 손을 내밀며 한 푼을 구걸하고 있었다. 그의 몰골은 시꺼멓게 땟국에 절었다.

'아! 사람이 저렇게 비참할 수도 있을까'

나는 그 순간, 심장이 멎는 듯 온몸이 오싹했다. 그는 예순 살은 족히 넘어 보였다. 이미 인생의 막다른 황혼 길에 무슨 미련이 있어 두 손을 다리 삼아 이곳저곳을 기어 다니는가. 더 이상 살아봐야 앞으로 무슨 영화가 있다고 온몸으로 빌어먹는가.

'그런데 나는 뭐냐?'

이제 열여섯 살 난, 팔다리가 멀쩡하고 앞길이 창창한 녀석이 학교를 못 다니게 됐다고 부모를 원망하고, 세상을 한탄하며, 죽음을 생각하는 게 얼마나 못나고 비겁한 일인가. 그래 지금 내가 죽는다고 치자. 그러나 세상은 조금도 바뀌지 않을 것이고, 내일 아침 해는 그대로 동쪽에서 솟아오를 것이다. 다만, 내 부모님은 가슴에 못이 박힌 채 두고두고 자신을, 비명에 간 자식을 원망할 테다. 곰곰이 생각해봐도 내가 죽는다고 해도 이 세상은 아무런 변화도 없을 테고, 나만 못난 사람으로 여겨질 것 같아 억울해서 도저히 죽을 수가 없었다. 그래, 저 거지도 살겠다고, 하늘이 준 목숨을 버릴 수 없어 저렇게 온몸으로 살아가는데, 도대체 나는 뭐란 말인가? 어제의 연약하고 비겁한 나, 부모와 세상을 원망했던 나는 이 순간 죽자. 그리고 새롭게 태어나자.

나는 그 거지에게 생명의 존엄성을 배웠고, 나도 살아갈 수 있다는 길이 얼마든지 있음을 깨닫게 되었다. 다만 그때까지 삶의 방법을 찾지 않았기 때문에 그 길이 보이지 않았다. 그날 그 거지는 내 생명의 은인이었다. 나는 주머니 속의 알약을 탑골공원 화장실에다 버렸다. 이튿날 나는 경향신문 낙원동 보급소를 찾았고, 그날부터 신문배달원이 되었다. 이듬해 3월, 나는 벽장에서 책가방을 꺼내들고 다시 학교를 찾았다. 지난해 담임선생님은 무척 반겨주셨으며 내 짝이 얼싸 안아주었다. 그날이 내 삶에 가장 기뻤던 날의 하나로, 지금도 그날이 내 머릿속에 또렷이 새겨져 있다.

지주의 아들과 소작인의 아들

며칠 전, 신문 보도를 보니 청소년 가운데에 스스로 목숨을 끊은 이가 연간 수백 명이 넘는다고 한다. 심지어 '행복 전도사'를 자처했던 노령의 부부에, 고위 공직자까지도 이런저런 이유로 목숨을 끊었다. 가난 때문에, 진학에 실패해서, 부모가 꾸중한다고, 사랑하는 사람이 나를 버렸기 때문에, 부정과 비리를 저지른 게 드러나 부끄러워, 살아봐야 희망이 보이지 않기에… 등 그들 나름대로 절박한 사연과 그럴 듯한 명분을 남길지 모르지만, 자신의 생명을 버리는 일은 못난 짓이요, 하늘의 뜻을 거스르는 일이다.

인생은 변화무쌍한 한 편의 드라마다. 인생은 새옹지마(塞翁之馬, 인생의 화복길흉은 변화가 많아 예측하기 어려움)로 음지가 양지가 되고, 양지가 음지가 된다. 아버지 고향 금오산 기슭에서 장택상 전 국무총리와 박정희 전 대통령이 태어났다. 두 집은 경부선 철길 하나 사이로 2킬로미터 정도 떨어졌는데, 해방 무렵까지만 해도 장택상 전 총리 집안은 영남 제일의 대부호 만석꾼으로 고향 일대에서 남의 땅을 밟지 않고 다닐 정도였다. 일찍이 일본으로 건너가 야마구치(山口) 현에서 소학교를 다녔고, 도쿄에서 와세다(早稻田)대학에 입학하여 공부하다가 영국 에딘버러 대학에서 경제학을 공부하는 등, 온갖 부귀영화는

다 누렸다. 해방 후 수도경찰청장, 초대 외무부장관, 2대 국회의원 선거에서는 고향 칠곡에 출마하여 5대까지 내리 네 차례나 당선하여 국회부의장, 제3대 국무총리 등 대통령을 빼놓고는 대한민국 정부의 고위직은 거의 다 누려 보았다.

이와 달리 박정희 대통령은 출생부터 한 편의 비극 드라마처럼 참담했다. 그 무렵에는 조혼으로 마흔만 넘으면 며느리나 사위를 보고 긴 담뱃대를 물고 노인행세를 하던 때에 박정희 어머니는 아이를 가졌으니 눈앞이 캄캄했다. 우선 시집간 딸과 함께 해산을 하자니 식구들에게 체통이 서지 않을 뿐 아니라 동네사람들에게 남새시럽고 더욱이 그때까지 육남매로 여덟 식구가 외가 위토(位土, 묘지에 딸린 논밭) 여덟 마지기 농사를 지어가며 근근이 살아가는데 또 한 입 보탠다는 게 아찔했다. 그래서 어머니는 임신 사실을 안 때부터 아이를 지우고자 온갖 민간요법을 다 써보았다. 요즘 같이 피임법이나 의료기술이 발달한 시절이면 박정희는 세상의 빛을 볼 수가 없었을 것이다.

어머니는 당신 뱃속 아이를 지우고자 남몰래 지랑(간장)을 한 사발 마셔보기도 하고 섬돌에서 뛰어내려보기도 하고 수양버들 강아지 뿌릴를 달여 마시기도 하고… 갖은 방법을 다 써보아도 아이가 지워지지 않아 하는 수 없이 혼자 낳은 뒤 이불에 돌돌 말아 아궁이에 던지기로 작정했다. 하지만 막상 아이를 낳자 막둥이가 불쌍한데다가 귀엽고, 어머니는 그동안 당신의 소행이 크게 뉘우쳐지면서 애초 생각과는 달리 기르기로 작정했다. 이미 말라버린 어머니 젖꼭지에서 젖이 나오지 않아 갓난아기 박정희는 밥물에 곶감 같은 것을 넣어 끌인 멀건 죽을 먹으며 자랐다. 그래서 박정희는 다른 형제들과는 달리 어려서부터 체구가 몹시 작았다.

박정희 아버지는 위토만으로 도저히 생활이 안 돼 장 직각(장택상 아버지 벼슬이름)댁 땅 다섯 마지기를 소작하며 생계를 이어갔다. 소년 박정희는 가을 추수가 끝나면 둘째 무희 형이 지게에다 도지(賭地, 논밭을 빌린 삯)와 마름에게 줄 뇌물 씨암탉을 지고 장 직각댁으로 가는 것을 보고 자랐다.

지주 아들의 오만불손

많은 세월이 흐른 뒤 어릴 때 제대로 먹지고 못해 체구도 작은 소작인의 막내아들이 국가최고회의 의장이 되고, 곧 이 나라의 대통령이 되었다. 장택상 씨가 볼 때는 천지개벽할 정도로 놀랄 일이었다. 마름의 아들도 아닌, 상대도 하지 않았던 소작인의 아들이 당신이 그렇게 하고 싶던 대통령이 되다니. 그래서 장택상 씨는 5 · 16 후 군정연장반대투위 고문, 대일굴욕외교반대범국민투쟁위원회 의장 등, 반 박정희 운동에 앞장서며 당시의 ‘박정희 의장’, ‘박정희 대통령’ 이라는 공식

칭호를 붙이지 않고, '박정희 씨' '박정희 군' 이라고 낮춰 부르며 매우 심한 독설을 늘어놓았다. 이 말을 전해들은 박정희 대통령은 화가 머리끝까지 치솟았다. 세상이 변할 줄도 모른 채 아직도 자기를 소작의 아들로 여기며 깔본다고.

제6대 국회의원 선거 때 장택상 씨가 고향 칠곡에서 입후보하자 박 대통령이 총재로 있었던 민주공화당은 30대 정치 신인을 내세워 보기 좋게 낙선시켰다. 당시 경북 칠곡 선거구는 장택상 씨가 네 차례나 70% 이상의 유효 득표율로 당선된 그의 텃밭으로 대부분 언론과 국민들은 그의 당선을 낙관했다. 하지만 그런 예상을 깨고 장택상 씨는 무명의 정치 신인에게 참패했다. 선거 결과 민주공화당 송한철 후보 31,446표에 자유당 장택상 후보 23,647표였다. 선거에 진 가장 큰 까닭은 칠곡경찰서에서 장택상 후보를 특별히 보호한다는 명분으로 무장 경찰 네댓 명을 앞뒤로 호위시킨 바, 시골 사람들이 무장경찰을 무서워한 나머지 장택상 유세장에는 도시 사람들이 모이지 않았다.

그런 뒤에도 장택상 씨가 계속 현실을 인정치 않고 "이번 선거는 장택상이가 진 것이 아니라, 대한민국 민주주의가 패한 것이다"라고 독설을 퍼붓다가 그만 병이 들었다. 마침 미국에 있는 딸의 초청으로 신병을 치료하고자 수속을 밟는데, 외무부에서 여권이 나오지 않았다. 그제야 장택상은 냉엄한 현실을 깨닫고 마침내 '박정희 대통령 각하 전상서' 라는 사실상 항복 편지를 보냈다.

"각하의 건승하심을 축복합니다. 각설, 소생은 금년 1월경에 신병으로 의사의 권유에 의하여 미국병원에 가서 치료를 받기로 결심하고 외무부로부터 회수여권을 발급받아 미국에 가서 치료를 마치고 금년 초에 귀국한즉, 의외에도 비행장에서 여권을 압수당하고 1주일 후에 다시 외무부에 가서 압수된 여권의 반환을 요청하였더니, 외무부 측은 본인의 여권은 취소되었으니 반환할 수 없다고 거절을 당하였습니다. 지금 소생은 자양(滋養, 몸의 영양을 좋게 함)할 여유도 없거니와 일체 비용은 미국에 거주하는 소생의 여식이 부담하므로 외화 유출의 과오를 범하지 않을 것입니다. 뿐만 아니라 소생이 비록 부덕하와 국가에 공로는 없을망정 그렇다고 해서 국가에 해를 끼친 일도 없습니다. 일제 36년간 여권으로 굶주림을 받다가 건국 후 제1대 외무부 책임자(외무부장관)로 이 나라 여권을 창조한 바가 있는 소생에게 회수여권한 장 허용할 아량이 없대서야 참으로 가혹하다고 할 수 없습니다. 이것이 각하의 처단이라면 소생은 다시 개구(開口, 입을 열다)할 여지조차 없지만 만일 그렇지 않고 한 하부의처사라면 각하의 재결(裁決, 판단)이 있으시기를 바라마지 않습니다. 소생은 금후도 병세 여하에 따라 미국에 가야만하는 처지에 서 있습니다. 소생의 신상관계로 각하의 염려

를 번뇌케 하여 드려 죄스러움을 미리 사과 올립니다." - 장
택상 자서전《대한민국 건국과 나》288~289쪽

인생역전

지난날 지주의 아들이 소작인 아들에게 꼬리를 내리고 아주 비굴하
게 납작이 땅에 엎드려 쓴 글이다. 이 편지가 청와대에 접수된 뒤 장택
상 씨는 외무부로부터 여권을 받고는 미국에 가서 치료를 받았다.

내가 항일유적 역사현장으로 장택상 전 총리의 구미 오태동 생가(대
한광복회 박상진 총사령이 부하를 시켜 장택상 아버지 장승원을 처단한 곳)
를 찾아갔더니 지난날 으리으리하던 기와집은 이미 오래 전에 남의 손
으로 넘어가 한때 절이 되었다가 지금은 한식집으로 바뀌 있었다. 그
시절 다 쓰러져가던 초가삼간 박정희 전 대통령의 생가는 말끔히 단장
돼 경상북도 지정기념물 제86호로 날마다 전국에서 몰려든 참배객이
줄을 잇고 있었다.고향의 한 호사가는 인동 장씨는 왕손의 명당을 찾
아 인동에서 금오산 기슭 오태동을 찾아왔지만 정작 왕손의 명당자리
는 박정희 아버지 박성빈 씨가 약목에서 먹고 살 수가 없어 처가 수원
백씨(박정희 대통령 외가)의 묘답을 부쳐 먹고자 괴나리봇짐을 지고 찾
아온 몰락한 고령 박씨에게 돌아갔다고 하더구나. 이밖에도 풍수지리

설에 따른 재미있는 이야기도 있지만 그런 것을 배격하는 나로서 너희
에게는 들려주지 않겠다. 나는 좁은 대한민국 땅에다가 내 땅이네 하
면서 아무데나 묘지를 쓰고 석물을 갖다놓는 것은 자연을 파괴하는,
우리가 과감히 버려야 할 유산으로 보기 때문이다.

만석꾼의 자식이 말년에는 소작인 자식에게 자신의 오만방자했던
소행에 대하여 용서를 비는 한 편의 코미디와 같은 인생역전 드라마,
이것이 인생이다. 이런 인생 역전 일화는 《삼국지》나 《18사략》 등에
도, 《폭풍의 언덕》과 같은 문학작품에도 숱하게 나온다. 가까운 예로
최근 우리나라에서도 대통령이 사형수가 되고, 사형수가 대통령이 된
일도 있었다. 그래서 인생은 변화무쌍 재미있고, 세상은 살 만한 곳이
다. 아무리 현실이 힘들더라도 그때만 지나면 모두가 아름다운 추억이
된다.

이 세상은 네가 어떻게 사느냐에 따라 인생이 달라진다. 이런 세상
에서 네 꿈을 한번 멋지게 펼쳐라. 너를 대신해 줄 사람은 이 세상에 아
무도 없다. 곧 나는 이 세상에 하나밖에 없기 때문에 참으로 위대하다.
그렇기에 이 세상에서 아무렇게 살 수 없다. 누구나 이 세상에 단 한번
만 주어진 삶이기에. 죽을 용기를 가지고 사는 사람은 그의 소망을 이
룰 수 있을 것이다. 이 세상에서 가장 무서운 사람은 죽음도 두려워하
지 않고 어떤 일에 집착하며 노력하는 사람이기 때문이다.

이 세상에서 자살하고 싶은 사람은 죽었다고 생각하고 살아라. 그

러면 당신은 반드시 성공한다. 누구나 인생은 그 사람이 쓰는 한 편의 드라마다. 기왕이면 재미있는 감동의 드라마를 쓰고 하늘의 섭리에 따라 이 세상을 떠나라. 그래야 다음 세대 사람들이 그대를 아름답게 추억하리라.

2.
그 소년은 왜 대통령이 되었을까 (1)

선글라스를 쓴 대통령

나의 본적은 경북 구미시 원평동 115번지다. 그곳은 내가 태어난 고향집이다. 하지만 나의 할아버지와 아버지가 태어난 곳은 구미에서 50리 떨어진 도개라는 마을로, 지금도 도개 선산에는 윗대 조상들이 잠들고 계신다. 이 구미와 도개는 또한 박정희 대통령에게도 인연이 있는 고장이다. 구미 상모리는 그분이 태어난 고향마을이요, 도개면 도개리는 첫 부인 김호남 씨가 태어난 마을이다.

나는 갓난아이 때부터 할머니 품에서 자랐고, 할머니가 여든이 넘어 돌아가실 때까지 내가 모시고 살았다. 내가 서울 구기동에서 살 때 우리 집은 차도 닿지 않는 북한산 중턱 산동네였다. 대청마루에서 정면으로 청와대 뒷산과 북악산 팔각정 일대가 보였다. 밤이면 북악스카이

웨이 가로등 불빛이 빤히 보였다. 할머니는 이따금 대청마루에서 "상모 양반은 밤에도 저렇게 불을 켜고 주무신다"고, 박정희 대통령에 대한 추억을 말씀하셨다. 사람에게는 첫 인상이 거의 평생을 지배하듯이, 할머니에게 깊이 새겨진 박정희 대통령 이미지는 대구사범학교 5학년 재학 중 도개마을로 장가온 그때의 모습을 늘 되새기며 상모 양반의 추억을 떠올리셨다.

"까맣고 쪼고만 사람으로 풍신(風神, 풍채, 사람의 겉모습)은 참 볼품이 없어 초례청에서 많이 쑥덕거렸는데, 어찌 그리 강단(剛斷, 어떤 일을 야무지게 결정하고 처리하는 힘)이 셌던지…."

내 어린 시절, 고향 할머니 친구들끼리 모이면 상모 양반 장가오던 때의 이야기를 자주 나눴는데 그 이야기를 귀에 익도록 들으며 자랐다. 다른 할머니들도 대체로 비슷한 촌평이었다.

박정희 대통령은 가난한 농사꾼의 7남매 가운데 막내로 태어났다. 그 무렵 선달 댁(박정희 아버지의 별호)은 아홉 식구나 되는 대가족에 처가 위토 논 여덟 마지기를 붙였으니 식구들이 하루 세 끼 밥이나 제대로 먹었을 텐가. 박정희 대통령은 태어날 때부터 영양부족으로 체구가 작고, 상모동에서 원평동 구미보통학교(구미초등학교)까지 20리가 넘는 먼 길을 책보를 들거나 등에 메고 걸어 다니느라 몸도 여위고 얼굴도 뙤약볕에 까맣게 그을렸다. 상모 어른은 성년이 된 뒤에도 체구가 작고 깡말랐다. 그러자 당신은 그 모습을 감추기 위해 늘 선글라스를 쓰고 다녔는데, 심지어 케네디 대통령과 백악관에서 한미 정상회 담을 할 때도 선글라스를 썼다고 한다.

나는 언젠가 그분의 파란만장한 생애를 그리려고 5·16 후부터 눈여겨봤다. 그분이 돌아가신 지 이제 한 세대(30년)가 더 지났지만 아직도 평가는 극과 극이다. 그래서 이 짧은 글에서 정치적인 긍정과 부정의 평가는 접어두고, 다만 그 까맣고 쪼고만 볼품없는 체구의 소년이, 찢어지도록 가난한 농사꾼의 막둥이가 어떻게 육군대장이 되고, 쿠데타를 일으켰으며, 대통령이 되었던 그 힘의 원천은 한 마디로 무엇인지 간략히 이야기하고자 한다.

작은 것을 탐하지 않다

나는 그 힘의 원천을 한 마디로 그분이 '소탐대실(小貪大失, 작은 것을 탐하다가 큰 것을 잃음)' 하지 않는 청렴결백한 생활을 했기 때문이라고 생각한다. 나는 구미초등학교를 졸업하고 집안이 기울어진 상태에서 구미중학교를 다녔는데, 그분 큰집 조카들도 모두 나와 함께 구미초등학교와 구미중학교를 다녔던 선후배들이다. 당시 구미중학교는 사립으로 주로 가난한 아이들이 다녔다. 구미에서 살림이 좀 넉넉한 집 아이들은 대부분 대구나 김천의 중학교나 고등학교로 진학했다. 그래서 구미중학교에 다니는 아이들은 주로 가난한 아이들로 제때에 등록금을 못내는 학생이 많았는데 학교에서는 야박하게도 매주 월요일 조회 때는 조회가 끝나면 등록금 미납자를 운동장 뒤로 불러내 집으로 쫓아 보냈다.

나도 여러 번 등록금 미납으로 학교에서 쫓겨났는데 상모 어른 조카들도 자주 학교에서 쫓겨났다. 그 댁 셋째 형수(박상희 씨 부인 조귀분 님)는 이따금 쌀자루나 바가지를 들고 당장 땟거리(먹을거리)가 없다고 우리 집으로 와 양식을 꿔가곤 했다. 뒷날 알았지만 당시 상모 어른은 육군 소장으로 군수기지사령관이었다. 즉 대한민국 국군의 보급품 조달을 총괄하는 자리를 맡고 있었다. 그 무렵 군에서 말단 중대나 대대 보급을 맡은 하사관조차도 군량미 수십 가마는 빼돌리는 게 공공연했는데, 쌀 한 가마니 정도는 얼마든지 지프차에 실어 형님 댁에 보낼 수도 있었으련만, 단 한 번도 그런 얘기를 듣도 보도 못했다. 심지어 그분 조카들이 헌 군인양말 한 짝 신고 다닌 걸 내 눈으로 보지 못했다.

그 시절은 한국전쟁 직후로 어쨌든 군에 가지 않겠다거나(전쟁에서 많은 군인들이 사망하고 부상당하는 모습을 직접 보았기에), 군에 가더라도 전방 소총부대에 가지 않겠다고 온갖 연줄로 사돈팔촌 다 동원하여 병역 비리를 저질렀지만, 상모 어른이 그런 일에 개입했다는 얘기는 들어 보지 못했다. 오히려 집안 및 고향 사람들이 자식들의 편한 보직이나 후방 배치를 받기 위해 고추, 찹쌀, 참깨, 명태 등을 서울 신당동 상모 어른 집으로 보내도 곧장 매정하게 돌려보냈다는, 정말 바늘로 찔러도 피 한 방울 나오지 않는 아주 냉정한 사람이라는 소문만 들려왔다.

청렴결백한 군인

상모 어른은 결점이 많은 사람이다. 우선 체구가 작고, 일제 강점기에 만주군관학교와 일본 육군사관학교를 나왔고, 해방 뒤에는 한때 좌익 연루 혐의로 군사재판에서 무기형을 받고 형집행정지로 감형을 받아 풀려났지만 군대를 떠나야 했다. 그 어른이 그런 낭떠러지에서 떨어지고도 다시 그 절벽을 올라 5 · 16 쿠데타 당시 육군 소장까지 오른 것은 바로 평소 지닌 청렴결백과 남다른 강단과 신념 때문이었다.

너희에게 들려주기 좀 부끄러운 얘기지만 과거의 우리 군은 각종 비리의 온상이라고 할 만큼 부정부패가 매우 심한 곳이었다. 군인들의 의식주 가운데 부정이 없는 곳은 없을 정도였다. 심지어 부대의 담요와 휘발유는 물론 탄피, 전차의 포신까지도 잘라 팔아먹었는가 하면, 산의 나무도 고급 장교들이 마구 벌채하여 숯으로 구워 팔아먹기도 했고, 사병들에게 돌아갈 양식도 빼돌렸다. 그런 부정부패 비리로 나라에서 젊은이들을 징집해놓고 굶겨 죽이는 국민방위군 사건이 터져 그 책임자가 총살을 당하기도 했지만 그래도 군대 내 부정의 고리는 끊어지지 않았다.

그런 구정물 속에서 상모 어른은 독야청청 청렴한 군인이었기에 4·19 혁명 뒤 상관(송요찬 육군참모총장)에게 "3·15 부정선거 책임을 지고 용퇴하라"는 하극상의 편지도 띄웠고, 마침내 그를 예편시켰다.

상모 어른이 5·16 쿠데타에 성공한 뒤 그 숱한 도전자도 죄다 물리치고 18년 동안 우리나라를 통치한 근본 힘은 총구에서 나온 힘도 있을 테지만, 젊은 날부터 소탐대실치 않았던 청렴결백의 생활신조와 강단도 크게 한 몫 했을 것이다.

딸 아들아, 큰 인물이 되려면 평소에 작은 것을 탐하지 말아야 한다. 요즘 정부에서 고위공직자로 지명 받고도 청문회에서 낙마하여 그 자리에 오르지 못하고 물러나는 사람들이 의외로 많다. 그들의 대부분은 지난날 살아오면서 작은 것을 탐했기 때문이다. 자녀를 위한다며 학군을 위반하고, 부동산 투기를 위해 주민등록을 옮기고, 농지법을 위반하여 농사꾼에게 돌아갈 혜택을 가로채는 행위 등, 모두가 작은 것을 탐하는 짓이었다. 작은 것을 탐하는 자는 큰 것을 잃게 마련이다. 아버지와 어머니는 서울 구기동 산동네에서 32년 5개월을 줄곧 살다가 전세 값 정도만 받고 집을 판 뒤 강원도 산골로 떠나왔다. 그동안 구기동 산동네에서 대문도 없이 미련스럽게 살았기에 내가 지금 너에게 이런 글을 쓰지 않겠느냐.

　소탐대실하지 말라. 곧 작은 것을 탐내다가 큰 것을 잃는다. 까맣고 쪼고만 체구로 볼품이 없었던 가난한 상모동 소년이 쿠데타를 일으키고 대통령에 오른 가장 큰 까닭은 바로 소탐대실이라는 말을 몸소 실천하였기 때문일 것이다.

박정희 대통령 생가 원래 모습 (구미 상모동)

3.
그 소년은 왜 대통령이 되었을까 (2)

초례청에서 받은 모욕

1961년 5월 16일, 그때 나는 서울에서 고등학교를 다녔다. 아버지는 그날 새벽 라디오 뉴스를 들으시고 몹시 놀라고 굳은 표정으로 쿠데타가 일어났는데, 사실상 그 주동자는 박정희 소장으로 '신문사네' 아우라고 하여 나도 몹시 놀랐다.

당시 구미는 인구 1만 정도의 자그마한 한촌으로 주민들은 웬만하면 서로 쌀뒤주 사정까지 다 아는 처지였다. 내가 고향에서 초등학교 중학교 9년간을 다니는 동안 이른바 출세한 사람은 거의 모르는 사람이 없었다. 그 까닭은 군에서 영관급 장교만 돼도 모교에 와서 후배들 격려 겸 자신의 출세를 뽐내거나, 동네 누구의 아들을 후방 좋은 자리로 빼주었다는 소문이 가득했다. 그런데 육군 소장으로 별을 둘이나 단 그분을 학교 운동장에서 보지 못하였거니와 그분 '백'으로 누구의 아들이 군에서 혜택을 받았다는 소문을 전혀 듣지 못하였기 때문이다.

그분이 바로 할머니가 자주 말씀하시던 상모어른이 아닌가. 그 신문사네라는 분은 할머니의 친구로 이따금 함께 금오산에 나무하러 다닐 때 내가 숫돌에 낫도 갈아드렸던 서로의 쌀뒤주 사정도 훤히 알고 지냈던 사이였기 때문이었다. 나중에 들은 바, 놀란 사람은 나뿐 아니라 평소 박정희 장군을 알던 대부분 사람들이 다 놀랐다고 했다. 심지어 당신 가족까지도 그런 큰일을 할 줄 몰랐다고 고백한 것을 보았다. 특히 선산 도개마을 사람들은 그 소식에 까무러치도록 놀랐다는 후문이었다.

박정희 소년은 박성빈(46세), 백남의(45세) 씨의 7남매 가운데 막내로, 씻은 듯이 가난한 집안에서 태어났다. 박정희 소년은 어머니의 남다른 교육열로 상모리에서 20리 떨어진 원평동 구미보통학교를 다녔는데, 당시 학교 내규로 3학년 때부터는 가장 공부를 잘하는 학생에게 반장을 임명하였기에 소년 박정희는 작은 체구에도 졸업할 때까지 줄곧 반장을 하였다. 그는 구미보통학교 개교 후 처음으로 대구사범학교에 입학하였지만 다달이 내는 기숙사비뿐만 아니라 준비물 등, 용돈 부족으로 몹시 고통을 겪었다. 한창 사춘기 때 겪은 극심한 가난은 학교생활도, 성격도 뒤틀리게 하여 학교 성적은 바닥이었고, 성격조차 암울케 만들었다.

지난 시대 고루한 인습에 젖어있던 아버지는 자기 생전에 막내를 결혼시켜야 한다고 아들의 의사는 전혀 물어보지도 않고, 아들이 졸업반인 대구사범 5학년(요즘 고2)에 진급하자 도개면 도개리에 사는 선산 김씨 김세호의 첫딸 김호남 씨와 정혼한 뒤 일방으로 통보했다. 막내 아들은 느닷없는 정혼 소식에 펄 펄 뛰며 반대했지만 쇠고집 박선달(박성빈의 별호)을 꺾지 못하였다.

그해 봄, 학생 박정희는 아버지의 엄명에 따라 낙동강을 나룻배로 건너 도개마을 선산 김씨 김세호 씨 댁으로 장가를 갔다. 신랑 신부가 서로 맞선도 한번 보지 않은 혼인으로 그날 초례청(전통 혼례를 치르는 곳)은 신부 집 마당이었다. 그 시절 혼인식은 온 동네잔치로 마당을 가득 메운 하객들은 처음 보는 신랑이 키도 몸집도 작고 얼굴이 까맣고 못 생겼다고 혼인식을 치르는 동안 내도록 빈정대고 쑥덕거렸던 모양이다. 그날 밤, 화촉동방 신방 문밖에서도 동네 아낙과 처녀들은 쑥덕거렸고, 이튿날 동상회(同床會, 신랑이 신부마을 사람들에게 접대하는 모임)에서 도개 청년들이 새 신랑에게 대단히 모욕적인 언행을 하여 신랑 박정희의 속을 몹시 상하게 한 모양이었다. 아버지의 강권으로 마음에 없는 결혼식에다가 처가 마을 사람들의 무례하고도 모욕적 언행은 신랑 박정희의 마음을 아주 토라지게 했다. 천하에 몹쓸 양반 상놈 찾다가 나라까지 망했는데도 정신을 차리지 못하고 반상을 따지며 저 잘난 체만 하는 처가를 비롯한 도개 마을사람들이 무척 싫었다.

그날 이후 박정희는 다시 처가를 찾지 않았고, 당신은 그런 고루한 인습과 퇴영적인 문화에 빠지지 않고자 마침내 신부마저 냉대했다. 박정희는 처가마을 사람들이 자신을 무시하는 언행에 분노했고, 자신이 당한 그런 모욕을 되갚는 길은 장차 힘 있는 사람이 되어야 한다고 피눈물을 흘리며 마음속으로 맹세했을 것이다.

박정희는 대구사범 졸업 후 문경보통학교에서 교사로서 의무연한을 마치자 곧 만주군관학교에 자원 입교했다. 나는 그분이 만주군관학교에 입교한 가장 큰 까닭은 초혼 실패라고 생각한다. 박정희에게 군인의 길은 자존심을 지키며 자신의 힘을 기르기 위한 몸부림이요, 기득권 세력에 대한 험난한 도전이었다. 박정희 나이 25세가 되던 1942년 만주군관학교를 수석으로 졸업한 뒤 그해 바로 일본육군사관학교에 입교했다. 해방 전해인 1944년 일본육군사관학교 졸업과 동시에 육군 소위로 임관되어 큰칼을 차고 만주로 부임했다. 하지만 일 년 만에 대동아전쟁에서 일본의 패전으로 해방 이듬해 매우 초라한 몰골로 중국에서 귀국선을 타고 고향에 돌아왔다.

가난은 나의 스승이요, 은인이다

　상모동 고향집은 그분이 만주로 떠날 때보다 더 피폐해 있었다. 맏형 동희 씨의 부인인 김 아무개 형수는 아이를 낳지 못해 소박을 당하고도 갈 곳이 없어 한집에서 살았는데 고질의 눈병에다 만성적인 영양실조로 시력을 잃고 있었다. 형수는 앞을 못 보는 시각장애인이었지만 그래도 밥값을 하고자 부엌일도 하고 심지어 망태를 메고 금오산 기슭에 나무를 하러 다녔다. 어느 날 박정희는 뒷산에서 형수가 갈비(솔가리, 땅에 떨어진 솔잎)를 긁어모아 망태를 지고 내려오다가 돌부리에 넘어져 망태를 걸머진 채로 데굴데굴 구르는 것을 보고 피눈물을 흘리면서 맹세를 했다. "내가 이 나라에 가난을 물리치는데 선봉장이 되겠다"고. 그때부터 그분에게 가난을 물리치는 일은 삶의 목표요, 당신 삶의 스승이었다.

　혼인식 날 초례청에서 수모, 그리고 굶주려 얼굴이 누렇게 부은 부황이 든 이웃과 가족들을 보고 박정희는 이를 악물고 힘을 기르고자 다시 대한민국 군대에 들어갔다. 그분은 한때 좌익이 구세의 길로 알고 기웃거렸으나 곧 당신이 갈 길이 아님을 알고 매몰차게 돌아섰다. 그분은 그때부터 죽음을 두려워하지 않았다. 이후 그분은 자신에게 쏟아지는 어떠한 비난에도 흔들리지 않았다. 그래서 그분은 여순사건 이후 숙군과정에서 유일하게 살아남았다. 그분은 그 어떤 사상과 이념보다도 부정부패가 나라를 망하게 한 근본 원인이라는 것을 한반도와 만주에서 두 눈으로 똑똑히 보았기에 그 폐단을 누구보다 잘 알고 있었다. 그분은 군 고위직에 진급하고도 형제자매는 물론, 집안친지와 고향사람 그 누구의 청탁도 거절하는 청렴한 생활을 했다. 그랬기에 젊은 청년장교들이 그를 따랐고 마침내 나라의 판을 뒤엎는 쿠데타에 이들이 동참했다.

박정희 대통령에 대한 평가는 사람마다 좋아함과 싫어함이 분명하다. 또 사람마다 백인백색의 평가를 하는데, 내가 귀를 쫑긋하여 그들의 얘기를 들어보면 다 맞기도 하고, 다 틀리기도 한다. 나는 그동안 살아오면서 인간 박정희를 깊은 관심을 가지고 지켜보며 좀 더 그분을 연구하고자 한때는 봉급의 반을 싹둑 잘라 만주 대륙을 헤매기도 했고, 현지 사람도 잘 모르는 창춘의 만주군관학교까지 애써 찾아가 그분의 자취를 더듬기도 했다. 그런데 현지에서의 평가도 극과 극이었는데 우리 동포보다 오히려 중국인들의 평가가 긍정적이었다. 또 친지나 고향사람들의 이야기도 숱하게 들었다. 상모동 이웃마을 임은동에서 평생 살고 있는 고향 선배(허호)는 누구보다 박 대통령 집안사정을 잘 아는데 "청탁에 관한 한 피도 눈물도 없는 매우 차가운 분"으로 회고했고, 또 다른 이웃마을 형곡동의 고향 친구(강구휘)는 "그분은 보통 한국인 상식으로는 도저히 이해할 수 없는 집안의 돌연변이"라고 평가하면서 가난이 그분을 대통령으로 만든 은인이라고 단정했다.

무장 경찰로 형을 호송케 한 비정의 동생

몇 해 전, 고향의 한 밥집에서 그 친구와 저녁을 먹는데 건너편 밥상에서 한 노인이 혼자 밥을 먹고 있었다. 친구는 그가 전직 선산경찰서 장영택 형사라고 나에게 소개했다. 장 형사는 우리 집안, 나의 아버지 인생역정까지도 훤히 꿰뚫고 있었다. 마침 장 형사는 퇴직 후 고향에서 여관을 운영하고 있기에 그날 저녁 나는 일부러 그곳에 일박하자 그는 그제야 무거운 입을 열었다.

5·16 후 어느 날 서장이 정보과 순경 네 사람을 갑자기 부르더니 즉시 구미 역으로 출동하라고 명령하더군요. 상행열차로 부산에서 올라오는 박 의장 형 박동희 씨를 구미 역에서 상모동 생가로 호송한 다음, 그날부터 한 사람씩 24시간 교대로 생가에 상주하면서 출입자를 일일이 체크하라고 지시합디다. 그렇게 된 사연은 그 얼마 전, 한 예비역 대위가 상모동 박동희 씨를 찾아와 향응을 베풀어 환심을 사게 한 뒤 앞장 세워 당시 부산에 있는 경남 도지사실로 갔답니다. 당시는 군정으로 군인들 세상이니까 예비역 대위가 동희 씨를 앞세워 이권을 노렸던 모양입니다. 현역 군인인 도지사가 국가최고회의 의장 친형이 구미에서 왔다고 하니까 차마 문전 박대는 못하고 응접실로 모신 뒤 서울 장충동 의장 공관으로 비상 전화를 한 모양입니다. 경남지사의 보

고를 받은 박 의장은 곧장 즉시 동희 형을 열차에 태워 고향집으로 귀가조치케 하고 바로 선산경찰서에 당신 생가를 경비하면서 청탁자의 접근을 저지하라는 지시를 한 모양입니다.

처음에는 순경 네 사람이 돌아가면서 교대로 생가를 지켰는데 피차 불편하여 한 사람이 맡기로 하자 동희 씨가 저를 선택하더군요. 그때부터 1979년 10월 26일까지 18년 동안 상모동 생가가 나의 근무처였습니다. 무장 경찰이 생가를 지킨다는 소문이 나자 이후 똥파리(청탁자)가 얼씬도 하지 않더군요. 그래도 긴장을 풀지 않고 끝까지 생가에 상주하며 친인척들 관리를 했는데, 서울에 박람회나 청와대에 경사가 있을 때는 제가 대통령 고향 일가친척들을 인솔하여 상경했지요. 박 대통령, 그분은 참 용의주도한 사람입니다. 일 년에 네 차례 큰댁에 제수비로 금일봉을 저를 통해 전달했는데, 10만 원 정도였어요. 1960년대 어느 날 청와대에서 저를 호출하더군요. 그날 청와대에 이르자 박 대통령이 현관까지 마중을 나오셨더군요. 내실로 가자 육 여사가 손수 저녁상을 들고 오셨는데 대통령과 겸상케 했어요. 그날 밤 청와대를 떠나오는데 역시 박 대통령이 현관까지 배웅하면서 금일봉을 주시더군요. 그러면서 "장 형사, 이 돈을 은행에 정기 예금시킨 뒤 이자를 생활비에 보태 쓰라"고 하시더군요. 형사들은 눈치 하나는 빠르잖습니까? '너 이 돈 먹고 다른 돈이나 이권에는 혀를 대지 말라'는 경고로 이해했지요. 그 뒤로도 대통령께서 생가에 나들이 하실 때는 언제나

제 몫의 선물이나 금일봉을 빠트리시지 않았어요. 그분의 철저한 친인
척 관리로 박동희 씨는 돌아가실 때까지 평범한 농사꾼으로 사셨지요.
박동희 씨가 이권에 개입했다는 이야기는 그 어디에도 없었지요. 오히
려 당시 구자춘 경북지사가 생가 앞길에 자동차가 다니도록 길을 넓혀
주려는 것을 동희 씨가 동생에게 누가 된다고 말렸고, 한전에서 전기
를 놓아주려고 하자 다른 동네 다 놓은 뒤에 당신 집에 놓아달라고 하
여 이웃 동네들이 그 혜택을 봤지요.

이것이 인생이다

다음은 1967년 3월 30일, 경북 선산군 일선교 준공식 때 당시 박정
희 대통령의 치사의 앞부분이다.

오래간만에 고향 땅을 찾아서 여러분들을 이 자리에서 만나
게 되니 기쁘기 한량없습니다. 그동안 고향에 계신 여러분
들이 나에 대해서 항시 음으로 양으로 여러 가지 도와주시
고, 성원해 주신데 대하여 진심으로 감사의 말씀을 드립니
다. 사람은 누구나 자기가 태어난 고향을 사랑합니다. 자기
의 고향을 사랑한다는 것은 인지상정이라, 누구도 다 같은

생각일 것입니다.

내가 이 고장에서 태어나고, 이 고장에서 잔뼈가 굵었고, 또 우리의 조상들의 뼈가 이 고장에 묻혀있기 때문에, 우리가 아무리 객지에 가서 오래 산다 해도, 또는 나이를 아무리 많이 먹는다 해도 어릴 때 자라난 고향산천은 잊을 수 없는 것입니다……. 이번에 일선교 준공식이 있다는 얘기를 듣고, 이 준공식에는 꼭 내가 참석해서 고향에 계신 여러분들을 한번 뵈어야 되겠다, 이렇게 오래전부터 벼르고 있었습니다…….

이 일선교는 선산읍 생곡리와 도개면 도개리를 잇는 다리로 낙동강 동쪽과 서쪽 지방의 교통을 잇는 동맥과도 같은 다리다. 이 다리가 없었을 때는 도개나루에서 나룻배로 건너다녔다. 학생 박정희도 이곳에서 나룻배를 타고 도개마을로 장가를 갔다. 나도 어린 시절, 어느 해 겨울에 찬 바람을 맞으며 할머니 손을 잡고 나룻배로 낙동강을 건너갔던 기억이 가물가물하다.

그곳에 다리가 세워지는 일은 이 지방 일대에 사는 사람들의 숙원사업으로, 그 꿈같은 일이 5·16 이후에 추진되어 마침내 그날 준공을 하게 되었던 것이다. 그날 박정희 대통령은 건설부장관, 경북도지사와 마을 노인 대표와 함께 일선교 준공 테이프를 끊을 때 아마도 만감이 교차하였을 것이다. 대구사범 재학시절, 학생의 신분으로 장가갔다가 도개마을 사람들에게 홀대를 받고 낙동강 나루를 건너 본가로 돌아올 때는 피눈물을 흘렸을 것이다. 그로부터 30년이 지난 1967년 봄(3월 30일)에 당신이 마을 사람들 앞에 치사를 한 뒤 일선교의 준공 테이프를 끊었다. 새까맣고 쪼그만 학생이 30년이 지난 뒤 대통령이 될 줄은 그 누구도 몰랐을 것이다. 이것이 인생이다.

아버지의 예화가 박정희 대통령의 긍정적인 면만을 조명했다고 너희가 비난할지 모르겠다. 내 평생 깊은 관심을 가지고 자료를 모으거나 가까운 사람들의 증언을 귀담아 들어온지라 어찌 별별 이야기를 다 모르겠느냐.

내가 항일유적답사 길에 베이징에서 만난 당시 아흔세 살의 한 원로 독립투사는 "이 세상에 진선진미한 사람은 없다. 그 사람 공(功)과 과(過, 허물)가 7대 3이냐, 3대 7이냐, 5대 5이냐가 문제다. 기록자는 양심에 따라 그 인물에 대한 공과를 사실대로 기록하면 된다"고 새까만 문사에게 기록하는 자세를 일러주셨다. 나는 우리 근현대사의 인물을 뒤늦게 공부하면서 우리 사회는 그동안 흑백논리로 한 인물의 생애를 통한 역사적 교훈을 배우는데 소홀한 감이 큰 단점이라는 것을 느꼈다. 그 공(功)은 공대로 기리고, 그 허물(過)은 과감히 고쳐나가야 역사 발전이 있을 것이다. 그리고 솔직히 나는 젊은 날 그분처럼 청렴하거나 강단 있는 삶을 살지 못했고 아는 게 부족하기 때문에 함부로 말할 수가 없구나. 나는 우리 역사를 좀 더 공부한 다음 언젠가 그분에 관한 깊은 이야기를 쓰고자 한다. 그것이 금오산을 바라보고 자란 한 작가의 양심일 것이다.

4.
역사는 내비게이션이다

역사와 대화하지 않았던 대통령의 비극

강준식 선생이 애서 쓴 《대통령 이야기》를 보냈다. 그는 몽양 여운형의 일대기 《혈농어수》를 쓴 작가로, 몇 해 전 몽양 60주기를 맞아 여운형 선생의 생애를 조명하는 인터뷰 때 시인 이기형 선생과 함께 만난 인연 때문이었다. 이 책에는 이승만 대통령에서 노무현 대통령에 이르기까지 아홉 분의 대통령과 내각책임제 시절의 장면 총리를 포함한 꼭 열 분의 대한민국 역대 지도자의 생애와 업적, 일화들을 모아 한 권에 담았다.

나는 해방둥이로 초대 이승만 대통령부터 현 대통령까지 그분들의 집권시절을 지켜보았고, 또 몇 분은 이런저런 인연으로 직접 만나 뵙기도 했고, 또 몇 분은 언젠가 작품으로 쓰고자 골똘히 공부하고 있기에 매우 흥미롭게 열독하였다.

> 건국의 공을 세운 이승만은 하와이로 망명했고, 민주적인 장면은 민주 정체를 빼앗겼으며, 실권 없는 윤보선은 쿠데타를 시인함으로써 군사정권의 길을 터주었고, 경제개발을 일으킨 박정희는 부하에게 피살되는 비운을 맞았으며, 민중의 원망보다 총구를 더 두려워한 최규하는 짧은 서울의 봄과 함께 무대 뒤로 사라져야 했고, 권위주의적인 전두환은 안전장치로 세운 친구에 의해 백담사로 유배되었으며, 거대 공사를 일으킨 노태우는 정경유착으로 투옥되었고, 신한국을 창조하겠다던 김영삼은 IMF 환란을 맞았으며, 햇볕정책의 김대중은 특검에 의해 그 정당성이 부정되는 곤욕을 치렀고, 서민들의 꿈이었던 노무현은 퇴임 후에 자살하고 말았다. - 강준식《대통령 이야기》21쪽

강준식은 역대 대통령들의 아픔을 촌평한 뒤 다음과 같이 말하고 있다.

> (이는) 대통령의 비극이다. 그러나 대통령의 비극은 대통령 한 사람에게 국한 된 것이 아니라 그의 통치를 받은 한국인

전체의 비극으로 이어진다는 점에서 간단한 문제가 아니다……. 그들의 정치 행적을 살펴보면 하나의 공통점이 발견되는데, 그건 역사로부터 배운 것이 없었다는 점이다. 가령 장기집권의 끝을 보고서도 영구집권의 길을 걷는가 하면 정경유착의 폐해를 적시하면서도 이를 답습하고, 권력 집중을 비난하면서도 그것을 즐겼다. 거기에 욕망을 채워주는 달콤한 무엇이 있었기 때문이다. 그 달콤함을 즐기느라 그들은 역사와 대화하지 않았다. 그래서 일반 국민이 익히 알 수 있는 아주 간단한 역사의 교훈도 받아들이지 않은 것이다. 다시 말하면 역사의 학습효과가 없었다. 대통령 비극이 되풀이될 수밖에 없었던 것이다. - 위의 책 21쪽

사실 우리 백성들은 책을 잘 읽지 않고, 역사에 대한 공부가 적기에 아직도 정치 경제 사회 등 각 분야에서 후진국의 굴레를 벗어나지 못하고 있다. 대통령을 비롯한 정치지도자 가운데는 염불보다 잿밥에 더 관심이 많았고, 공부를 열심히 하지 않았을 뿐더러 독서량이 보잘 것 없었다. 한 예로 국립대학교의 총장을 역임한 어떤 총리가 하얼빈의 그 유명한 일본군 세균전부대인 '731부대'의 실체도 몰라 한동안 백성들의 비웃음을 산 적이 있었다.

불나방을 닮은 정치지도자들

불나방은 제 무리가 불에 덤벼들다가 타죽는 것을 빤히 보고도 저도 똑같은 짓을 하다가 같은 꼴을 당한다. 파리란 놈도 마찬가지다. 파리 통에 제 무리가 새까맣게 빠져죽은 주검을 보고도 꾸역꾸역 한사코 그 통에 들어가 마침내 똑같은 처지가 된다. 이처럼 하등동물은 지혜나 학습이 없기 때문에 거듭 시행착오로 제 목숨을 잃고 만다. 그러면 고 등동물이라는 사람은 어떤가. 사람도 이와 크게 다를 바 없다.

전임 대통령이 무리한 장기 집권 끝에 비극을 당한 것을 보고도 자기만은 예외라고 후임 대통령이 같은 길을 거듭 걷다가 똑같은 비극을 맞았다. 또 전임 대통령을 비롯한 고위 공직자들이 불법 정치자금이나 친인척 비리로 고개를 숙이며 대국민사과를 했다. 그런 것을 보고도 후임자들이 오만방자하게 자기는 예외라고 조신치 않다가 똑같은 일을 거듭 반복하는 게 대한민국 현대사의 한 단면이다.

이른바 선진국이라는 나라는 역사를 아끼고 사랑하며 올곧게 기록하여 쌓아가고 있다. 역사학자 김성식은《내가 본 서양》에서 "영국 사람은 역사를 아끼며, 프랑스 사람은 역사를 감상하고, 미국 사람은 역사를 쌓아간다"고 했다.

그들은 사소한 것이라도 역사가 있으면 이를 아끼고 그대로 본존하며 원형을 손상치 않고자 심지어는 건물의 먼지를 닦는 것조차도 주저

한다고 한다. 그들은 설사 조상의 어둡고 부끄러운 역사일지라도 있는 그대로 보존하면서 후손들에게 바른 역사를 일깨워주고 있다. 내가 2004년, 2005년, 2007년 세 차례 미국 워싱턴 근교 메릴랜드 주 칼리지 파크에 있 미국 국립문서기록관리청(NARA, National Archives and Records Administration)을 드나들면서 그네들은 자기네 역사뿐 아니라 남의 역사까지 소중히 기록 보관하고 있는데 감탄했다. 그들이 소장한 많은 파일의 문서 가운데는 독일 누렘베르그의 재판기록, 히틀러의 두 개골 사진, 태평양전쟁 당시 도쿄로즈의 원고, 이승만 대통령과 김구 선생 간의 언쟁, 한국전쟁 중 선전 벽보나 삐라, 북한군 아내의 편지, 북한군의 계급장과 견장, 포로들의 식권 등, 별별 희귀한 자료까지 다 갈무리하고 있었다. 그들은 자기네 역사뿐 아니라 남의 역사에서도 그 교훈을 배우고자 역사될 만한 것은 하찮은 것도 모아두고 있었다.

역사는 내비게이션이다

이웃 중국도 오랜 굴종의 역사에서 해방된 뒤, 온 나라 곳곳에 있는 역사의 현장에다 '물망국치(勿忘國恥, 나라의 치욕을 잊지 말자)' '전사 불망후사지사(前事不忘後事之師, 지난 일을 잊지 말고 후세의 교훈으로 삼 자)' 라는 글을 돌에 새겨놓고 백성들에게 지난 치욕의 역사를 가르치고 있었다.

역사 현장에서 만난 한 역사학자(연변대 박창욱 교수)는 나에게 "과거를 잊는 것은 반역자다"라는 말도 서슴지 않았다. 이 말은 역사를 모르는 이는 하등동물처럼 거듭 시행착오를 하거나 역사의 시계 침을 되돌려 놓기 때문일 것이다. 더욱이 나라의 지도자가 역사를 모르는 것은 나라와 겨레를 나락에 떨어뜨리는 어리석음을 저지르기 때문이다. 이는 그야말로 국운과 직결되는 중대 문제가 아닐 수 없다.

역사는 도로 표지판이나 내비게이션이다. 우리가 표지판도 없는 도로에서 내비게이션도 없이 고속으로 길을 달리면 얼마나 위험한가. 우리의 인생길도 이와 같다. 하늘은 그 누구에게도 권력과 금력, 명예, 이 세 가지를 한꺼번에 주지 않는데도 무명 무지한 우리의 정치지도자들은 이를 다 가지려고 하다가 불명예스러운 이름을 남겼다. 우리는 지난 역사를 통하여 바르고 슬기로운 삶의 길을 찾을 수 있다. 선진국 백성들이 굳이 역사를 아끼고 사랑하며 또한 감상하고 배우며 쌓아가는 근본 까닭이 여기에 있다.

5.
아름다운 복수

어떤 인연

사람은 살아가면서 누구를 만나느냐에 따라 인생이 바뀌지기도 한다. 아버지가 최근에 펴낸 책은 《항일유적답사기》《영웅 안중근》《사진으로 엮은 한국독립운동사 》《누가 이 나라를 지켰을까》《일제강점기》《지울 수 없는 이미지》(전3권), 《나를 울린 한국전쟁 100장면》 등 대부분 역사물이다. 이런 책 탓인지 어떤 기자는 나에게 '현대사 전문작가' 니 '실록 작가' 라는 호칭을 붙여주고 있다. 아마 나를 잘 모르는 이는 내가 대학에서 사학을 전공하고 학교에서 역사를 가르친 훈장 출신으로 알지도 모르겠다. 너희가 알다시피 나는 국어국문학과 출신으로 30년 넘게 외곬으로 국어선생을 한 사람이 아니더냐.

내가 우리나라 역사 가운데 특히 현대사와 독립운동사에 관심을 가지게 된 까닭은 전주지방 검찰청 검사장을 역임하신 이영기 변호사를 만났기 때문이다. 내가 학교에서 그분 막내아들을 가르쳤는데 하필 그때 고종아우가 당시 서울대 학생으로 유신 반대 유인물을 뿌리다가 영등포경찰서 유치장에 구류되었다. 그때는 유신 말기로 무서운 시절이라 가족조차 면회도 못했는데 마침 이영기 변호사가 영등포경찰서 관할 영등포지검 검사장으로 재직하고 있어 특별 면회를 할 수 있었다. 그 일로 인연을 맺게 됐는데 뜻밖에도 1999년 여름방학 때 그분이 작가는 견문을 넓혀야 한다면서 나에게 중국 대륙에 흩어진 항일유적지 답사를 주선해주셨다.

사실 나는 대학교 다닐 때 날마다 지나다녔던 왕산로의 유래조차 몰랐던 독립운동사에 까막눈이었다. 그런 가운데 중국 대륙을 누비면서 일제 강점기에 조국 광복을 위해 목숨을 바친 거룩한 여러 선열을 만나 느꺼운 마음으로 그 어른들의 자취를 글로 쓰게 된 것이다. 아울러 이영기 변호사의 생애도 알게 되었는데 너희에게도 도움이 될 것 같아 일부만 들려주겠다.

승진시험에 탈락한 순경의 분노

이 변호사는 자신의 역경을 피눈물 나는 노력으로 헤쳐오신 분이다. 아버지의 명에 따라 부산고등학교 재학 중에 결혼한 뒤, 장남으로 집안을 지켜야 한다는 엄명에 따라 대학 진학을 포기한 채 고향 울산에서 중학교 교사가 되었다(그때는 대학졸업장이 없어도 교사가 될 수 있었다). 그런 중, 1950년 한국전쟁이 일어났다. 학교가 휴교 중이었지만 집에서 마냥 빈둥거릴 수 없어 통역장교에 지원코자 부산으로 가는 길에 부산역에서 경찰에게 붙들렸다.

"야, 이리 와!"

경찰이 이영기 교사의 어깨를 낚아챘다.

"와이랍니까?"

"도민증 내 봐!"

"여기 있습니다."

경찰은 도민증을 훑고는 위압조로 말했다.

"젊은 놈이 왜 군대에 안 갔어?"

"그래서 지금 통역장교 시험 보러 가는 길입니다."

"뭐시라고? 통역장교? 자식, 통역장교 좋아하네. 야, 넌 이제부터 경찰이야. 트럭에 타!"

이영기 교사는 그 길로 부산 보수동에 있는 경찰학교에 입교해 소정의 교육을 받고 생각조차 못한 순경(전투경찰)이 되었다. 2년 넘게 울산, 양산 등지에서 순경생활을 했는데 어느 날 경남 경찰국에서 경사 승진시험 공고가 났다. 이영기 순경은 거기에 응시하여 필기시험에서 수석을 했다. 곧 이어 경남 경찰국장 앞에서 필기시험에 합격한 13명이 면접시험을 치렀는데 최종합격자 명단을 보니 자신만 빠지고 12명은 승진시험에 합격했다. 이영기 순경은 너무나 황당하여 경찰국 경무과 인사계장을 찾아가 시험에 떨어진 사유를 물었다. 인사계장은 매우 난처한 얼굴로 "사실은 경찰국장이 당신을 보고 키도 작을 뿐더러 인물도 볼품이 없으며, 부하 통솔력이 없어 보인다고 면접시험에서 탈락시켰다"고 말했다. 그 얘기를 듣고 이영기 순경의 분노는 하늘을 찔렀다. 사람을 외모로만 평가하다니!

순경에서 검사장이 되다

화가 치민 그는 교사인 친구를 술집으로 불러 울분을 토하며 경찰국장에 대한 복수 방법을 물었다. 법과대학을 나온 친구는 딱 한 가지 방법이 있다고 일러주었다. 그것은 고등고시에 합격하여 판검사가 되는 길이라고 했다. 그 순간 너무 분한데다가 술도 거나하게 마신 호기로 꼭 고등고시에 패스하겠다고 큰 소리를 치고 헤어졌다. 술이 깬 뒤에 이영기 순경은 당신이 뱉은 말이 족쇄가 되어 법과대학 근처도 가보지 못한 고졸 학력에다가 가족을 부양하는 현역 순경이었지만 고시공부에 도전하게 되었다.

이영기 순경은 잠시라도 책을 보고자 남들이 가장 꺼리는 유치장 간수를 자원하여 유치장에서 피의자를 지키며 틈틈이 밤낮을 가리지 않고 책을 보았다. 그로부터 1957년 제8회 고등고시에 수석 합격하기까지 수험생활은 초인적이었다. 엉덩이에 진물이 나도록 공부한 결과 숱한 법과대학 졸업생을 제치고 마침내 태산준령과 같은 고등고시에 그것도 수석으로 합격하였다.

1957년 1월 23일, 서울 중앙청 국무원사무국 강당에서 받은 고등고시 합격증을 손에 쥐고 고향에 돌아오자 자기를 경사 승진에서 떨어뜨린 경남 경찰국장에게서 가장 먼저 축전이 왔다. 이영기 순경은 곧장 자기가 고등고시에 합격한 것은 오로지 경찰국장님 덕분이라고 감사하다는 답장을 써 보냈다. 그리고 부산지검 검사가 된 뒤 그 경찰국장으로부터 신고도 받았다. 이 얼마나 통쾌한 복수요, 멋진 인생 역전 드라마이냐.

사람은 부당한 처사에, 불의에 분노하는 사람만이 그 역경을 헤쳐갈 수 있다. 너희도 세상을 살아가면서 부당한 일을 당하거나, 의롭지 못한 일을 보거든 때로는 분노도 하라. 그 분노를 분노로 그치지 말고 선의의 방법으로 승화시켜라. 그때 복수하고자 하는 힘은 가히 상상할 수 없는 초능력이 될 것이다.

링컨 기념관

6.
초년고생은 은을 주고 산다

젊음의 뒤안길

미당 서정주 시인의 '국화 옆에서'는 오랫동안 고등학교 국어교과서에 실렸던 작품으로 대학입시에도 자주 출제되었다. 나는 이 작품을 학생들에게 수십 번 더 가르쳤다. 이 시는 '온갖 고뇌와 시련을 거쳐 도달한 생(生)의 원숙한 경지'를 노래한 미당의 빼어난 작품 가운데 하나다. 나는 학생들에게 이 작품을 가르칠 때, 가장 절구로 강조하여 설명하는 구절은 '젊음의 뒤안길' 부분이다.

젊음의 뒤안길이란 '인종(忍從, 묵묵히 참고 따름)의 인생길'로 젊은 날의 방황과 시련, 고뇌를 말한다.

어느 분야든지 정상에 우뚝 선 사람들의 인생 역정을 살펴보면 대부분 젊음의 뒤안길을 묵묵히 걸어왔다. 또 그런 길을 거처 온 사람들은 웬만한 역경에도 좀처럼 쓰러지지 않는다. 그분들이 정상에 오른 것은 요행이나 우연이 아니었기 때문이다.

내가 고교 시절 신문배달을 할 때, 부산에 사셨던 아버지는 객지에 있는 아들이 안쓰러웠던지 자주 편지를 보내주셨다. 아버지의 편지글에는 늘 "초년고생은 은(銀)을 주고 사라"는 말씀이 적혀 있었다. 그때 나는 그 글귀가 아버지로서 책임을 회피한 말로 들려 무척 짜증스러웠다. 그런데도 아버지는 그런 아들의 마음은 헤아리지 못하고 매번 빠짐없이 그 글귀를 써 보내셨다. 아마 내가 대학을 졸업할 때까지 아버지로부터 그 글귀가 적힌 편지를 수십 번은 더 받았다. 나는 아버지의 편지 속에서 우편환이나 송금 수표는 또박또박 잘 챙겼으면서도 아버지의 달필 편지는 건성으로 읽고 팽개쳐버렸다.

어느새 나도 그때의 아버지보다 나이를 더 먹었고, 내게 그런 글을 보내주시던 아버지가 이승을 뜨신 지도 벌써 십 수 년이 지났다. 한번은 내 글을 책으로 엮어준 출판사 대표와 술잔을 나누면서 그분은 내게 이런 얘기를 했다.

"박 선생이 교사가 되지 않았다면 아마 더 좋은 글을 썼을 겁니다."

그분은 내 체험 세계가 다양하지 못하고, 교사생활이 안정되기에 내 작품 속에 처절한 삶의 모습이 보이지 않는다는 평가였다. 나는 그 말에 수긍했다. 교사가 된 이후, 나는 최소한 기본 생활에는 크게 불편함이 없었으니까. 그리고 나는 교사가 된 이후 다달이 어김없이 나오는 봉급생활에 안일하게 살았다. 그러면서 공부도 하지 않고 감나무 아래에서 감이 떨어지기만을 기다렸다. 지금 나는 그런 젊은 날의 오만과 나태를 몹시 부끄러워하고 있다. 그때 좀 더 열심히 살지 못한 게 무척 후회가 된다. 요즘 나는 땅거미가 지고 있는 들판에서 허겁지겁하는 빈 쭉정이를 거둬들이는 농부와도 같다.

하늘의 보답

가출과 방랑, 입산과 환속을 거듭했던 시인 고은 씨, 한국전쟁으로 가까운 혈육 모두를 잃고 처절한 삶을 살았던 소설가 이문구 선생, 생활고로 대학도 중퇴하고 제대 후 생계가 막연해지자 아우들에게 6개월만 기다려 달라고 부탁하고는 골방에 처박혀 신문사 현상 공모의 상금을 위해 원고지에 피를 쏟았던 소설가 홍성원 씨 등, 이런 분들에 견주면 나의 젊은 날이란 너무 보잘것없다.

소설가 이문열 씨의 젊은 날은 그 자체가 한 편의 소설이다. 그분이 자신의 인생 역정을 고백한 작가 노트에 따르면, 1948년 서울에서 태어나, 한국전쟁이 터지자 외가인 영천에 잠시 살았고, 네 살 때 고향인 영양으로 돌아갔다. 그 뒤 다시 안동으로, 서울에서 여덟 살부터 열 살

때까지 살다가, 다시 밀양으로 내려갔고, 거기서 밀양초등학교를 졸업해서 자기 생애 유일한 졸업장을 받았다. 밀양에서 다시 고향으로 돌아가 나무꾼 생활을 하다 다시 서울로, 안동으로 떠돌다가 부산으로 옮겨, 열여섯 살 때부터 3년 가까운 떠돌이 생활을 했다. 스무 살 때 서울대 사범대에 입학해서 서울을 주거지로 삼다가 두 해만에 학교를 중퇴하고, 서울을 떠나 절간을 돌아다녔다. 그러다 고향에 다시 돌아와 떠돌이 생활을 하다가 군에 입대해서 문산, 파주 등지에서 근무하다가 제대 후, 대구로 내려가 그곳에서 한동안 정착했다. 독자들이 당신의 지난 삶은 왜 그렇게 됐느냐고 묻는다면 그 대답은 어차피 소설이 될 것이라고 말하고 있다. 작가는 그 해답을 아끼고 있지만 그것은 그분 아버지의 월북, 그로 인한 어머니의 피해망상증, 그리고 자신의 몸에 밴 떠돌이 근성 때문이었으리라. 그분은 떠돌이 생활 가운데에도 한 해 500권이 넘는 독서광으로 젊은 날을 온통 방랑과 방황, 폭주로 젊음의 뒤안길을 헤맸다. 그 처절한 젊은 날의 체험과 사색들이 후일 작가로서 대성케 한 원동력이 되었다.

분단문학의 대가로 불리는 소설가 김원일 씨의 삶도 가시밭길이었다. 소년시절 살림이 너무 어려워 가족을 떠나 고향 진영의 장터 국밥집에 얹혀살았다. 뒷날 그 시절의 모든 어려운 삶이 《마당 깊은 집》, 《불의 제전》과 같은 명작으로 승화하였다. 그분은 《기억의 풍경들》이라는 산문집에서 젊은이들에게 다음과 같이 말하고 있다.

힘들게 오늘을 사는 젊은이들이여, 어릴 때나 젊을 때나 통과의례로 넘게 되는 몸과 마음의 고생(실연까지 포함해서)을 차라리 즐겨라. 이를 이겨내는 자에게는 하늘이 그 보답으로 성공의 길을 준비해 두고 있으니 부디 좌절하지 말고 용기를 잃지 말기를.

박수근 화백

황소, 바닷가, 제주에서, 피난민과 첫 눈, 아이들과 물고기와 게 등 많은 작품을 남긴 이중섭 화백의 젊은 날도 처절하기 그지없었다. 그분은 피난지 제주에서 입에 풀칠을 하기 위해 밭에 버린 채소를 줍고, 보리 이삭도 주워 모아 절구에 넣고 빻아 보리죽을 끓여 허기를 면했다. 무료한 시간에는 아이들과 바닷가에 가서 게를 잡으면서 그것을 화폭에 담았다. 캔버스를 마련할 수 없어서 담배 포장 은박지에다 그리기도 했다. 피난지에서 돌아온 뒤 아내와 아들과 생이별을 하게 되고 거기다 내인성 정신분열증을 앓다가 1956년 가을, 적십자병원에서 임종하는 가족도 없이 간장염으로 쓸쓸히 운명했다. 입원비조차 빚으로 남긴 채 한 줌 재로 사라졌다. 오늘날 그분의 유작 한 점이면 모든 걸 다 해결하고도 남았을 텐데, 그때 그분은 그렇게 비참한 젊은 날을 보냈다.

"고요한 아침의 나라, 한국의 서정을 그만큼 성실히 표현한 작가는 없다"고 극찬을 받는 박수근 화백도 혹독한 젊음의 뒤안길을 걸었던 분이다. 그분은 천부의 재능으로 화가가 되었기보다는 온갖 고난과 시련을 묵묵히 극복하면서 끊임없는 노력으로 성공한 화가다. 그분은 강원도 양구에서 태어나 어릴 때 집안의 몰락을 겪고, 극심한 가난으로 양구보통학교(초등학교)를 다닌 것이 정상적인 교육의 전부였다.

"아버님이 사업에 실패하고, 어머님은 병환으로 돌아가시니 공부는 커녕 어머님을 대신해서 아버님을 돕고 동생을 돌봐야 했습니다. 우물에 가서 물동이로 물을 져다 날라야 했고, 맷돌에 밀을 갈아 수제비를 끓여야 했습니다. 그러나 그때 나는 낙심치 않고 그림을 틈틈이 그렸습니다. 혼자서 밀레와 같은 훌륭한 화가가 되게 해달라고 하느님께 늘 기도 드리며 그림 공부를 게을리 하지 않았습니다"라고 세상을 떠나기 전에 한 잡지의 인터뷰에서 어린 시절을 회고했다.

그분은 한국전쟁 무렵에는 생계를 잇기 위해 미군 PX에서 외국인의 초상화를 그리면서도 우리나라 농촌과 서민들의 일상생활을 당신 작품에 일관된 소재로 삼았다. 그분의 예술 정신은 그 무렵 유행했던 서양의 화풍을 모방하거나 시류를 따르지 않고, 오로지 한국적인 향토애로 가득 차 있었다. "나는 한국 사람으로 우리의 것을 그리는 것만이 세계인의 사랑을 받을 수 있다"는 일념으로 오직 우리 향토와 서민들의 애환을 캔버스에 담았다고 고백했다. 그분은 가난 속에서도 고고하고도 세속을 벗어난 화가의 모습을 잃지 않았는데, 그 모습에 매료된 소설가 박완서 선생이 당신의 처녀작 《나목》에서 그분을 주인공으로 그리기도 했다. 박 화백의 독창적인 마티에르(화면에 나타난 그림의 재질적 효과)와 독특한 표현 양식, 그리고 철저하게 한국의 정경으로 일관한 작품이 외국 미술 애호가들의 주목을 끌었다. 그래서 그분의 작품은 정작 우리나라에서보다 외국에서 더 높이 평가되었다. 그분은 백내장 수술로 왼쪽 눈이 완전히 실명이 된 뒤로도 그림을 그렸다. 이런 처절한 삶으로 그분의 작품은 당신 생전보다 사후에 더 주목받아 요즘 화랑에서 최고가로 팔리고 있다.

한 재벌의 고향나들이

현대그룹 고 정주영 회장은 입지의 인물로 남다른 젊음의 뒤안길을 걸어온 분이다. 그분은 강원도 두메산골에서 6남 2녀의 장남으로 태어났다. 소년시절, 죽으라고 일해도 콩죽을 면할 길이 없는 배고픈 농촌 생활이 진절머리 나게 싫어 가출했다. 철도 공사판에서 중노동 생활을 하던 중, 꼬박 삼백 리를 걸어온 아버지의 손에 이끌려 귀향을 했지만, 소 판 돈 70원(당시로서는 큰돈)을 몽땅 훔쳐 들고 또다시 가출하여 서울행 밤차에 뛰어올랐다. 서울로 온 뒤 일거리를 찾아다니다 안암동 보성전문학교(지금 고려대학교) 교사 신축 공사장에서 돌과 목재를 나르는 막노동도 했다. 그 뒤 엿 공장의 잔심부름꾼으로, 쌀가게 배달원이 되었다. 그분은 매일 새벽 누구보다 일찍 일어나 가게 앞을 깨끗이 쓸고 물까지 뿌려놓곤 했다. 마침내 주인의 신임을 받아 배달 생활 4년 만에 쌀가게를 넘겨받았다. 그분은 일평생 부지런함과 신용으로 현대를 창업하여 우리나라 최대의 재벌이 되었고 늘그막에는 소 1001마리를 트럭에 태워 철옹성 휴전선을 넘어 고향으로 가면서 민간인으로서 남북 화해의 물꼬를 트는 한 편의 드라마를 연출했다.

그분이 돌아가시기 전, 나는 아침 출근길 버스 차창 밖으로 잠바차림에 운동화를 신고 여러 아들들과 함께 이른 꼭두새벽 청운동 자택에서 계동 사옥까지 걸어가는 모습을 이따금 보았다. 그분은 당신의 '젊은 날의 뒤안길'이 가장 큰 재산으로 무슨 일이든 자신감이 가득 차 있었다. 그래서《시련은 있어도 실패는 없다》라는 자서전도 남겼다.

오늘 아버지 얘기가 좀 길었다. 아버지는 너희에게 물질로 남부럽지 않게 키웠다고 말할 수는 없다만 현재까지는 가난은 물려주지 않은 것 같다. 그동안 너희는 산동네에서 다른 집보다 10년 이상 뒤처진 생활로 불편하고 고생된 점도 많았다고 생각한다. 하지만 나는 너희가 누구 못지않게 정신과 육체가 튼튼하고 자립심이 강할 것이라고 믿는다. 앞으로 살아가면서 젊은 날의 시련과 고통을 두려워하지 말라. 이 세상의 모든 생명체는 시련을 통해서 강해지고 그것을 이겨 나갈 때 참 기쁨이 있는 것이다. 내가 네 나이 때 가장 듣기 싫어했던 내 아버님의 말씀을 너희에게 전한다. "초년고생은 은을 주고 사라." 또 나는 너희에게 덧붙인다. "젊음의 뒤안길을 걷는 자만이 늘그막에 스포트라이트를 받을 수 있다."

한국전쟁 중 어린이 ⓒNARA

아버지와 아들 (강원도 안흥)

아버지의 등불

아버지는 자식이 당신을 진정으로 알아줄 때
가장 삶의 보람을 느낀다.
아버지는 누구냐?
아버지는 너희에게 가장 귀한 생명을 주신 분이다.
너희가 나무라면 아버지는 뿌리다.

1.
아버지의 등불

아버지의 등불은 어두운 밤길을 걸어가는 자식의 앞길을 비춰주는 사랑의 등불로, 생사를 모르는 자식을 무작정 기다리는 희망의 등불로 험한 세상을 밝혀주고 있다. 이 세상에서 아버지가 켜 두신 등불이 꺼지지 않는 한 인류의 앞날은 밝을 것이다.

초소에서 바라본 등불

내가 군에 있었을 때 일이다. 나는 1969년부터 1971년까지 전방 서부전선에서 복무했다. 그 무렵은 1·21 사태 직후라 군사훈련을 몹시 고달프게 받았고, 부대 근무도 늘 긴장 속에서 보냈다. 1·21 사태 때 생포된 북한 124부대 무장 게릴라 김신조의 진술에 따르면, 그들은 모래주머니를 차고 훈련받았고, 완전 군장을 하고서도 매 시간 10킬로미터 이상을 행군했다고 하여 우리 쪽의 훈련도 매우 강화되었다. 그래서 우리 초임 장교들은 광주 보병학교에서 기초 교육을 받았던 16주 동안 정강이에 늘 모래주머니를 달고 다녔다. 그 뒤 실무 부대에 배치된 뒤에도 매주 한 차례씩 완전 군장으로 20킬로미터 행군을 했다.

내가 근무했던 부대(보병 제26사단)는 주 임무가 수도 외곽 경계 근무로, 주야간 간첩이나 무장 공비 예상 침투로를 지켰다. 특히 주간보다 야간 경계 근무에 더 신경을 곤두세웠는데, 간첩이나 무장 공비가 주로 야간에 활동하고 이동하기 때문이었다. 그래서 우리 부대의 하루 일과는 주간에는 경계 근무자와 행정 요원을 제외한 뒤 간단한 교육 훈련과 낮잠으로 보냈고, 저녁 식사를 마친 다음에는 대부분 부대 병력들이 야간 위장을 하고 간첩 및 무장 공비들의 주요 예상 침투로인 잠복 초소로 투입돼 밤을 꼬박 새우면서 경계 근무를 섰다.

어느 날, 나는 휴전선이 가까운 전방 어느 마을 들머리 고갯마루 초소에서 경계 근무를 서고 있는데 먼 곳에서 불빛이 반짝거렸다. 그 불빛은 점차 고갯마루 초소를 향해 다가왔다. 그것은 마을 사람이 손에 든 등불이었다. 그 무렵 전방에서 민간인들이 야간 통행 때는 반드시 등불이나 플래시를 들고 다니게 홍보됐기 때문이다. 하지만 경계 근무자로서 아무리 마을사람이라도 경계를 게을리 할 수는 없었다. 간첩이나 무장 공비가 불을 켜고 다닐 리야 없을 테지만, 만에 하나 역으로 허를 찔릴 수도, 또 상급 순찰자일 수도 있었기 때문이다. 초소에 가까이 다가온 이가 뜻밖에도 일흔은 넘은 할아버지였다.

"할아버지, 이 밤중에 어딜 가세요?"

"군인 양반들 수고가 많아. 그냥 여기까지 왔어. 문산에 간 자식 놈이 여태 오질 않기에…."

"네, 그러세요. 할아버지 밤길에 조심하세요."

"고맙소. 이 길은 원체 발에 익은 길이라서."

마침 나도 심심하던 터라 초소 밖으로 나와 할아버지와 이런저런 얘기를 나눴다. 할아버지는 주로 마을의 내력과 한국전쟁 때 얘기를 들려주었다. 한 십여 분 지났을 무렵 반대편 고갯길에서 플래시 불빛이 보이고 인기척이 들렸다.

"아비냐?"

꽤 떨어진 거리였건만 할아버지는 육감으로 당신 아들임을 알아차렸다.

"네, 아버님. 주무시지 뭐 하러 나오셨어요."

아들이 잰걸음으로 성큼 초소 쪽으로 다가왔다. 내 예상과는 달리 아들은 쉰은 된 듯했다.

"잠도 오질 않고 바람도 쐴 겸 나왔다. 왜 이렇게 늦었냐?"

"친구들과 놀다가 보니까 차가 끊어져 그냥 쉬엄쉬엄 걸어 왔어요."

그들 부자는 곧장 초소를 떠났다. 아버지가 앞서고 아들이 뒤따랐다.

"군인 양반들 수고하시오."

"네, 살펴 가십시오."

나는 다시 초소로 들어가서 총구를 통해 그들 부자 등불이 사라질 때까지 뒷모습을 지켜보았다. 벌써 사십여 년 전의 일이건만 아직도 그 선연한 아버지의 등불과 그들 부자 모습이 내 머릿속에 아름답게 남아 있다.

플랫폼의 등불

또 다른 아버지의 등불에 얽힌 일화는 민들레 교회 최완택 목사의 《아름다운 순간》에 실린 글로 저자의 양해를 받아 일부만 옮겨본다.

우리 집 쪽마루 끝기둥에는 늘 등불이 걸려 있었다. 매일 밤
늦게 집으로 돌아오는 내게는 그 등불이 푯대였다. 하기야
그 등불이 없다고 해서 내가 우리 집을 못 찾을 리는 없었
다. 그러나 나는 그 등불이 큰 위안이었다. 학교에서 집으로
돌아오는 길, 눈 쌓인 수복 지구의 싸늘한 겨울밤 기차에서

역사(驛舍, 역으로 쓰는 건물)도 없는 들판 한가운데에 있는 간이역에 내리면, 으레 볼을 저미는 듯한 매운 된바람이 몰아쳤다. 그때마다 저 멀리 산중턱에서 깜박거리며 비치는 등불이 내 눈에 들어왔다.

눈보라가 몹시 치는 날이면 간혹 산중턱에서 보여야 할 그 등불이 보이지 않았다. 그럴 때면 나는 괜히 불안해지곤 했는데 그 불안감도 잠시뿐, 나는 이내 그 등불을 플랫폼 한 구석에서 찾아내곤 했다. 우리 집 쪽마루 끝에 걸린 등불이 간이역까지 내려온 것이었다.

1958년 겨울, 나는 15세의 고교 일년생이었다. 나는 그때 수복 지구인 경기도 연천군 상리에서 서울까지 장장 200여 리 길을 기차로 통학했다. 나이가 마흔이 넘어서 뒤늦게 목회를 시작하신 아버지는 연천군 상리 교회의 가난한 전도사였다. 목사관이라고 한 채 있는 것이 지붕은 천막 조각과 루핑 따위로 엉성하게 덮었고, 벽 여기저기엔 판자 조각과 가마니를 덕지덕지 덧붙인 방 두 칸에 부엌 한 칸의 초라한 판잣집이었다. 방 앞에는 폭이 한 뼘 조금 넘는 쪽마루가 붙어 있었는데, 그 쪽마루 앞에는 군데군데 아카시아 나뭇가지를 다듬어 세워 놓은 기둥이 몇 개 서 있었다. 판잣집을 지탱하는 기둥이었다.

가난한 나의 아버지는 날마다 9시가 넘어서야 지쳐서 돌아
오는 아들을 위하여 그 등불을 밝혀 쪽마루 끝기둥에 걸어
놓곤 하셨다. 그러다가 날씨가 궂은 날엔 으레 그 등불을 손
수 들고 역에 나와서 나를 기다려 주셨다.
"이봐, 학생! 다 왔어요. 빨리 내려요."
누군가가 나를 흔들어 깨웠다. 눈을 떠보니 등불을 든 역부
였다. 기차 안을 둘러보니 승객은 한 사람도 없었다. 그 순
간 '아차!' 싶었다. 내가 내려야 할 정거장을 그만 지나쳐
버리고 만 것이다. 날마다 새벽 네 시 반에 집을 나와 세 시
간쯤 기차를 타고 청량리역에 내려 신설동에 있는 대광고등
학교까지 2킬로미터 남짓한 거리를 뛰다시피 등교하고는,
오후 다섯 시쯤에 다시 역순으로 하교했는데, 날마다 밤 9
시나 돼서야 집에 돌아오는 고달픈 나날이었다. 그날은 객
차 안이 만원이라 꼬박 서서 가다가 상리역을 삼십 리쯤 앞
둔 전곡역에 이르러서야 겨우 자리에 앉을 수 있었다. 그날
나는 매우 고단한 나머지 그만 깜박 잠이 들고 말았다.
객차에서 내리자 가을비가 질척질척 을씨년스럽게 내렸다.
상리로 돌아가는 기차도 끊어져 어쩔 수 없이 걸어 되돌아
올 수밖에 없었다. 수복 직후라 전방 지대의 밤길은 참 무서
웠다. 20여 리를 뛰다가 걷다가 어떻게 상리까지 왔는지 모

르겠다. 국도에서 집으로 가는 샛길로 들어섰다가, 지금 생각해도 그날 왜 그랬는지 모르겠는데, 내 발길은 어느 새 정거장 쪽으로 옮겨지고 있었다.

그런데 아, 텅 빈 플랫폼에서 나는 낯익은 등불을 보았다. 아버지가 등불을 들고 하염없이 텅 빈 플랫폼을 지키고 계셨다. 기차가 지나간 지가 이미 두 시간이나 지났고, 그 기차가 막차라 다시 올 기차도 없는데.

"깜박 졸았나 보구나. 내 그럴 줄 알고 예서 꼬박 기다렸다."

아버지는 더 이상 말씀 없이 내 앞길을 비춰 주시며 성큼성큼 앞서 가셨다.

그 아버지는 오래 전에 당신의 본향으로 돌아가시고 지금 이 땅에는 안 계신다. 하지만 아버지의 등불은 꺼지지 않고 여전히 살아서 밤마다 내 영혼의 뜰을 밝혀 주고 있다. 오로지 한 사람을 위하여 자기의 등불을 내건다는 것, 위로를 받아야만 하는 단 한 사람을 위하여 당신의 등불을 들고 찾아 나선다는 것, 그것만이 유일한 길이라고 아버지는 지금도 나에게 말씀하시고 계신다. 지금은 이 세상을 떠나고 없는 아버지는 등불 하나로 남아서 내 영혼의 뜰을 비춰 주심으로써 때때로 나를 울린다.

대청마루 기둥의 등불

어린 시절, 내 또래 친구 가운데에는 아버지가 없는 아이들이 더러 있었다. 그들 가운데에는 한국전쟁으로 전사한 아버지도 있었지만, 어떤 친구는 자기 아버지가 일본이나 만주에 있다고 했다. 많은 세월이 지난 뒤에야 알게 됐지만, 그런 아버지들은 대부분 자의나 타의로 북한 공산정권에 부역(국가의 반역이 되는 일에 동조하거나 가담함)했다가 그 보복이 두려워 후퇴하는 인민군을 따라 월북했거나, 어디서 전사했을 지도 알 수 없는 행방불명이 된 사람들이었다. 그 시절 그런 얘기는 내놓고 할 수 없었기에 아버지를 찾는 아이에게 어른들은 "네 아버지는 일본에 있다", 또는 "만주에 있다"고 둘러댔다. 그 무렵 사회 분위기로서는 공산주의나 사회주의에 가담한 아버지를 어린 자식에게 곧이곧대로 얘기할 수 없었을 것이다.

내 고향 어떤 이는 한국전쟁 무렵 처음은 의용군으로 참전했다가 후퇴 길에 집에 도망하여 짚단 속에서 숨어 지내다가 붙잡혀 다시 국군으로 입대한 뒤 제대한 분도 있었으니, 동족상잔의 전쟁이 만들어 낸 웃지 못 할 사연은 고을마다 숱하게 많았다. 또 어떤 이는 자식들이 남과 북, 양편으로 나뉘어 싸우다가 전사하거나 장애자가 된 일도 있으니, 부모는 어느 자식 편을 들어야 할지, 그저 하늘만 쳐다보며 시절을 원망할 뿐이었다. 어리석은 백성들은 시대 분위기에 따라, 총칼 앞에 이리 휩쓸리고 저리 휩쓸렸다.

어린 시절 우리 집 이웃에 목수인 김 영감이 있었다. 그분 맏아들이 한국전쟁 때 부역을 하다가 유엔군의 인천상륙작전으로 대반격을 하자 그만 행방불명이 됐다. 어떤 사람들은 북으로 넘어갔을 거라고도 했고, 다른 이는 후퇴하던 가운데에 쌕쌕이(B-29 제트기)의 융단 폭격에 죽었을 거라고도 했다. 하지만 아들 시신을 보지 못한 김 영감은 아들의 죽음을 쉽게 인정치 않았다. 김 영감은 휴전이 되자 날이면 날마다 아들이 돌아오기를 기다리며 살았다. 낮보다는 밤에 더 기다렸다. 그래서인지는 몰라도 그 집 대청 기둥에는 밤이면 늘 석유 등잔불이 켜져 있었다.

그렇게 기다리기를 수십 년, 그 아들은 끝내 돌아오지 않았다. 그래도 김 영감은 포기하지 않았다. 제발 아들이 살아서 당신 생전에 다시 만나는 걸 삶의 최대 목표로 삼았다. 소문에 따르면 김 영감은 당신 아들이 제발 살아 간첩으로라도 내려오길 바란다고 했다. 그러면 아들을 꼭 붙들어 관계 당국에 자수케 하여 죗값을 치른 게 한 뒤 함께 살고자 했다. 그 아들이 간첩으로 내려온다면 환한 대낮에 올 리가 없을 테니, 한밤중에도 집을 쉽게 찾을 수 있게 밤마다 대청마루 기둥에 등불을 밝혀 두었던 것이다.

그렇게 아들을 기다리기 50여 년, 그동안 밤낮으로 자나 깨나 아들을 기다리던 마나님, 남편을 기다리던 며느리는 그리움이 병이 되어 먼저 이승을 떠났다. 그 뒤 김 영감은 손자 손부와 함께 살며 오직 아들을 만날 그날을 학수고대하며 살았다. 오래 전 내가 고향에 갔을 때도 김 영감은 옛 집터에 새 집을 짓고 아흔의 고령임에도 매우 건강하셨다. 손자의 말을 들어보니 그 즈음도 식사를 잘하시고, 이따금 당신의 건강을 위해 금오산에 올라 약초와 산채를 손수 뜯어다가 드신다고 했다. 당신만은 아들을 꼭 만나야 눈을 감을 수 있다는 집념으로 강인한 삶을 사셨나 보다.

몇 해 전, 서울에 온 김 영감 손자를 만났더니 몇 달 전에 돌아가셨다고 했다. 진작 할아버지가 남긴 유언은 집은 새로 짓거나 고쳐 살더라도 이사는 가지 말 것, 또 문패는 항상 크게 달아 둘 것, 그리고 전기료가 들더라도 밤에는 꼭 외등을 켜 두라고 했다 한다.

2.
아버지의 사랑

세대 간의 갈등

아버지와 아들 간을 한 세대라고 하는데, 한 세대는 약 30년 정도다. 그러나 급변하는 요즘은 형제자매끼리도, 한 학년 아래위 선후배 간에도 세대차를 느낀다고 한다. 나는 너희 남매를 서른이 넘은 뒤에 낳았으니, 요즘 너희 식으로 따진다면 수십 세대 차이가 난다고 하겠다. 나는 때때로 너희나 학생들로부터 "세대 차이가 난다"는 말을 들을 때마다 내가 어쩌다가 구닥다리가 됐을까 한탄도 해보지만, 가는 세월 그 누가 막을 수 있겠는가.

요즘 친구들을 만나거나 학부모를 만나 속 깊은 얘기를 나눠보면 가장 큰 걱정거리가 자녀 문제이다. 어떤 친구는 자녀가 엇길로만 걸어 세상 살 맛이 안 난다고 푸념을 하는가 하면, 어떤 학부모는 나를 찾아와 자식 키우기 매우 힘들다면서 한바탕 눈물을 쏟아놓고 가시기도 한다. 부모들만 그런 게 아니다. 학생들의 이야기를 들어보면 그들도 부모와의 갈등 때문에 몹시 괴로워한다. 심한 경우 가출까지 한다. 가출은 가정환경이 불우한 학생만이 하는 게 아니다. 평소 생활습관이 바르고 학업 성적이 우수하며 집안 살림도 넉넉한 학생이 어느 날 갑자기 가출하여 부모도 놀라고 학교 선생님들도 어리둥절케 한다. 한 신문의 보도에 따르면 한 해 동안 가출 청소년은 전국에 20만 명에 이른다 하고, 한 청소년단체의 설문조사에 따르면 중고교생 절반 이상이 가출 충동을 느낀 적이 있다고 한다.

내가 30년 넘게 중고교생들을 가르치다보니 청소년 문제 전문가라도 되는 양, 친지나 학부모님들이 자녀 문제를 상담해오는 경우가 더러 있다. 그들의 얘기를 들어보면 자녀들의 행동이 영 마음에 들지 않고, 사고방식도 도저히 이해할 수 없다고 한탄한다. 자녀들에게 공부할 여건을 다 마련해줬으나 도시 공부를 하지 않고, 의지력도 지구력도 없고, 낭비벽이 심해 차마 눈뜨고 볼 수 없다고 하소연을 한다. 그러면서 당신의 학창 시절 얘기를 늘어놓으면서 다음 세대가 걱정이라는 말로 결론을 내리기 일쑤다.

학교에서 아이들 얘기를 들어보면 부모와 갈등을 겪고 있다는 아이들이 반수 이상이다. 그들의 불만을 들어보면 부모님은 만날 공부 타령만 늘어놓거나, 모든 걸 경제적으로만 따진다. 우리를 위해서라고 하지만 부모님은 세상을 바로 살지 않는다. 그리고 부모님은 우리 세대를 너무 몰라 대화가 되지 않으며, 너무 권위적이라는 등, 불만이 이만저만 아니었다. 그들이 가장 싫어하는 말은 부모님의 가난했던 시절 얘기나 학창 시절 얘기로 "그때는 그때이고 지금은 지금이다"라고 하며, 부모님은 세상이 변한 걸 너무 모르고 요즘 신세대를 이해해주지 않는다고 불만투성이였다.

"안방에 가면 시어머니 말이 옳고, 부엌에 가면 며느리 말이 옳다"는 말처럼 한편의 얘기만 들어보면 다 옳은 것 같다. 나는 두 세대를 늘 접한다. 그리고 그들로부터 많은 얘기를 들으면서 어쩌면 아버지와 딸 아들, 두 세대 간의 갈등은 인류가 시작한 이래 오늘까지 이어져왔고 앞으로도 계속되리라 생각한다.

하긴 어른들이 한탄하는 "요즘 애들 버릇없다"는 얘기는 고대 이집트의 피라미드 상형문자나, 기원전 2000년 무렵에 새겨진 아시리아 비문에도 나오고, 그리스 시대의 철인 소크라테스와 플라톤도 청소년들을 보고 그런 탄식했다고 하니, 신구 세대 간의 갈등은 인류의 영원한 숙제인가 보다.

그런데도 인류 문화와 역사는 발전을 거듭해왔다. 러시아의 작가 투르게네프가 쓴 소설 《아버지와 아들》에서도 자식이 성장하여 아버지로부터 떨어져나갈 때 아버지가 느끼는 외로움과 아버지의 의도와는 반대로 아들이 제멋대로 뻗어나려는 젊은이의 속성을 그리고 있다.

이처럼 아버지와 아들의 갈등은 동서고금이 없나 보다.

두 세대 간의 갈등 요인은 아버지가 의도한 바와 아들의 행동과 생각이 일치하지 않기 때문에 생긴다. 대체로 아버지는 자녀들이 자기보다 낫기를 바란다. 당신이 하고자 했으나 여러 가지 어려웠던 사정으로 못했던 일, 당신이 살아보니까 미처 몰라서 시행착오를 범했던 일을 자녀들이 대신 이루어주고, 자기처럼 실패하지 않기를 바란다. 물론 여기에는 아버지의 욕심이 담겨 있다. 하지만 자녀들은 아버지의 말씀이 부담이 되고, 아버지가 말씀한 가치관이 고루하다고 느낀다. 또는 아버지의 말씀을 따르면서 기쁘게 해드리고 싶지만 자기 능력으로는 아버지의 기대치를 도저히 이룰 수 없어 그 반발로 눈 밖에 나는 행동을 한다.

아버지 세대의 삶

나는 아버지와 아들의 갈등을 극복하는 길은 두 세대 간에 서로 이해하는 데 있다고 생각한다. 아버지 세대들은 대부분 해방 전후 아니면 한국전쟁 전후에 태어났다. 그 무렵은 너희의 상상을 초월할 만큼 참담했다. 대부분 먹을 것도 입을 것도 잠잘 곳도 없었다. 부모를 잃은 아이도 많았고 거리에 버려진 아이도 숱하게 많았다. 의무교육이라고 했지만 초등학교도 집안 형편이 어려워 못 다닌 아이들도 있었다. 먹고살기도 어려운데 집안일 돕지 않고 학교 간다고 부모에게 손찌검을 당하면서까지 몰래 학교를 다녔던 이도 있었고, 계집아이가 무슨 중학교냐며 또는 맏이를 위해 진학하지 못하고 집안일을 도와야 했던 둘째 셋째도 있었다. 등록금을 못내 학교에서 내쫓긴 이도 많았다. 새 교과서로 공부한 사람은 도시의 일부 부유층뿐이었다. 해마다 새 학기면 청계천 헌책방을 돌면서 교과서와 참고서를 구했다.

그나마 학교를 다녔던 사람은 행복한 축에 들었다. 고아들은 해외에 입양되기도 했고, 가정부(그때는 '식모' 라고 불렀음), 트럭 조수, 버스 안내양('차장' 이라고 했음), 넝마주이, 구두닦이, 양담배 팔이 등으로 집안을 돕고 자신의 주린 배를 채웠다. 정규 학교는 돈과 시간이 없어 못 다니고 전수학교나 '통신강의록' 으로 저 혼자 공부한 이들도 많았다.

입에 풀칠을 하기 위해, 자식의 등록금 마련을 위해 적십자병원에다 피를 파는 사람도 있었고, 미군 부대 철조망을 넘어 물건을 훔쳐 파는 이도, 미군에게 몸을 팔아 부모를 부양하고 동생을 공부시킨 심청과 같은 누이도 있었다. 남의 나라 전쟁터에 가면 전투수당을 많이 준다고, 그 돈으로 집에다 송아지 사준다고, 제대한 뒤 복학할 때 대학 등록금 마련한다고 자원해서 월남 전쟁터로 떠난 이도 많았고, 중동 건설 현장에 가서 한 밑천 마련해 온다고 떠난 이도 있었다. 그들 가운데에는 영영 돌아오지 못한 이도, 장애인이 된 이도, 여태 고엽제 후유증을 앓는 이도 있다. 돈을 벌기 위해 무작정 서울로 와 청계천 평화시장 다

락방에서, 구로공단 후미진 공장 희미한 형광등 아래에서 한 푼이라도 더 벌고자 각성제를 먹어 가며 재봉틀을 돌렸던 이도 있었다.

이분들이 일부나마 너희 아버지 어머니 할아버지 할머니의 옛 모습들이다. 대체로 사람은 올챙이 시절은 잊으려 하고 또 숨기려 한다. 하지만 그때 그 가난은 너희 아버지 어머니 잘못이 아니고 시대를 잘못 타고났기 때문이다. 그래서 아버지 어머니들은 그 시절의 아픔이 너무 컸기에 그런 가난만은 자식들에게 물려주지 않겠다는 불같은 집념으로 밤낮을 가리지 않고 일해 오늘 우리가 이만큼 살게 된 것이다. 그때는 '우리도 한번 잘살아보세'가 모두의 꿈이었고 잘살아보기 위해 전 국민이 피땀을 아끼지 않았다.

이렇게 살아온 아버지 세대가 요즘 너희 세대를 볼 때, 이해가 안 되는 점이 한두 가지가 아닌 것은 당연한지도 모른다. 집안일은 돕지 않아도 좋으니 오직 공부만 하라고 해도 공부에는 전혀 관심을 두지 않고 자꾸 밖으로만 나도는 너희를 보면 잔소리를 늘어놓을 수밖에 없다.

생명을 주신 분

아버지의 말씀은 너희 앞날에 대한 충고다. 이 세상 모든 아버지는 자기 자식을 가장 사랑한다. 아버지는 백 사람의 스승보다 낫고, 자식을 아는데 있어 아버지를 따를 사람이 없다.

아버지와 너희가 세대 차이가 나는 것은 너무나 당연하다. 아버지 세대가 학교에 다닐 때는 국민소득이 100달러 시대였고, 지금은 20,000달러가 넘는 시대이니까 모든 게 다를 수밖에 없지 않겠니? 아버지가 너희에게 '아껴라' '절제하라' 고 하는 것은 사치와 향락 끝에 무서운 재앙이 온다는 것을 염려하는 경고로 받아들여라.

아버지 세대가 다 잘했다고 말하지는 않겠다. 예리한 너희 눈에는 부정적으로 비친 것도 많을 것이다. 해방 후의 혼란과 한국전쟁은 가치관과 도덕성을 잃게 했다. 특히 전쟁은 인간의 존엄성이나 인륜을 파괴시켰다. '너 죽이고 나 살기' 의 전쟁에서 인간성이 어찌 보존될 수 있었겠느냐. 가난 속에서 오직 '잘살아 보겠다' 는 한 가지 생각으로 경제 제일주의가 다른 것보다 우선했다는 점도 없지 않았다. 온통 부정부패와 비리로 얼룩진 점도 많았고, 바른 말 한마디 제대로 못하고 비겁하게 살았다고 비판받을 수도 있다.

변명 같지만 그것은 역사 발전의 한 과도기로 이해해다오. 우리나라가 민주주의를 시작한 지 이제 겨우 60년 남짓하다. 그것도 우리 힘으로 이룬 게 아니라 남이 가져다준 것이다. 그동안 한국전쟁 이후 4·19 혁명, 5·16 쿠데타, 5·18 민주화운동, 6·10 항쟁 등 숱한 격동의 세월을 거쳤다. 그 숨 가쁜 역사의 소용돌이 속에서 할아버지 아버지 세대가 모든 굴욕을 이기며 가난을 물리쳤다면 박수라도 한번 보내야 되지 않겠니?

이제 아버지 세대도 너희 세대를 이해하는 데 심혈을 기울이겠다. 사람은 밥만으로 살 수 없는 줄 알면서도 우선 너희에게 풍족하게 해 주려고 다른 것에는 소홀히 한 점을 솔직히 사과한다. 아이들은 밥과 사랑을 먹고 자라는데 너희에게는 밥만 있었지 진지한 사랑이 부족했던 것 같다. 아버지들은 우선 먹고살기 바쁘다는 핑계로 너희와 더불어 대화하는 시간이 적었고, 시대가 바뀌고 세상이 달라졌는데도 너희에게 '아버지 식' 삶을 강요했다. 요즘은 옛날과 달라 너희 세대는 보고 듣는 것도 많고, 생각하고 느끼는 것도 다른데 아버지 살던 시절의 삶을 강요하니 "아버지와는 대화가 안 된다"고 피할 수밖에…. 아버지들은 아직도 낡은 잣대로 너희의 삶을 재려고 하니 너희는 튈 수밖에 없었나보다.

요즘은 공 하나만 잘 던져도 연봉 수십억 원은 받을 수 있을 뿐만 아니라 국민적인 영웅이 되고, 몸매 하나만 잘 가꾸어도 아버지의 평생 봉급을 단시일 내에 벌 수 있는 세상인데 아직도 아버지들은 명문대학 유명 학과만 고집하신다. 아버지 어머니들은 당신 자녀들을 하나의 인격체로 인정하려 하지 않고 당신들의 부속물로 여기려 하는 경향도 없지 않다. 자녀들이 능력과 소질, 재능과 적성에 따라 제 길을 가게 하려하기보다 "내 딸은, 내 아들은 아무개 명문대학에 다니고 있다"고 남들에게 자랑하려는, 당신들의 장식물처럼 여기려 한다. 부모들은 자기

기호에 맞추기 위해 자녀들에게 입만 열면 공부 타령이요, 온갖 불법 과외를 서슴지 않고 있다. 거기에 염증을 느낀 아이들은 그런 부모를 못마땅해 한다.

딸 아들아, 아버지와 대화가 안 된다고 피하지만 말고 오늘부터라도 마음의 문을 열고 아버지에게 접근하라. 파란 많은 삶을 살아온 아버지를 이해하고 다가가면 아버지도 반갑게 너희를 맞을 것이다. 아버지는 자식이 당신을 진정으로 알아줄 때 가장 삶의 보람을 느낀다. 아버지는 누구냐? 아버지는 너희에게 가장 귀한 생명을 주신 분이다. 너희가 나무라면 아버지는 뿌리다. 뿌리를 자르면 나무는 죽는다. 아버지의 세대를 이해해다오. 혹 아버지의 말씀이 부당하다면 부드럽게 이해시켜 드리고 그래도 부당하다면 그 자리를 피한 뒤 다시 말씀 드려라. 그렇다면 아버지도 아들의 뜻을 따를 것이다.

소금의 고마움은 그것이 떨어졌을 때 알 수 있고, 아버지의 사랑은 돌아가신 뒤에 안다.

3.
아버지의 뒷모습

아비만한 자식 없다

우리나라 속담에 "아비만한 자식 없다"는 말이 있다. 이는 아버지에 대한 자식의 효성이 아무리 지극하다 해도 아버지의 자식 사랑에는 미치지 못한다는 뜻이다. 어릴 때는 대체로 아버지의 사랑을 잘 모른다. 때로는 남의 아버지보다 못한 자신의 아버지가 원망스럽게 느껴지기도 한다. 그러다가 자신이 어른이 되어 결혼하고, 자식을 낳아 길러본 뒤에야 어렴풋이 아버지의 사랑을 깨닫게 되고, 아버지가 끝내 세상을 떠난 다음에야 비로소 아버지의 참사랑을 속속들이 느끼는 게 우리네 어리석은 인생사다. 나도 그랬다. 그래서 예로부터 '청개구리의 우화'가 두고두고 전해져 오는가 보다. 아버지를 여의면 그 자식을 일러 고자(孤子)라 한다. 곧 '외로운 자식'이란 뜻이다. 이 세상에서 참으로 자식 편에 서서 자식의 앞날을 생각해주는 사람은 아버지 이상 없기 때문이다.

5·16 쿠데타 이후 나의 아버지는 때 묻은 구정치인으로 몰려 서울에서 더 이상 활동할 수 없게 되자 당신의 본거지였던 부산으로 다시 내려갔다. 부산 아미동 산동네에다 거처를 마련한 뒤 나만 홀로 서울에 남겨두고 어머니와 동생도 불러들였다. 아버지가 시작한 사업은 화물꼬리표와 과수용 배 봉지를 만들어 대한통운과 경남 각지의 배 조합에 납품하는 일이었다. 아버지는 부산 시내 종이재단소를 두루 다니면서 자투리 크라프트 종이를 모았다. 그 자투리 종이에다 인쇄를 하고 물감을 들인 뒤 구멍을 뚫어 철사를 꿰면 화물꼬리표가 되었다. 배 봉지는 고물상들이 수집해오거나 외국에서 수입해온 신문지를 사다가 재단한 뒤 풀칠을 하여 만들었다. 일감이 없을 때는 다른 봉투도 만들어 국제시장 봉투가게에 납품하기도 했다.

일감이 적을 때는 우리 가족들로 충분했지만 점차 일감이 많아지자 아미동 산동네 사람들에게 일거리를 나누어주었다. 산동네 사람들은 반찬값이나 연탄 값을 벌기 위해 우리 집에서 일감을 가져다가 꼬리표나 봉지를 만들었다. 아버지는 그들에게 매우 후했다. 당신은 업자들로부터 제때 돈을 받지 못해도 그들의 품삯만은 급전을 내서라도 제날짜에 어김없이 지불했다. 내가 곁에서 지켜본 아버지는 주머니에 돈을 두고 그냥 돌려보내는 일이 결코 없었다. 한번은 내가 집에 내려가자마자 내 지갑의 돈마저 털어 주기에 불평을 터트렸다. 그런 나에게 아버지는 말씀하셨다.

"양식이 떨어져서 그런 모양이다. 몇 푼 벌려고 온 식구가 며칠 동안 잠도 제대로 못 잤을 거다."

대학 3학년 여름방학 때, 학군단 병영훈련을 마치고 집에 갔더니 아버지가 마침 국제시장 봉투도매상에 수금하러 가는 길이었다. 그런데 아버지는 나에게 굳이 동행하자고 했다. 아마 돈 거래가 몹시 질긴 곳이라 아들 등록금 때문이라고 하면 수금이 쉽지 않을까 하는 헤아림 때문이었을 것이다. 아버지는 나더러 도매상 주인에게 인사를 하라고 일렀다. 나는 아버지가 시키는 대로 그분에게 공손히 인사를 올렸는데 표정이 예사롭지 않았다. 곧 그분은 선반에서 봉투뭉치를 꺼내더니 풀칠도 제대로 안 된 물건을 납품하고서 돈 받으러 왔다고 아버지를 몹시 나무랐다. 그러고는 당장 가지고 가서 풀칠을 다시 해오라고 봉투뭉치를 내던지면서 아버지에게 대단히 모욕적인 말을 했다. 나는 더 이상 참을 수 없어 벌떡 일어났다. 그 낌새를 눈치 챈 아버지가 얼른 봉투 뭉치를 들고 내 앞을 막으며 빨리 집으로 가자고 했다. 아버지와 나는 봉투 뭉치를 나누어 들고 고개를 숙인 채 말없이 집으로 돌아왔다. 나는 울화가 치밀어 아버지에게 항변했다.

“그런 모욕을 당하고서도 왜 아무 대꾸도 못하시고 그냥 돌아오십니까?”

“그 가게가 내 오랜 단골 거래처이고, 어쨌든 제품에 흠이 있는 것은 내 잘못 아니니? 너도 살아보아라. 이보다 더 험한 일도 많다.”

나는 풀이 죽은 아버지의 뒷모습을 보자 눈시울이 얼얼해졌다. 어린 시절 그렇게 커보였고 당당했던 아버지의 모습이 너무나 초라해보였기 때문이다.

해직 교사였던 아버지

어렸을 때 할아버지 할머니 품에서 자란 내가 이따금 뵙는 아버지는 경외의 대상이었다. 일제강점기에 아버지는 구미보통학교를 졸업한 후, 일본으로 건너가 신문배달과 낫토(삶은 콩을 발효시켜 만든 일본 전통음식으로 한국의 청국장 비슷한 발효식품) 장사를 하며 중학교를 다녔다. 그렇게 어려운 환경이었지만 일본 학생들을 물리치고 반장을 줄곧 할 정도로 명석하고 활발한 성격의 소유자였다. 아버지가 중학교 졸업 무렵 여름방학 때 귀국하자 그때는 태평양전쟁 막바지로 학병에 끌려갈까봐 할아버지는 집안의 대부터 잇는다하여 서둘러 결혼시켰고, 다음 학기 겨울방학 귀국 때는 할아버지가 도개 누님 댁으로 아예 피신을 시켰다. 하지만 거기서 주재소 주임에게 발각되어 전시에 젊은이가 빈둥빈둥 놀고 지낸다면서 도개보통학교에 임시 교사로 발령을 냈다. 곧 해방이 되자 일본인 교사와 친일 교사는 모두 도망을 갔는데 아버지는 학교를 지켰고, 해방경축대회에서 제자들이 무동을 태워 운동장을 돌았다. 그때 면민들이 열화와 같이 환호했다고 한다.

"그때 내가 학생들에게 대단한 민족의식을 교육한 것은 아니었다. 다만 나는 아이들이 일본말 대신 우리말을 했다고 뺨을 때리지 않았고, 여름날에는 낙동강 모래밭으로 데리고 가서 머리때를 벗겨주고 씨름판을 벌이곤 했을 뿐이다. 하지만 그때 무동을 탄 그 순간이 내 인생에 큰 영향을 주었단다."

그 뒤 모교인 구미초등학교 교사를 지내다가 1946년 10·1 항쟁 때 해직당한 뒤 부산에서 크게 돈을 벌었다. 아버지는 집안뿐 아니라 고향 마을에서 크게 성공한 인물로 많은 사람들의 입에 오르내렸다. 하지만 아버지는 당신의 욕망을 절제하지 않고 자만하면서 인생을 대충대충 사시다가 하루아침에 모든 재산을 다 날렸다. 어머니마저 비명에 가시자 나는 아버지에게 제가(齊家, 집안을 잘 다스려 바로잡음)를 못했다고 무척 섭섭하게 대했다.

하지만 아버지는 아들을 일방으로 사랑했다. 내가 대학 졸업과 동시에 육군 소위로 임관되자 아버지는 몇 가지를 신신 당부했다. "너와 맞서고 있을 북녘 병사도 한 민족이라는 사실이 가슴이 아프다" "월남 전에 지원하지 말라” “사병들 두들겨 패지 말고, 부대 쌀 도둑질하여 사병들 배 곯리지 말라”고 했다. 군 복무 내내 이 말씀이 머릿속에 맴돌았다.

아버지는 내가 교사가 된 것을 대단히 자랑스러워했다. 교사 초임 시절, 아버지가 서울로 오셔서 하루는 출근길에 따라 나섰다.

“네가 근무하는 학교도 보고 싶고, 교장선생님께 인사를 드리는 게 아비의 도리가 아니겠느냐?”

한번은 학교 안팎이 어수선하여 나는 교사생활을 그만두고자 아버지에게 상의를 드렸다. “그래도 학교 사회가 덜 썩었다. 교사는 학생을 보고 사는 거다.”

아버지는 당신이 펴지 못한 교육자의 뜻을 아들이 대신 이루어주기를 바랐다. 아버지는 아들에게 편지를 보낼 때 겉봉에 꼭 “박도 선생님 귀하”라고 썼다. 내가 민망스러워 그렇게 쓰지 마시라고 하면 “너는 내 아들이지만 이 나라 2세들의 선생님이다”고 하면서 교사는 모름지기 모든 사람에게 존경을 받아야 한다고 끝까지 아들의 말을 듣지 않았다.

열렬한 애독자

내가 《비어 있는 자리》라는 첫 작품집을 펴내자 누구보다도 아버지가 가장 좋아하셨다. 아버지는 당신의 머리맡에 아들이 쓴 책을 두고 돋보기를 쓰고는 날마다 반복하여 읽으셨다. 대충대충 넘기지 않고 꼼꼼히 읽으시고는 책 내용 가운데 잘못된 점이나 오자를 찾아 그때마다 전화나 편지로 일러주셨다.

"얘, 네가 이런 걸 어떻게 다 알았니?"

아버지는 아들이 쓴 글에 대해 조목조목 신기해하면서 자식의 성장을 기특히 여기셨다. 어느 날 출판사에 갔더니 이상하게도 부산 서점에서 주문이 가장 많이 온다고 했다. 나중에 알았지만 아버지가 서점에서 내 책을 수백 권을 사서 친지들에게 돌렸기 때문이었다.

1980년 신군부가 쿠데타를 일으켜 집권했을 때 아버지는 시국을 비판하다가 보안법 위반으로 2년 4개월을 복역하셨다. 만기 출소 뒤에는 당신 생업을 팽개치신 채 그림에만 몰두하셨다. 돈 한 푼 되지 않을 그림을 그린다고 언저리 사람들로부터 숱한 핀잔을 받았다. 그때마다 당신은 그림을 그려야만 입을 닫을 수 있고 치솟는 울분을 삭일 수 있다고, 침묵하기 위한 방편으로 그림을 그린다고 말씀하셨다. 아버지가 그리는 화제는 '달마상'이나 '대춘록보(待春鹿譜)'라 하여 눈보라가 치는 들판에서 사슴이 먼 곳을 바라보는 모습을 그렸다. 사슴은 당신이고, 그 사슴의 눈길이 닿는 곳은 통일의 그날이라고 말씀하시곤 했다.

하지만 나는 불효막심하게도 아버지의 그림에 대해 한 번도 찬사를 보내거나 격려의 말씀을 드린 적이 없었다. 그런데도 아버지는 어느 누구보다 아들을 사랑했고, 아들이 쓴 글이라면 다 좋아하셨다. 아버지는 나의 가장 열렬한 애독자셨다. 서울 내 집에 오시면 글감이 될 거라고 졸음에 겨운 아들을 붙잡고 그동안 살아오신 얘기를 들려주셨다. 하지만 그때 나는 아버지의 말씀을 별반 귀담아 듣지 않고 메모해두지 않았다. 아버지가 돌아가신 지금, 나는 가장 귀한 독자를 잃었고, 가장 생생한 글감을 놓친 셈이다.

아버지가 이따금 오실 때 자식으로서 마땅히 해드려야 할 옷이나 치아를 해드리면 "부모가 효자를 만든다"고 하시면서 아들에 대한 섭섭한 말은 다 빼고 친지들에게 "내 자식은 모두 효자 효녀"라고 자랑했다. 그래서 나는 아버지 친구에게 "자네는 참 효자네"라는 전화를 받을 때 몸 둘 바를 몰랐다.

나라님도 수신제가(修身齊家, 자신을 닦고 집안을 다스림)가 힘들고, 나 자신도 가장이 된 지 여러 해 지냈건만 수신제가를 제대로 못하면서도 지난날 철모르고 아버지 마음을 아프게 해 드린 것이 못내 가슴 아프다. 이제 와서 아버지에 대한 불효를 뉘우친들 사후 약방문일 뿐이다.

"내리 사랑은 있어도 치사랑은 없다"는 옛 어른 말씀이 하나도 틀리지 않는다.

4.
두 사람이 마음을 함께 하면

행복은 가까운 곳에 있다

아들아, 오늘따라 내 기분이 무척 좋다. 네 마음도 이심전심으로 사뿐했으리라 믿는다. 지난해 늦가을 집수리를 하면서 망가진 화단을 손질한다는 게 날씨도 춥고 땅이 언 탓으로 차일피일 미루다 이제는 땅도 녹았고, 곧 씨앗을 뿌릴 때도 다가와 나는 지난 일요일부터 이 일을 시작했다. 애초에는 이 일을 삯일꾼과 같이 하려다 인건비도 줄일 겸 운동 삼아 나 혼자 쉬엄쉬엄 했다.

나는 삽으로 묵은 화단의 흙을 다 긁어낸 뒤 그 흙을 철망에 쳐서 화단에 담았지만 흙은 미처 반도 차지 않았다. 거기다 대문 곁에 새로 만든 화단, 수돗가의 화단은 한 줌 흙도 없는지라 세 곳을 모두 새 흙으로 채우려면 상당한 양의 흙이 더 필요했다.

나는 뒷산 기슭에다 돌멩이를 가려내는 철망을 설치하고 흙을 퍼다 정성스레 곱게 쳐서 그걸 양동이에 담아 화단으로 부지런히 날랐다. 지난 일요일, 하루 종일 부지런히 흙을 치고 날랐으나 겨우 대문 곁 화단 한 곳만 간신히 채웠을 뿐이었다. 그날 밤, 나는 모처럼 힘든 일로 무리가 갔는지 팔다리도 쑤셨고 허리도 뻐근했다. 이튿날은 세수를 하는데 코피까지 쏟았다. 네 어머니가 알았다가는 아무래도 한소리 들을 것 같아 혼자 이틀을 꽁꽁 앓았다. 삯일꾼을 부르지 않은 것이 좀 후회도 됐다. 하지만 기왕 시작한 것, 이 정도 일을 중도에서 포기할 수 없다는 생각에 오기가 치솟았다. 또 화단을 가득 채운 고운 흙을 만져보니 흙냄새도 상큼했고, 그 흙을 바라보니 사랑스럽고 뿌듯했다. 땀이 밴 곳에 쏟아지는 애정 때문이었다.

오늘 일요일 아침, 나는 야무진 마음가짐으로 남은 작업을 시작했다. 오늘은 꼭 화단에 흙 채우는 일은 마무리해야겠다고. 하지만 내 마음만 앞섰을 뿐 양동이로 흙을 두어 차례 나르면 한참을 쉬어야 했고, 또 한 번 나를 때마다 도중에서 두어 번씩은 쉬어야 했다. 오전 내내 부지런을 떨었으나 두 곳 중, 한 곳도 제대로 흙을 채우지 못했다. 그런 중, 오후 작업에 네가 나와 그 일을 거들자 무척 진척이 빨랐다. 나는 흙을 파서 철망에 치고, 너는 아버지가 친 흙을 양동이에 담아서 나르고. 너와 함께 일하는 게 대단히 능률적이고 그렇게 즐거울 수가 없었다.

그때 문득 이런 생각을 했다. 내가 다시 태어나 직업을 택한다면 너와 함께 일하면서 그 직종을 가업으로 이어가고 싶다는. 들에서 아버지와 아들이 함께 땀 흘려 일하는 농사꾼도 좋고, 통통배를 타고 바다로 나가 아들과 함께 그물을 걷는 어부도 좋을 듯하다.

한 잡지에 실린 '아름다운 대물림'이란 글에 수제화의 명가인 송림제화 창업자 이귀석 옹이 아들에게 제화 기술을 전수하면서 "한꺼번에 다 이루려고 해서는 안 된다. 한 발짝 한 발짝 옮겨놓는 것부터 시작해라"고 이르면서 구두 만드는 일의 기본부터 가르치는 모습을 그려보자 더없이 아름다운 부자상이었다. 내가 화가라면 이 모습을 캔버스에 담고 싶었다. 그러면 밀레의 〈만종〉 못지않은 명화가 될 것 같았다.

며칠 전, 한 텔레비전에서 경기도 여주의 오부자 도공을 소개한 바, 아버지와 아들 네 형제가 항아리를 만들고 있었다. 아버지와 아들이 작업장에서 함께 물레를 돌리면서 옹기를 빚는 광경도 보기 좋았고, 아들이 빚은 걸 아버지가 살피면서 잘못된 부분을 일일이 지적하고는 당신이 5대 할아버지 때부터 대대로 물려받아 몸으로 익힌 도공의 비법을 다시 아들에게 전수하는 모습도 아름다웠다.

내가 강원도 횡성 안흥 말무더미 마을에 살 때 산책길에 한 부자 농사꾼이 옥수수 밭에서 모종에 흙을 덮는 장면을 보고 너무나 부럽고 아름다워 카메라에 담아 컴퓨터에 저장해 두고 지금도 이따금 열어 보고 있다. 잘난 의원, 고관자식 두면 뭘 하나? 백성들의 고혈로 해외연

수 가서 딴 짓을 하거나 비리에 가담하여 쇠고랑을 차는 그 잘난 자식을 부러워할 필요가 없지 않은가. 부모와 함께 흙을 뒤집으면서 바르게 사는 자식이 얼마나 대견한, 자랑스러운 자식이 아닌가?

아무튼 너와 함께 일을 하자 나는 힘이 훨씬 덜 들었고, 허리의 통증도 별로 느끼지 못했다. 나는 네가 오기 전에 담아갈 흙을 마련해야 한다는 일념으로 부지런히 삽질을 했다. 너는 한 번도 쉬지 않고 나르더구나. 나는 네가 흙을 담아 재빠르게 내려가는 뒷모습을 바라보며 너의 성장에 뿌듯함과 함께 나도 이제 늙어 내 시대는 서서히 막을 내린다는 서글픈 두 마음이 교차했다.

아버지도 군 복무 때는 완전군장을 하고 밤새 행군을 해도 끄떡없었고, 수백 미터나 되는 고지를 하루에 몇 차례 공격해도 이튿날이면 가뿐했는데, 이제는 50미터도 안 되는 곳에 양동이로 흙을 나르며 한두 번 쉬어야 되는 체력의 노쇠함에 숙연해졌다.

마침내 일을 끝내고 몸을 닦은 뒤, 온 식구가 밥상에 둘러앉아 네 어머니가 구운 삼겹살을 상추에 싸 먹으니 다른 어느 때보다 견줄 수 없을 만큼 맛있었다. "행복은 먼 곳에 있는 게 아니고 가까운 곳에 있다"란 말을 실감한 하루였다. 힘든 노동 끝에 휴식은 달콤하고 그 음식조차 달다.

나는 비록 네가 대입 수험생이지만 아버지와 함께 일을 한 시간이 책을 들여다본 시간 못지않게 값지다고 생각한다. 진리는 책 속에만 있지 않다. 이 세상 모든 곳에 다 진리가 있고 배울 게 있다. 아버지는 아들이 도와줘 흐뭇하고 아들은 아버지를 도와드려 즐겁다면 그것이 진리요, 진정한 행복이 아니겠느냐.

두 장애인의 우애

"두 사람이 마음을 함께 하면 그 날카로움이 쇠도 자를 수 있고, 마음을 같이 하는 말은 그 냄새가 난초와 같다(二人同心 其利斷金, 同心之言 其臭如蘭)"라는 말은 주역에 나온 말로 내가 어렸을 때 할아버지께 배운 문장이다. 그때 할아버지는 나에게 그 글을 가르쳐주시면서 이런 얘기를 하셨다.

옛날, 한 마을에 시각장애인과 지체장애인 두 사람이 이웃에 살았다. 두 사람은 동병상련으로 몹시 친하게 지내며 의형제를 맺었다. 그들은 매일 만나 서로 '형님 아우' 하면서 사이좋게 지냈다. 형인 시각장애인은 동네 사람들로부터 들은 얘기를 지체장애인 아우에게 전했고, 아우는 자기가 본 바를 형에게 들려주었다.
어느 봄날, 두 사람이 만나 이런저런 얘기를 나누다가 남들처럼 나들이를 가기로 했다. 형이 아우를 업고 가까운 절로 떠났다. 아우는 형의 등에 업혀 귀를 잡고 방향을 지시하면서 자기가 본 싱그러운 봄 경치를 형에게 들려주었다. 두 사람이 절로 가는 길에 경치 좋은 연못이 있어서 그들은 나무 그늘에서 쉬었다. 그때 연못을 바라보던 아우가 형에게 소곤거렸다.

"형님, 연못 속에 있는 누런 돌덩이가 황금덩이 같습니다."

"그래? 그럼 건지세."

두 사람은 갖은 고생을 하며 누런 돌덩이를 건져 올리자 분명 황금덩어리였다. 아우가 형에게 말했다.

"형님, 이 황금은 형님이 가지십시오."

그러자 형이 고개를 저으며 말했다.

"아우, 무슨 말이오. 그건 아우 몫이야. 아우가 발견했잖아."

"아닙니다. 형님이 가지셔야 합니다. 형님이 아니었다면 어찌 제가 이곳에 올 수가 있었겠습니까?"

"아니, 그건 분명 아우 몫이야. 내가 아우가 없었다면 어찌 이곳에 왔을 것이며, 또 왔다손 치더라도 내가 어찌 황금을 볼 수 있었겠는가? 그러니 아우 몫일세."

두 사람은 황금 덩어리를 가지고 '형님 거다, 아우 거다' 서로 밀쳤다. 그러다가 결론이 나지 않자 형이 말했다. "아우, 우리 두 사람 비록 성치 못한 몸이지만, 이제까지 남달리 돈독하게 지내왔는데, 혹 이후로 이 황금 덩어리로 우리 둘 사이의 우정에 금이 갈지도 모르니 차라리 제자리에 갖다 놓는 게 어떨까?"

"형님, 좋은 생각입니다. 황금보다 우리의 우애가 더 소중하지요. 그렇게 합시다."

마침내 두 사람은 황금 덩어리를 연못에 도로 던져 넣은 뒤 절로 떠났다. 그들이 떠난 뒤, 한 욕심 많은 첨지가 자기 논에 물을 대고자 삽을 어깨에 메고 연못가를 지나게 되었다. 그런데 그때 연못에서 큰 뱀 한 마리가 나와 첨지의 발등을 후딱 스치고 지나갔다. 첨지는 깜짝 놀란 나머지 삽으로 뱀의 몸뚱이를 두 토막으로 찍고는 연못으로 던져버렸다.

한편, 두 장애인이 절에서 부처님께 절을 드리고 공양을 한 뒤, 집으로 돌아가는 길이었다. 그들이 연못가를 지나는데 신기하게도 연못 속에 황금 두 덩어리가 가지런히 놓여 있었다.

"형님, 아까 황금 덩어리가 그새 두 덩어리로 나뉘어져 있군요."

"그래! 부처님께서 우리에게 가피(加被, 부처가 중생에게 은혜를 베풂)를 내리신 게로군.

그럼 우리 나눠 가지세."

"네, 형님."

두 사람은 연못 속의 황금 덩어리를 가지고 마을로 돌아와 나누어 가진 뒤, 더욱 우의를 두텁게 다지며 남은 삶을 잘 보냈다.

　이 이야기는 누군가 지어낸 이야기로 두 사람이 마음을 함께 하면 하늘도 복을 내린다는 교훈이다. 어디 친구 사이만 그러겠느냐. 혈육 사이는 더 그렇다. 집안이 화목하면 가난을 면케 된다는 옛 말씀도 있다. 아버지는 이 밤 대단히 기쁜 마음으로 네게 이 이야기를 전한다.

밭가는 농부 (강원도 안흥)

5.
며느리에게 주는 말

양말 한 켤레

그 언제부턴가 지하철이나 버스를 타면 젊은이들이 나에게 '할아버지' 라고 부르며 자리를 양보했다. 내 나이로 볼 때 그런 호칭을 들을 만하지만 왠지 그 말이 싫었다. '할아버지' 라고 하면 뭔가 고루하고, 꾀죄죄한 냄새가 나고, 시대에 뒤떨어지는 느낌을 주기 때문이었을 것이다. 그러면서 한편으로 딸 아들이 모두 결혼하여 옥동자 손자 손녀를 나에게 안겨주면 내 할아버지가 그랬던 것처럼 나도 그들에게 과자도 사주고, 때로는 글과 세상이치를 가르치고 싶은 소망을 가졌다. 솔직히 나는 어린 시절 할아버지에게 배운 얼마 안 된 세상 이야기와 강독이 평생토록 내 삶을 지배했다. 하지만 딸 아들은 내 소망과는 달리 서른이 넘도록 결혼할 낌새를 보이지 않아 이 시대 부모는 자녀의 결혼조차도 쉬이 볼 수 없다고 체념한 채 살았다.

그런 가운데 이태 전 아들이 자기 회사 같은 팀원의 아가씨와 결혼을 하겠다는 말을 하였을 때 나는 귀가 번쩍 뜨이는 반가운 말로 그 며칠 동안은 마음이 설레고 내가 결혼한 이상으로 들떠 지냈다. 아들이 점지한 아가씨는 내가 그 전에 두어 번 봤던, 강원도 횡성 안흥 시골집까지 찾아온 적이 있는 상냥한 제주도 출신의 아가씨라고 하여, 나도 이제 곧 시아버지도, 할아버지도 된다는 기쁨으로 하늘에 감사하며 지냈다.

우리 내외는 평소 조촐한 결혼식 예찬론자였는데, 아들과 예비 며느리는 우리 생각보다 더 간소한 결혼식을 결정한 뒤 동의를 구했다. 그들은 예사 결혼식장에서 남들과 같은 혼례식을 하지 않겠다고 획기적인 발상을 제의했다. 곧 양가 부모가 제주도에서 만나 상견례 겸 혼인식 절차를 상의한 결과, 양가 부모들은 자녀들의 의사를 최대한 존중하고 그들의 뜻에 따르기로 했다.

그들은 경기도 산골의 한 민박집을 빌려 그 잔디밭에서 혼인식을 치르기로 결정한 뒤 다섯 가지가 없는 결혼식을 기획하고 있었다.

첫째, 청첩장 없는 결혼식으로 참석 하객은 신랑 신부 친구 중심으로 최대한 억제한다.

둘째, 양가에서 혼수 및 예단은 일체하지 않는다.

셋째, 하객 및 친지로부터 일체의 축의금을 받지 않는다.

넷째, 결혼식 주례도 생략한다.

다섯째, 양가에서 서로 주고받는 이바지 음식 등 폐백도 생략한다.

결혼 예물마저도 별도로 구입치 않고 아내가 나에게 받은 것을 그대로 물려주었고, 우리 부부는 예식장에서 혼주들이 입을 옷조차 평소 입던 옷을 입기로 한 바, 아내는 한복 대여점에서 그날 하루 빌려 입었다. 그러다 보니 우리 내외는 결혼식을 앞두고도 준비하는 게 아무 것도 없었다. 결혼식을 앞두고 미리 인사 차 내 집에 온 예비 며늘아기가 시아버지에게 뭘 못 해드린 게 못내 마음에 걸렸는지 나에게 청했다.

"아버지, 제가 모은 돈이 조금 있으니까 뭘 하나 해 드리고 싶어요. 평소 가지고 싶은 것 말씀해 주세요?"

나는 얼른 갖고 싶은 게 떠오르지 않았다. 나는 그의 첫 번째 청을 거절하는 게 예의가 아닐 것 같아 한 가지 청했다.

"꼭 나에게 뭘 해 주고 싶다면 양말 한 켤레만 사다오."

"알겠습니다. 아버지."

그날 저녁 아내는 시장에서 내 양말 한 다스를 사왔다. 결국 우리 양가는 서로 주고받는 일체의 혼수나 예단 없이 결혼식을 마쳤다.

아들 내외는 결혼식에서 양가 아버지의 말씀을 식순에 넣었다고 하면서 한 마디 청했다. 그날 결혼식은 주례 없이 신랑신부 친구의 공동 사회로 진행되었는데, 양가 아버지의 말, 그리고 그들 친구의 축하의 말, 그리고 신랑 신부 성혼선언문 낭독, 신랑 신부가 서로에게 백년가

약을 하는 맹세 등, 예사 결혼식에서 보는 수동적이요 형식적이 아닌, 능동적이며 실질적인 행사로 참 보기가 좋았다. 그 흔한 비디오 촬영도, 결혼식 전문 사진사의 사진 촬영도 없이 치른 게 두고두고 아쉬웠지만 진정으로 축하하러 온 하객 서른 남짓한 분과 대단히 즐거운, 신록이 싱그러운 화창한 봄날을 보냈다. 우리 집 혼인잔치에서는 축의금을 낸 뒤 혼주에게 눈도장을 찍고 슬그머니 밥만 먹고 가는 하객은 단 한 사람도 없었다. 그날 내 주머니에서 나간 돈은 모두 350만원이었다. 다음은 내가 식장에서 하객과 아들 며느리에게 한 말이다.

오월은 일 년 가운데 생기가 가장 왕성한 신록의 달로써 흔히들 '계절의 여왕' 이라고 부릅니다. 며칠 전에는 대지를 촉촉이 적시는 단비가 내리더니, 오늘은 저희 집안 혼인식을 축복하는 양, 더없이 맑고 화창합니다.

먼저 멀리 제주에서 귀여운 딸을 낳아 예쁘게 길러 저희 아들의 신부로 맞이하게 해 주신 사돈 내외분에게 머리 숙여 깊이 감사드립니다. 그리고 주말 바쁜 시간임에도 교통이 매우 불편한 이곳까지 찾아주신 하객 여러분에게도 고맙다는 말씀 드립니다.

며칠 전 아들과 며늘아기는 저희 내외가 사는 원주로 내려와 저에게 결혼식 날 한 말씀해 달라고 청했습니다. 이들의 첫 청을 거절할 수도 없기에 이 자리에 섰습니다.

사실 제가 하고픈 이야기는 지난 4월 2일 양가부모 상견례 자리에서 이미 다 말한 바 있습니다. "양약은 재탕을 해도 그 효험이 있다"고 하기에 저는 오늘 이 자리에서 그때 했던 말을 다시 들려드립니다.

첫째로 "가마 밖의 재물보다 가마 안의 사람이 더 중요하다"고 했습니다.
둘째는 "결혼식 잘 한다고 잘 살지 않는다"고 했습니다.
셋째는 "결혼 후에는 한 눈만 뜨고 살라"고 했습니다. 이는 곧 "서로 상대의 장점만 보고 살라"는 말입니다.

며느리에게 주는 말

며칠 전, 며늘아기가 저희 내외에게 보낸 엽서를 엊그제야 받았습니다. 오늘 그 엽서에 대한 답장으로 아들 며늘아기가 저에게 부탁한 한 말씀을 대신하겠습니다.

안녕, 아가야!
네가 우리 가족이 되는 것 진심으로 축하한다. 이태 전 겨울이었던가? 그때 안흥에 살던 내가 서울에 갔다가 집 앞 찻집에서 너를 처음 만난 뒤 참 괜찮은 아가씨로 문득 우리 며늘아기가 되었으면 좋겠다는 생각을 했는데, 그 바람이 이제 현실이 되었구나. 내 무슨 복으로 너처럼 마음씨도, 맵시도 아름다운 아가씨를 며느리로 맞게 되었는지 하늘에 감사한다. 다음은 미국 작가 해프만의 말로 너희 부부 결혼생활에 도움이 것 같아 들려준다.

"결혼해서 행복하게 사는 사람들이란, 결국 결혼도 인간의 모든 제도에 비하여 유별나게 더 좋거나, 나쁜 것이 없다는 것을 알아차린 사람들이다. 그리고 더 중요한 것은, 그들이 자기 자신과 배우자를 크게 기대하지 않고, 있는 그대로 받아들이는 것을 익힌 사람들이다."

나는 너의 사람됨과 슬기로움을 믿는다. 다시 한 번 너를 우리 가족으로 맞이하게 허락해 준 너의 부모님과 하늘에 감사한다.

우리 며늘아기 만세다. 우리 아들 만세다. 잘 부탁한다.

2010년 5월 29일 아버지 어머니

결혼 이후 아들 내외는 아내가 쓰던 살림 도구 가운데 현재 쓰지 않는 것을 탁자 위에 꺼내놓자 그들은 필요한 것을 골라 갔다. 나는 그 모습을 지켜보면서 한 마디 했다.

"너희가 이런 정신으로 살면 비굴하지 않게 살 거다."

"예, 아버지. 말씀 명심하겠습니다."

공손한 며느리에 대답에 나는 새로운 보물단지가 우리 집에 들어온 것 같아 매우 흐뭇했다.

6.
다산이 두 아들에게 주는 글

다산을 만나다

다산(茶山) 연구의 대가 박석무 선생 사무실에 들렀더니 당신의 저서 《다산논설선집》과 《다산문학선집》 두 권을 친히 서명해 주셨다. 내 얕은 식견으로 어찌 '다산(茶山)'이란 망망대해에 거룻배를 저을 수 있겠는가. 다행히 이 책은 박석무 선생이 친절히 해설하고 원문을 쉬운 한글로 다듬었기에 나는 틈나는 대로 쉬엄쉬엄 읽을 수 있었다.

다산 정약용(丁若鏞) 선생은 실학의 대가로 글 자구마다 그분의 강직한 성품과 백성을 사랑하는 마음, 서학의 과학 문명을 받아들여 나라의 번영을 이루려는 개혁 정신이 배어 있다. 하지만 그분은 조선 정조 임금 때는 다소 빛을 봤으나 정조 임금이 승하하자 곧 당쟁의 회오리로 당신 뜻을 미처 펴지도 못한 채 마흔이던 신유년(1801)에 경상도 장기로, 그해 다시 전라도 강진으로 유배되었다. 그 뒤 18년 동안 기나 긴 유배 생활이었으나 이 기간에 다산은 《목민심서》,《상서평》,《경세유표》 등 수백의 저서를 남기고 후학을 키웠다. 나는 이따금 《다산문학선집》을 펼치는 바, 특히 강진 유배지에서 두 아들에게 준 글에 감동을 받아서 너희에게 전한다.

두 아들에게 부치노라

근(勤) · 검(儉) 두 글자를 유산으로

내가 벼슬하여 너희에게 물려 줄 밭뙈기 정도도 장만치 못했으니, 오직 정신적인 부적 두 글자를 마음에 지녀 잘 살고 가난을 벗어날 수 있도록 이제 너희에게 물려주겠다. 너희들은 너무 야박하다고 하지 말라. 한 글자는 '근(勤)'이고 또 한 자는 '검(儉)'이다. 이 두 글자는 좋은 밭이나 기름진 땅보다 나은 것이니, 일생 동안 써도 다 닳지 않을 것이다.

부지런함〔勤〕이란 무엇을 뜻하겠는가? 오늘 할 일을 내일로 미루지 말며, 아침에 할 일을 저녁으로 미루지 말며, 맑은 날에 해야 할 일을 비 오는 날까지 끌지 말도록 하고, 비 오는 날에 해야 할 일도 맑은 날까지 끌지 말아야 한다. 늙은이는 앉아서 감독하고 어린 사람들은 직접 행동으로 어른의 감독을 실천에 옮기고, 젊은이는 힘든 일을 하고, 병이 든 사람은 집을 지키고, 부인들은 길쌈을 하기 위해 한밤중이 넘도록 잠을 자지 말아야 한다. 요컨대, 집안의 어른아이 남녀 단 한 사람도 놀고먹는 사람이 없게 하고 또 잠깐이라도 노는 시간이 있어서는 안 된다. 이런 걸 부지런함이라 한다.

검(儉)이란 무얼까? 의복이란 몸을 가리기만 하면 되는 것인데, 고운 비단으로 된 옷이야 조금이라도 해지기만 하면 세상에서 볼품없는 것으로 되어 버리지만 거칠고 값싼 옷감으로 된 옷은 약간 해진다 해도 볼품이 없어지진 않는다. 한 벌 베옷을 만들 때마다 앞으로 계속 오래 입을 수 있을지 없을지를 생각해서 만들어야지 곱고 아름답게 만들어 빨리 해지게 해서는 안 된다. 생각이 이 정도에 미쳐 옷을 만들게 되면 당연히 곱고 아름다운 옷을 만들지 않고, 투박하고 질긴 것을 고르지 않을 사람이 없게 된다. 또한 음식이란 목숨만 이어 가면 되는 것이다. 아무리 맛있는 고기나 생선이라도 입안으로 들어가면 곧 오줌이나 똥이 되어 버린다.

사람이 하늘과 땅 사이에 사는 데 있어 귀중한 것은 성실성이니 전혀 속임이 있어서는 안 된다. 하늘을 속이면 가장 나쁜 일이고, 임금이나 어버이를 속이거나 농부가 같은 농부를 속이고 상인이 동업자를 속이면 모두 죄를 짓게 되는 것이다. 단 한 가지 속일 수 있는 것이 있다면 그건 자기의 입과 입술을 속이는 일이다. 아무리 맛없는 음식도 맛있게 생각하여 입과 입술을 속여서 잠깐 동안만 지내고 보면 배고픔은 가셔서 주림을 면할 수 있을 것이니 이것이 좋은 방법이 된다.

올 여름에 내가 다산(茶山)에서 지내며 상추 잎으로 밥을 싸서 덩이로 삼키고 있을 때, 손님이 지켜보고는 "상추 잎으로 싸 먹는 것과 절여서 먹는 것은 차이가 있는 겁니까?"라고 묻기에, 내가 "그건 사람이 자기 입을 속여먹는 법입니다"라고 말하여 적은 음식을 배부르게 먹는 방법에 대하여 이야기해 준 적이 있다. 어떤 음식을 먹을 때마다 이러한 생각을 지니고 있어야 하며, 맛있고 기름진 음식만을 먹으려고 애써서는 결국 변소에 가서 대변보는 일에 정력을 소비할 뿐이다. 이러한 생각은 당장에 어려운 생활 처지를 극복하는 방편이 될 뿐만이 아니라, 귀하고 부유한 사람 및 복이 많은 사람이나 선비들의 집안을 다스리고 몸을 유지해 가는 방법도 된다. 근과 검, 이 두 글자가 아니고는 손을 댈 곳 없는 것이니, 너희들은 간절히 명심하도록 하라.

재물은 메기와 같다

이 글은 두 세기 전에 쓴 글이라 오늘날에는 맞지 않는 부분도 없지 않아서 너희가 그 말씀대로 따르라고 말하고 싶지는 않다. 하지만 그 말씀의 밑바탕은 한번 새겨 볼 가치가 있다고 여겨진다.

강진 귀양지에서 다산은 이밖에도 두 아들 학연, 학유에게 여러 편의 글을 주었는데, 폐족 집안 자식으로서 처신과 아울러 사람으로서 도덕적인 품위를 지키면서 살아가는 길을 그들에게 가르쳐 주고 있다. 전문을 다 옮길 수 없어서 그 요지만 전하고자 한다.

◆ 친구를 사귈 때는 가려라. 무릇 천륜에 야박한 사람은 가까이해서도 안 되고 믿을 수도 없다. 이들은 끝내 은혜를 배반하고 의리를 잊고 아침에는 따뜻하게 대해 주다가도 저녁에는 차갑게 대해 주고 만다. 그들이 부모 형제를 그처럼 가볍게 버리는 데 벗들에게 어떠하리라는 것은 쉽게 알 수 있는 이치이다.

◆ 세상의 옷이나 음식, 재물 등은 모두 부질없는 것이고 쓸데없는 것이다. 옷이란 입으면 닳게 마련이고 음식은 먹으면 썩고 만다. 또 재물은 자손에게 전해 준다 해도 끝내는 탕진되거나 흩어지고 만다. 다만 가난한 친척이나 벗에게 재물을 나누어준다면 영원히 없어지지 않을 것이다. 무릇 재물을 비밀리에 숨겨 두는 방법은 남에

게 베풀어 버리는 방법보다 더 좋을 게 없다. 남에게 재물을 베풀어 버리면 도적에게 빼앗길 걱정이 없고, 불이 나서 타 버릴 걱정이 없고, 소나 말로 운반하는 수고도 없다. 그리하여 자기가 죽은 후에 꽃다운 이름을 천년 뒤까지 남길 수도 있어 자기 몸에 늘 재물을 지니고 다니는 격이니 세상에 이처럼 큰 이익이 있겠느냐? 재물이란 꽉 쥐면 쥘수록 더욱 미끄러운 것이니, 재물이야말로 메기 같은 물고기라고나 할까?

◆ 무릇 하늘이나 사람에게 부끄러운 짓을 아예 저지르지 않으면 자연히 네 마음이 넓어지고 네 몸이 안정되어 호연지기가 저절로 우러나온다. 만약 베 몇 자, 동전 몇 닢 정도에 잠깐만이라도 양심을 저버린 일이 있게 된다면 이것은 너희의 기상을 쭈그러들게 하여 정신적으로 위축을 받게 되나니 간절히 주의토록 하여라.

◆ 폐족(廢族, 조상이 큰 죄를 짓고 죽은 자손)도 성인이나 문장가가 될 수 있다. 오직 독서만이 살아 나갈 길이다. 무릇 독서할 때, 도중에 의미를 모르는 글자를 만날 때마다 널리 고찰하고 세밀하게 연구하여 그 근본 뿌리를 파헤쳐 글 전체를 이해할 수 있어야 한다. 날마다 이런 식으로 책을 읽는다면, 한 권의 책을 읽더라도 수백 권의 책을 엿보는 것이다.

◆ 모름지기 실용의 학문, 즉 실학에 마음을 두고 옛 사람들이 나라를 다스리고 세상을 구했던 글들을 즐겨 읽도록 해야 한다.

◆ 나라를 근심하는 내용이 아니면 시(詩)가 아니다. 세상을 걱정하고 백성들을 불쌍히 여겨 항상 힘없는 사람을 구원해 주고 가난한 사람을 구제해 주고자 방황하고 안타까워서 차마 내버려두지 못하는 간절한 뜻을 가진 다음이라야 시가 된다.

내가 뽑은 글 가운데에 한두 문장이라도 네 마음에 감동한 바 큰 깨달음이 있다면 오늘 아버지의 수고는 보람이 있는 것이다.

자목련 (제주)

사람은 저마다 길이 있다

꿈을 가져라.
꿈은 사람만이 지닐 수 있는 특권이다.
꿈을 지닌 사람은 아름답다.
특히 젊은이의 꿈은 더욱 아름답고 값지다.

1.
꿈을 지닌 인생은 아름답다

화가 렘브란트

"청소년들이여, 야망을 가져라(Boys, be ambitious)."

너희가 여러 번 들어본 말일 것이다. 청소년기에는 꿈을 가져야 한다. 젊음의 매력은 그가 가진 꿈에 있다. 꿈이 없는 젊은이는 짠맛을 잃은 소금과 같다. 그래서 "청춘은 희망에 살고 백발은 추억에 산다"라는 말도 생겨났다. 꿈을 가진 이는 쉽게 부정부패, 비리에 물들지 않는다. 꿈을 가진 이는 용기를 지닌다. 또 꿈을 가진 이는 어떠한 어려움에도 결코 좌절하지 않는다.

인류 문화와 역사 발전은 젊은이의 꿈으로 거듭 이루어져 왔다. 하늘을 날겠다는, 그때로서는 허황한 꿈을 가진 라이트 형제 덕택으로 마침내 사람들은 하늘을 날아다니고 있고, 학교의 낙제생인 에디슨의

무모한 꿈 덕분에 지금 온 세상 사람들이 밝은 전등불 아래에서 책을 읽을 수 있으며, 당시로서는 상상도 할 수 없었던 벨의 꿈으로 너희와 나는 버튼 한번만 누르면 아무데서나 통화할 수 있지 않느냐.

네덜란드가 자랑하는 화가 렘브란트의 아버지는 아들에게 관리나 학자가 되라고 했다. 이에 렘브란트가 "아버지, 저는 화가가 되기만 한다면 죽어도 좋아요" 라고 말하면서 꿈을 말하자 "허허, 네가 죽으면 화가가 될 수 없지. 그래 아버지가 졌다"고 하며 아들의 꿈을 열어주었다. 그러나 그의 일생은 평탄치 않았다. 아내의 죽음, 파산 선고, 그 뒤 외아들의 죽음과 같은 불행이 잇따랐다. 하지만 렘브란트는 어린 시절의 꿈을 이루기 위해 모든 불행과 싸우면서 세계 회화 사상 최대의 화가로 '혼의 화가', '명암의 화가' 라는 별칭을 얻었다.

꿈★은 이루어진다

지난 2002년 월드컵 때, 우리의 오랜 꿈은 본선 1승이요, 16강 진출이었다. 50여 년 동안의 이 비원이 마침내 16강을 넘어 8강으로, 4강으로 이어졌다. 온 국민이 바라고 애써 노력했던 꿈이기에 마침내 이루어진 것이다. 꿈은 바라고 노력하는 사람에게는 이루어지게 마련이다.

내 어린 시절의 꿈을 들려주겠다. 내가 태어날 때 나의 아버지는 고향인 구미초등학교 교사였다. 그 뒤 아버지는 학교를 그만두셨지만, 내가 초등학교 다닐 때는 아버지와 함께 근무하셨던 선생님이 여러 분 계셨기에 나는 초등학교 시절 늘 '박 선생의 아들'이란 애칭이 붙어 다녔다. 어린 나로서 아버지가 선생님이었다는 사실에 대단한 자부심을 가졌다. 더욱이 3학년 때 담임 김경수 선생님은 아버지의 제자로 대구사범학교를 갓 졸업하고 모교에 와서 처음으로 우리 학급을 맡았다.

그분의 인상은 선이 굵고 시원스러워 흡사 베토벤의 모습이었다. 선생님은 모든 교과를 무척 재미있게 가르쳐주셨고, 학생들에 대한 열정이 대단하셔서 나는 그만 선생님께 흠뻑 빠졌다. 선생님은 우리들 동심의 우상이었다. 글씨도 잘 쓰셨고, 풍금도 잘 치실 뿐만 아니라 음악 교과서에 실린 노래 외에 당신이 작사·작곡까지 해서 시골 아이들의 메마른 정서를 일깨워주셨다. 또 그림도 잘 그리실 뿐 아니라 운동이라면 무엇이든지 만능으로 특히 면내 직장 배구시합 때는 늘 주전 선수로 출전해서 강 스파이크를 내리꽂아 우리들의 박수를 독차지했다.

수업 시간에 들려주시는 옛날이야기는 학동들의 넋을 잃게 했고 무척 인자하시면서도 한번 꾸중하실 때는 우리 반 전원을 고양이 앞에 쥐처럼 벌벌 떨게 했다. 그때부터 선생님은 나에게 신성화된 존재였다. 다음에 나도 어른이 되면 우리 선생님과 같은 훌륭한 교사가 되는 게 그때 내 꿈이었다.

나의 꿈

고교 시절, 나는 매우 어렵게 학교를 다녔지만 많은 선생님으로부터 사랑을 많이 받았다. 고1 때 백일장에서 시가 입선되고, 이듬해는 교내 문예현상 공모에 내가 쓴 소설이 당선된 뒤 나를 아껴주신 여러 선생님은 만날 때마다 국문학과로 진학하라고 격려해주셨고, 친구들도 내 이름 대신 '시인', '소설가' 란 애칭을 붙여주며 문필가의 길을 권유했다. 고2 때 새해 아침, 나는 조간신문 배달을 마치고 북악산 정상에 올라 동녘에 떠오르는 태양을 향해 절하면서 나는 내 꿈을 확정지었다. 교사생활을 하면서 틈틈이 글을 쓰겠다고. 또 한편으로 신문사에서 신문뭉치를 어깨에 메고 보급소로 나를 때는 신문사 기자나 사장이 되겠다는 당찬 꿈도 가졌다.

그때의 꿈 탓인지 나는 대학 졸업 후 병역을 마치자마자 옆도 돌아보지 않고 곧장 교단에 섰다. 내 어린 시절의 꿈은 서울 한복판 학교의 고교 교사가 되는 게 아니었다. 내가 자란 시골보다 더 벽촌인 산촌이나 어촌의 초등학교 교사가 되어 수업이 일찍 끝나면 학동들과 함께 시냇가에서 메기 붕어를 잡고, 무 배추 호박을 심는 시골 교사가 되는 게 꿈이었다. 그러나 어린 시절의 청순한 내 꿈은 성장하면서 바라지고 때가 묻어 서울 한복판 고교 교사가 돼버렸다. 어쨌든 한 가지 꿈은 이루었지만 작가의 길은 멀고도 험난했다. 실패의 연속이었다. 많은 좌절을 되씹고, 몇 번이나 포기를 다짐하고도 지워지지 않는 작가의 꿈이었다. 그 지워지지도, 꺾이지 않았던 집념 탓인지 마흔이 넘은 후에야 늦깎이로 문단 말석에 얼굴을 내밀 수 있었다.

세 번째 꿈인 기자는 이룰 수 없는 꿈으로 여겼다. 그러다가 늘그막에 정말 천만 뜻밖에도 우연한 인연으로 한 인터넷신문의 시민기자가 되었다. 기자생활 중, 여러 네티즌의 성원으로 40일 남짓 미국에 가는 행운을 얻어 경비가 삼엄한 백악관 앞에서 "미국이여, 이제 두 동강난 내 조국 한반도 통일을 방해치 말라"는 기사도 썼다. 이 모두가 고교 시절에 품었던 꿈이었다.

나는 아직도 꿈을 가지고 있다. 그 첫째는 '청출어람' 일 수 있는 제자를 기르고 싶다는 것, 또 하나는 살아생전 이양하 선생의 '나무' 와 같은 수필이나 황순원 선생의 '소나기' 와 같은 소설을 한 편 남기고 싶다. 내가 이 세상에서 사라진 후라도 내 글이 다음 세대에 사랑을 받는다면 그때 내 꿈은 모두 이루어진 게 될 것이다. 나는 오늘도 이 꿈을 위해 컴퓨터 자판을 서툰 솜씨로 두들기고 있다.

딸아, 아들아, 네 꿈을 가져라. 큰 꿈이 아닌 작은 꿈도 좋다. 인생에 있어서 꿈은 빛과 소금과 같은 것이다. 설사 그 꿈이 이루어지지 않는다 해도 꿈을 가진 그 자체만이라도 너는 행복할 수 있고, 네 생활에 활기를 줄 것이다. 그리고 그 꿈으로 부정부패, 비리에 쉽사리 물들지 않을 뿐만 아니라 인생의 역경이나 실패에도 좌절치 않는다. 단 그 꿈은 네 이익만 챙기고 다른 이에게 공해가 되는 그런 꿈이 되어서는 안 된다.

꿈을 가져라. 꿈은 사람만이 지닐 수 있는 특권이다. 꿈을 지닌 사람은 아름답다. 특히 젊은이의 꿈은 더욱 아름답고 값지다.

2.
사람은 저마다 길이 있다

드럼에 미친 아이

나는 요즘 이른 새벽에 이따금 그로부터 인사를 받는다.

"선생님, 안녕하세요. 저 남궁연이에요. 학교 다닐 때 선생님이 저희들에게 열심히 살라고 하셨지요. 그러면 모두 정상에서 만난다고 하셨습니다. 저 그동안 열심히 살아왔고 앞으로도 열심히 살겠습니다. 선생님도 작품 열심히 쓰세요. 그럼 또 뵐게요."

막 배달된 신문을 펼치다 보면 전면 통광고에 까까머리의 그가 드럼을 배경으로 전자 악보를 펼쳐놓은 채 드럼 스틱에 턱을 받친 채 의자에 다리를 꼬고 앉아 싱긋 웃으며 나에게 인사를 한다. 그리고 그 옆에는 '메가 마니아 남궁연, 최고는 다릅니다' 라는 카피가 있다.

그가 고1 때 어느 날 촌극 시간에 한 녀석이 그에게 좋아하는 선생님을 물었다.

"저는 나사못이 약간 빠진 듯한 도박 선생님을 좋아합니다."

그는 재치 있는 말솜씨로 친구들의 배꼽을 잡게 했던 까까머리 학생이었다. 그는 그때부터 딴따라 끼가 보였다. 돈만 생기면 레코드판을 사고는 밤낮으로 음악 감상에 심취하면서 드럼을 미친 듯이 두들겼다. 그는 음악에 빠져 살고 싶었는데 아버지는 공학도가 되라고 했다. 아버지의 엄명을 거역할 수 없어 고2 때 자연계를 선택했으나 머리에 수학 공식이나 과학 이론이 쉬 배어들지 않았다. 차츰 학업에 흥미도 잃었고 학교생활도 싫어졌다. 아버지의 강요에 더 이상 순순히 승복할 수 없었다. 그는 자신이 생각하는 '나'와 아버지가 생각하는 '아들' 사이에는 엄청난 괴리가 있음을 알았다. 그때부터 10대의 반항이, 방황이 시작됐다. 자연히 학교생활이 뒤틀려지고 마침내 학교로부터 '집에서 당분간 푹 쉬라는 조치'(그의 표현임)도 내렸다. 다시 학교에서 등교해도 좋다는 통보를 받고는 인문계로 전과를 해서 '하나님의 뜻'을 알고자 신학대학에 진학했다.

일 년 동안 열심히 기도한 결과, 하나님의 계시는 '네 길로 가라'였다. 그 뒤 그는 드럼을 죽기 아니면 까무러치기로 두들겼다. 대한민국에서는 제일의 드러머가 되겠다고 드럼에 미쳤지만 자기를 알아주는 이도 없었고 수중에는 무일푼이었다. "네가 크게 되려고 일찌감치 고통을 받나보다"고 하며 끝까지 용기를 주시던 어머니가 암으로 쓰러졌다. 그날 그는 세수를 하다가 세숫대야에 비친 자신의 초라한 몰골이 너무 한심하고 보기 싫어 그날로 머리를 박박 밀었다. 이상하게 그날부터 길이 트이기 시작했다. 어머니가 아들에게 마지막으로 준 선물이었다. 그는 어머니의 죽음을 딛고 일어선 것이다. 그래서 지금도 그는 스님처럼 까까머리로 지내고 있으며 앞으로도 그렇게 지내겠다고 한다. 그는 지금 방송가에서 자기가 하고 싶은 일을 하면서 열심히 살고 있다.

컴퓨터에 빠진 아이

나는 컴퓨터 오락을 매우 좋아합니다. 중3 때부터 고1 겨울 방학 때까지 컴퓨터 오락에 아주 미쳤습니다. 내 머릿속에는 온통 오락에 대한 생각밖에 없었습니다. 그렇다보니 학교생활도 엉망이 되고 건강도 나빠져서 키도 제대로 크지 못한 것 같습니다. 그리고 엄마랑 사이도 매우 좋지 않았습니다. 내가 방에서 오락을 하고 있으면, 갑자기 엄마가 와서 컴퓨터를 꺼버립니다. 나는 저장도 안 시켜놓았는데 엄마가 막무가내로 꺼버리니까 무지하게 열 받습니다. 그럴 때면 저는 엄마한테 막 대듭니다. 그러자 엄마가 나를 보고 제 정신이 아니라고, 정신과 치료를 받으라고 권했습니다. 참 어이가 없었습니다. 엄마가 아들을 환자 취급을 하니 나는 세상을 살아갈 의욕이 없었습니다. 그러나 세상은 살아야 했습니다. 내가 살고자 하는 이유 가운데 하나는 역시 오락 때문이었습니다. 오락을 쉴 새 없이 하다 보니 엄마와 싸움은 끝이 보이지 않았습니다. 엄마와 오랜 싸움 끝에 내가 지쳐 지금은 오락을 하지 않고 있습니다. 두 달 정도 됐는데, 앞으로 어떨지는 나도 잘 모르겠습니다.

내가 컴퓨터 오락을 한 뒤부터는 건망증이 심해졌습니다. 밤참을 먹은 뒤 자려고 라면을 끓이다가 그 사이 잠깐 오락을 한다는 게, 가스 불을 켜놓은 채 네댓 시간 정도가 지나 태워 먹은 냄비가 한두 개가 아닙니다. 어느 날은 집까지 화재로 날릴 뻔 했습니다. 밤을 새우다시피 오락을 즐기다가 등교 길에 버스나 지하철에서 졸다가 종점까지 가버린 적도 많았습니다. 때로는 버스 번호를 착각해서 신촌이 아닌 영등포로 간 적도 있습니다.

작문시간 '말하기' 발표 때, 한 학생의 이야기이다. 그 녀석이 발표할 때 아이들이 책상을 치며 재미있게 들었고, 나도 마치 내 아들 이야기를 듣는 것 같아서 빙긋 웃었다.

사람은 저마다 길이 있다. 혹자는 그것을 팔자라 하기도 하고, 운명이라고도 한다. 그 길은 그 누구도 막을 수 없다. 그런데도 세상의 아버지들은 자녀의 앞날을 좌지우지하려고 한다. 그러다가 부자간에 갈등을 빚는 경우가 허다하다.

아들아, 네가 초등학교 4학년 때, 엄마는 당시로는 큰돈을 들여 컴퓨터를 사다주었다. 그때부터 너는 컴퓨터에 홀딱 빠져버렸다. 네가 중학교에 진학한 뒤에도 여전히 컴퓨터와 살다시피 했다. 자연 네 학업 성적이 점차 하향 곡선을 그렸다. 나는 네 성적표를 볼 때마다 "그래도 네 밑에도 몇 녀석 있구나"라고 호기를 부렸지만, 네가 너무 컴퓨터에만 빠진 것 같아 몹시 걱정이 됐다. 엄마는 보다 못해 네 방의 컴퓨터를 거실로 옮기고, 그래도 안 되니까 코드를 뽑아 숨겨두었다. 하지만 너는 포기를 하지 않고 부모가 잠들기만 기다린 뒤, 한밤중에 몰래 내 방으로 들어와 코드를 꺼내 다시 자판을 두들겼다.

네가 고등학교에 진학하면 자제할 줄 알았는데, 입학한 뒤 아예 클럽활동 전산반에 들어가더구나. 학교 축제다, 교내 행사다 하며 꼬박 밤을 새우는 일이 많았다. 2학년이 되자 전산반 반장이 돼 더욱 학교 행사에 극성을 부렸다. 엄마는 너와 줄다리기 끝에 마침내 지쳐 포기해버렸다. "너 고등학교 졸업 뒤, 대학 못 가면 곧장 용산전자상가에 점원으로 취직하는 거다"라고 다짐까지 받아두었다. 나도 밤 새워 두

들기는 자판 소리에 네 방으로 가서 몇 번이나 야단쳤으나 끝내 네 버릇은 고치지 못했다. 더 이상 보다 못한 엄마가 나에게도 포기하라고 했다.

"너무 닦달하면 집밖으로 나도니까 내버려두세요."

엄마 말이 일리가 있어 나도 욕심을 버렸다. 부모와 갈등을 빚어 집밖으로 떠도는 청소년들이 숱하게 많은 걸 내 익히 알고 있지 않느냐.

"아버지도 글 쓰는 일이 좋아서 밤을 새우시지요. 생각이 술술 풀려 한참 신나게 쓰고 있는데 불 끄고 자라면 좋겠습니까? 저도 마찬가지입니다."

'말이나 못하면 밉지나 않지? 그래, 네 인생은 네 것이니까…. 일찌감치 용산전자상가에 나가 자립하는 것이 더 나을지도 몰라. 어차피 다가오는 세상은 대학 졸업장이 별 볼일 없게 될 테니까.'

그렇게 생각하니까 내 마음도 한결 편했다.

자식을 이기는 부모 없다

나는 몇 해 전까지만 해도 글은 꼭 육필로 쓴다고 고집을 피웠다. 내 필체에 영혼을 불어넣는다는 심정으로 꼭 만년필로 정성껏 썼다. 워드로 글을 쓰는 친구들이 "한번 배워봐, 아주 편하고 좋아"라고 권해도 묵살하고 컴퓨터 자판 한번 두들기지 않았다. 나는 장편소설을 쓸 때, 글을 너무 무리하게 써서 팔에 통증으로 여러 달 동안 한방병원에 가서 침을 맞으면서도 만년필만 고집했다. 그러다가 교사들도 학생생활 기록부를 위하여 반드시 워드를 칠 줄 알아야 된다는 통보를 받고, 또 원고를 청탁한 잡지사에서 원고를 디스켓이나 메일로 보내달라는 요청을 받은 뒤 어쩔 수 없이 컴퓨터 앞에 앉았다.

나는 워드를 정식으로 학원에 등록해 차근차근 배우지 않고, 어깨너머로 배우자니 모르는 것도, 실수도 무척 많았다. 그때마다 너에게 물었다. 몇 번은 잘 가르쳐주던 네가 자꾸만 부르니까 짜증이 났는지, 아니면 지난날 네 마음대로 자판을 두드리지 못하게 한 반감 때문이었는지 "아빠, 모르신 것 적어두셨다가 한꺼번에 물어보세요., "이 책 보시고 배우세요"라고, 늙은 아비에게 쉽게 배우려 말고 스스로 터득해야 바로 배울 수 있다고 충고했다. 네 엄마는 머쓱해진 내 꼴이 재미있는 양 "언제는 아들 구박하더니, 보기 좋~습니다"라고 놀렸다.

네 누나가 대학에 진학하자 그제야 너도 대학 진학을 해야겠다는 생각이 들었는지, 책을 보는 시간이 컴퓨터 앞에 앉아 있는 시간보다 조금 길어지는 듯했다. 대학수학능력 시험 성적이 발표되자 제 공부한 것에 견주면 점수가 다소 후하게 나왔다. 대학입시 원서 접수를 앞두고 너는 다시 고집을 피웠다. 고등학교에서 30년 동안 진학 지도에 이력이 난 아비의 말을 듣지 않고, 제 성적에 무리인 '전자공학과' 만 고집했다. 아비가 네 점수로는 무리라고, 다른 학과로 생각해보라고 충고해도 듣지 않았다.

"아버지는 꼭 국문학과로 가고 싶은데, 점수가 조금 부족하다고 일어과로 가시겠습니까? 저는 대학 이름보다 학과를 중시합니다. 올해 못가면 내년에 가겠습니다."

"…"

듣고 보니 옳은 말이라, 내 소견은 꺾고 네 고집을 따랐다. 예로부터 "자식을 이기는 부모 없다"고 하더니, 나도 별수 없이 자식 고집에 손 들어버렸다.

그는 그해 2월 하순, 대학입시 등록 최종 마감 전날에야 합격통지를 받았다. 대학 졸업 후 지금도 자기가 정한 진로를 별 탈 없이 걸어가고 있다. 앞으로도 제 고집이 옳았다고, 자기가 선택한 길로 후회 없이 살아가기를 구닥다리 아비는 간절히 바랄 뿐이다.

3.
후회하지 않을 인생길

정년 퇴직자의 공통점

외길을 걷는 사람이 많은 나라가 선진국이요, 그런 사람이 많은 사회라야 건강한 사회가 된다. 70 평생을 무대에 바치고 은퇴에 즈음하여 고별 공연을 한 원로 연극인 김동원 씨나, 병사로 출발해서 육군 대장으로 평생을 군인으로 생애를 마감한 한신 장군도 외길을 걷다간 분이다. 격변하는 우리 사회에서 외길을 걷기란 쉬운 일이 아니다. 본인은 외길을 걷고 싶지만 타의에 의해 걷지 못하는 경우도 있고, 가족의 생계 때문에 자기가 가고자 한 길을 가지 못하고 다른 길로 발길을 돌리는 일도 많을 것이다. 대체로 한 직장에서 수십 년 몸 바치다 정년퇴직을 한 이들은 한결같은 공통점이 있다.

첫째로 그들은 무엇보다 직업의식에 투철하다. 자신의 직업에 만족하고 누가 뭐라고 해도 직분에 흔들림이 없다. 그리고 자신의 직업을 천직으로 알고 묵묵히 일한다.

둘째로 머리가 너무 비상하지도, 그렇다고 무능하지도 않다. 머리가 뛰어난 사람은 빨리 승진해서 일찍 퇴직하거나 아니면 다른 직종으로 옮기거나, 동료 직원의 질시 대상으로 그것을 견디지 못하고 뛰쳐나간다. 그리고 무능한 직원은 윗사람들이 밥값도 못한다고 매정하게 잘라버린다.

셋째로 그들은 성실하고 신체나 정신이 매우 건강하다. 건강 문제로 직장에 성실치 못하면 스스로 퇴직하거나 내쫓기게 마련이다. 또 아무리 유능하고 성실한 사람이라도 건강치 못한 사람은 한 직장에 오래 머무를 수 없다.

넷째로 욕심이 지나치면 정년퇴직이 힘들다. 어느 직장이나 봉급생활자에게는 일확천금이 있을 수 없다. 자기 봉급에 만족하고 거기에 알맞게 생활을 해야지 분수 이상 수입을 바란 다든지 봉급보다 과소비를 한다면 성실한 직장인이 될 수 없다. 이런 분수 모르는 사람도 잘리게 마련이다.

이렇듯 평생을 한 직업으로, 한 직종으로 살아간다는 것은 외환위기 이후 우리나라의 현실에서 쉬운 일이 아니다. 그런데 우리가 알고 있는 선진국들은 평생을 외길로 가는 사람이 많다. 유럽 기행 중 알게 된 이야기인데, 독일의 졸링겐은 대장간 마을로 이 지역 사람들은 수백 년 동안 칼만 만들었다. 여기서 만든 쌍둥이표 칼은 200년 역사를, 삼 지창표 칼은 400년 역사를 자랑하고 있다. 그들 상표는 세계 부엌용품 시장에서 최고의 명성을 얻고 있었다. 미국인이나 유럽인들은 누가 뭐라던 내 식대로 사는, 학벌이나 허세보다 실력과 기술을 우위에 둔 투철한 직업의식을 갖고 있었다.

이웃나라 일본만 해도 첫 직장을 평생직장으로 살아가는 이가 많다고 한다. 이것저것 해보다가 하는 수 없이 입에 풀칠이나 하고자 우동 가게를 하는 사람과 평생을 외길로 우동 가게를 한 사람의 우동 맛은 하늘과 땅의 차이만큼 난다.

몇 해 전에 내가 한 제자의 주선으로 일본 아키타 현에 갔을 때다. 그곳 이나카와마찌에 있는 사토요우스케(佐藤養助) 우동자료관에 갔더니 이 지방의 명품 이나니와 우동은 300년이 넘는 역사를 자랑하고 있었다. 이 이나니와 우동은 1665년 창업한 이래 지금까지 7대째 가업을 이어온다고 자료관 한편에다 자기네 선조 족보와 역대 업주 사진과 이름을 자랑스럽게 걸어두고 있었다. 그뿐 아니라 각종 표창장, 명품 인정서, 장부, 엽전, 어음, 계산서, 주판, 명사들의 사인, 시대별로 우동 만드는 기구의 변천사, 포장된 우동 상품, 우동 그릇, 젓가락 등등 우동에 관한 모든 자료가 자료관을 가득 메웠다.

이곳 지배인이 우리 일행을 내실로 안내하고는 막 끓인 우동을 내왔다. 이 우동은 일본에서 가장 비싼 것으로, 한 그릇에 2천 엔(우리 돈으로 약 3만 원 정도)이라고 했다. 아무리 물가가 비싼 일본이라지만 우동한 그릇이 3만 원이라니. 맛을 보자 면발이 쫄깃쫄깃하고 담박했다. 우동의 제조 과정을 살펴보니 밀가루에서 우동이 되기까지 아홉 단계를 거치는데, 반죽을 하고 뽑고 늘리고 건조시키고 자르고 불량품을 골라내는 전 과정이 모두 하나같이 사람의 손으로 이루어지고 있었다. 그네들은 우동 하나로 자기네 고장을 명소로 만들어서 관광객을 불러 모으고 있었다. 이러한 장인 정신이 일본을 경제대국으로 만든 원동력이라고 할 수 있다. 그뿐 아니라 문화로도 승화시켰다. 구리 료헤이(栗良平)라는 일본 작가가 쓴 《우동 한 그릇》이 일본 열도를 울리고 한국 독자까지 울린 것은 이미 널리 알려진 이야기이다. 해마다 연말이면 어머니가 두 아들을 데리고 우동가게를 찾아가는 가족의 사랑을 그린, 일본인의 감성이 아주 잘 드러난 작품이다.

유자와 시에 있는 일본 청주 명품 후쿠코마찌(福小町) 양조장도 400년 역사를 자랑하고 있었다. 이곳에서 만든 우동이나 청주 빚는 방식은 여태 옛 방식 그대로 처음부터 끝까지 수공(손)으로 이루어지고 있었다. 막 빚은 술을 맛보았더니 상큼한 향기와 혀끝을 사로잡는 감칠맛이 있었다. 이 양조장의 술맛 비결은 깨끗한 물과 좋은 쌀 그리고 삼나무 통 때문이라고 했다.

대체로 일본인들은 조금 유명해졌다고, 조금 돈을 벌었다고 새 공장을 짓거나 다른 사업을 확장하지 않고, 옛 것을 그대로 지키나가는 게 명품 이름을 유지하는 비결이었다. 우리나라 기업주들은 조금 돈을 벌면 금세 사업을 늘이거나 문어발식으로 여기저기 덤비다가 끝내 모기업마저 날려버리고 직원들을 거리로 내쫓곤 한다. 짧은 역사와 여기저기 분산된 힘으로는 결코 명품을 만들어낼 수 없을 것이다. 명품은 오랜 세월과 최고의 품질로 만들겠다고 끝까지 물고 늘어지는 집념으로만 이루어진다는 교훈을 나는 이곳에서 배웠다. 일본인들은 이러한 직업관으로 전문성을 최대로 발휘하여 경제대국을 이루었다고 생각한다.

너희도 가능한 한 가지 일에 평생을 바쳐라. 무슨 일에 종사하든 자신이 평생을 바쳤다면 아무리 둔한 사람일지라도 그 분야의 전문인이 될 수 있다. 그렇다면 자신의 노후도 크게 걱정하지 않아도 된다.

자주 직장을 옮기면 성공하기 힘들다

내 초등학교 한 친구는 집안이 몹시 어려웠다. 초등학교 시절, 어린 나이에도 학교 수업만 끝나면 금오산에서 나무를 해다 팔아 집안 살림을 도우면서 자신의 월사금도 내고(그때는 초등학교에서도 매달 '월사금' 이라 하여 돈을 받았다) 신발도 사 신었다. 그는 산림간수에게 들킬까 두려워 한밤중에 금오산으로 올라가 나무를 하여 지게에다 지고 내려와 새벽 장에 내다 팔고는 아침을 먹고 학교에 등교했다. 초등학교는 간신히 졸업했으나 중학교는 도저히 진학할 수 없어 취업 길로 들어섰다.

그는 식당에 취직하면 밥은 실컷 먹을 수 있을 것 같아 일식집 허드레 일꾼으로 들어갔다. 그로부터 50년, 그는 지금 서울 명동에서 일식집을 하고 있는데, 그 분야에서는 둘째가라면 서러워 할 정도의 전문인으로 열심히 살고 있다.

"나는 너희들이 학교 얘기를 할 때면 마음이 아파 늦은 밤에 강의록으로 독학하여 고교 과정까지 수료했다"고 말하면서 외길로 살아온 지난 삶을 지금은 자랑스럽게 얘기하고 있다.

그런데 일반적으로 우리나라 사람들은 외길을 가는 이가 드물다. 철새처럼 그때그때의 경기를 쫓아가는 이들을 많이 볼 수 있다. 얼마 전 제자 한 녀석을 만났다. 두뇌가 명석했던 그 녀석은 대학 진학 때는 앞으로는 중문과가 전망이 밝다면서 ㅇ대로 진학하더니 얼마 다니지 않다가 휴학하고는 이듬해는 다시 ㄱ대 경영과에 신입생으로 입학했다. 대학 졸업 뒤 아무개 증권회사에 있다더니, 다시 무역회사로 옮겼으며, 지금은 어느 영화사에 다닌다고 했다. 몇 년 새에 직장을 여러 번이나 옮긴 것이다.

그 녀석이 앞으로 몇 번이나 더 바꿀지 알 수 없으나 그렇게 자주 직장을 옮기면 성공하기 힘들다. 젊은 날은 그런 대로 자신의 실력을 인정받아 자주 직장을 옮길 수 있을지 모르나, 나이가 들거나 전문직이 아니면 새 직장을 얻기 어렵다. 또 직업이나 직장도 한두 번 바꾸게 되면 자꾸 그러고 싶어진다. 여기가 좋을까, 저기가 좋을까 기웃거리지만 어느 직업, 어느 직장이든 좋을 때와 나쁠 때는 항상 있게 마련이다. 자신의 능력만 믿고 여기저기 옮겨 다니는 사람은 '토끼와 거북 이야기'에 나오는 토끼처럼 끝내는 경기에 지고 아무것도 이루지 못하고 한 채 늘그막에 후회를 하기 마련이다.

또 한 분야에서 성공한 사람도 자신의 욕망을 절제하지 못해 모두를 잃어버린 이도 많다. 내가 잘 아는 어느 출판사 대표는 출판계에서 잔뼈가 굵어 마침내 독립하여 젊은 나이에 크게 성공했다. 그는 자신감에 차 있었고, 그런 그에게 주위에서 다른 분야에 투자하라고 꼬드겼다. 언저리 사람들의 찬사에 우쭐해진 그는 생소한 사업에 투자를 했다. 새로 시작한 사업에는 시루에 물 붓기로 돈이 들어갔다. 하지만 경험 부족으로 얼마 안 돼 도산해버리고 말았다. 그러던 중, 본업인 출판에도 소홀했고 저자들에게 인세도 지불하지 못하자 그들마저 외면해버렸다. 그는 뒤늦게야 "송충이는 솔잎을 먹어야 한다"고 후회했다.

어디 중소기업인만 그러하랴. 대기업들도 이 직종 저 직종 마구잡이식으로 뛰어들다 마침내 부도를 내는 일이 종종 있음을 우리는 보도를 통해 자주 접한다. 그들은 자신의 공든 탑을 하루아침에 무너뜨릴 뿐 아니라 수많은 실업자를 양산하고 나라의 경제까지 주름지게 한다.

한 우물만 파라

앞으로의 세계는 더욱 전문화 시대가 될 것이다. 팔방미인, 반거들충이는 굶어죽기 십상이다. 세계적인 초일류 기업들은 하나의 업종으로 정상을 차지하고 있다. 미국의 코카콜라 사는 콜라 하나로 지구촌 곳곳을 누비고 있으며, 영국의 버버리는 여름에는 시원하고 겨울에는 따뜻한 방수면 개비딘으로 만든 코트로 세계적인 명성을 얻고 있고, 프랑스의 샤넬은 향수로 세계의 여성을 매혹시키는가 하면, 이탈리아의 구찌는 가죽 제품으로 세계인의 사랑을 받고 있다.

외길을 걷는 사람은 전문인이 될 수 있고, 그런 사람이 많을수록 나라도 부강해진다. 요즘은 방망이 하나만 잘 휘둘러도 연봉 10억 원 이상은 벌 수 있고, 카메라 셔터만 잘 눌러도 월 천만 원 이상의 소득을 올릴 수 있다. 물론 수입만이 인생의 전부는 아니다.

한 가지 일에 평생을 바친다면 이 사회에서는 그를 명인(名人)으로 대접해준다. 그리고 그런 전문인이 많은 나라가 선진국이 되고 경제대국도 된다. 아버지가 농민신문사에서 발간하는 월간 《전원생활》의 객

원기자로 2년 동안 전국 방방곡곡에서 외길로 살아가는 여러 분을 만난 적이 있는데 문경의 사기장 김정옥 씨는 7대째 가업을 이어온 도공으로 집안이 어려워 중학교도 중퇴했으나 명장과 사기장 인정을 받아 대학에서 명예교수로 후진을 양성하고 있었고, 함창의 허씨비단직물의 허호 씨는 가방 끈이 짧아 입에 풀칠을 하고자 어머니의 명주베틀을 이어받아 평생 비단을 짜며 전국 최고의 비단장사로 고향 함창을 빛내고 있었다. 그는 나에게 당당하게 말했다.

"우리의 옛 것을 이으며 현대감에 맞게 재창조하는 게 전통문화를 계승하고 국제경쟁에서 이길 수 있는 길입니다."

다산 정약용 선생은 "의원이 3대를 계속해오지 않았으면, 그가 지어주는 약을 먹지 않는다(醫不三世 不服其藥)"고 하였다. 무슨 일이든 3대는 해야 마음 놓고 믿을 수 있다는 뜻이다. 외길을 걸어라. 그래야 인생을 정리하는 늘그막에 네 인생을 후회하지 않을 것이다.

4.

배운 걸 스스로 익히는 게 공부다

효봉 선사의 득도

일제 강점기 때 판사의 신분으로 출가해서 열반할 때 '무(無)'라는 법어를 남긴 효봉 선사는 38세의 늦깎이로 스님이 되었다. 스님은 입산 후, 5년 넘게 명산대찰을 두루 다니면서 유명한 선사 아래서 수행했으나 깨달음을 얻지 못했다. 그러다가 참다운 깨달음은 남의 말을 좇는 게 아니라 스스로 참선하여 진리를 터득해야 됨을 확신하고 금강산 법기암 뒤 토굴로 들어갔다. 스님은 대소변을 볼 수 있는 작은 구멍과 공양이 들어올 수 있는 조그만 창문만 내고는 도를 깨치기 전에는 죽어도 토굴 밖으로 나오지 않으리라 맹세하고는 행자 스님에게 토굴 벽을 바르게 했다.

스님은 하루 한 끼의 공양으로 연명하며 무서운 정진 끝에 마침내

도를 깨우쳐 18개월 만에 스스로 토굴 벽을 무너뜨리고 밖으로 나왔다. 이 일화는 도(道)든 공부든, 스승의 힘을 빌리지 않고 스스로 해야만 얻을 수 있다는 것을 여실히 들려준다.

"아들 과외비를 보태느라 식당 일까지 하게 됐지만, 최선을 다하는 게 부모의 도리라고 생각했습니다."

서울 목동에 사는 한 어머니가 갑자기 밥집 허드레 일꾼이 된 까닭이다. 지금 온 나라가 사교육비로 몸살을 앓고 있다. 과거에는 일부 부유층에서만 성행했던 과외 열풍이 이제는 계층의 구별도, 도시와 농어촌 구별도 없이 전국으로 확산되었다. 과외망국론이 어제오늘에 나온 게 아니건만 진정할 기미가 보이지 않고 해가 거듭될수록 더욱 기승을 부린다. 하지만 50여 년 배우고 가르치는 생활만 해온 나의 체험으로 볼 때 진정한 공부는 혼자 해야 한다는 것이다.

고3 때 소망

벌써 50년 세월이 넘었다. 1964년 그해, 나는 까까머리 고3 수험생이었다. 그때도 지금 못지않게 대학입시 경쟁은 치열했다. 어느 선생님은 "고3의 한 해는 인생 역서(曆書, 달력)에서 빼라"고 하시면서 우리 수험생들을 채찍질하셨다. 나는 고3이 된 후로는 샛별을 보면서 등교했고, 저녁별을 보면서 하교했다. 나는 고2 겨울방학 때까지 신문배달을 했는데 고3이 된 후, 두 가지 일을 같이 하기가 힘들 것 같아 아버지께 한 해만 학비를 부탁드렸더니 쉽게 허락해주셨다. 그 이전, 신문배달 생활이나 가정교사 생활을 할 때, 만일 학교만 다니고 나머지 시간은 공부만 할 수 있다면 학업 성적을 훨씬 더 향상시킬 수 있으리라 생각했었다. 고3의 1년 동안, 아르바이트를 하지 않고 공부에만 전념했지만 내 성적은 기대만큼 오르지 않았다.

내가 터득한 바로는 공부란, 공부하는 시간의 양도 중요하지만 가장 중요한 것은 학교에서 수업시간에 얼마나 집중해서 듣느냐, 자투리 시간이나마 얼마나 밀도 있게 집중해서 공부하느냐가 더 중요함을 깨달았다. 고1, 2학년 때는 따로 공부할 시간이 없었기 때문에 수업시간에 귀를 쫑긋 세웠고 자투리 시간도 최대한 이용했다. 그 무렵에는 신문이 하루에 두 차례 발간되는 조석간제라 학교를 벗어나면 공부할 시간을 내기가 힘들었다. 주말에는 신문 보급소에서 할당된 새 독자 확장과 신문대금 수금으로 보내기가 일쑤였다.

나는 그때 친구들 사이에 유행처럼 번진 학원 수강을 한번 해보는 게 큰 소원이었다. 학급 친구들이 학원에 다니는 게 몹시 부러웠던 것이다. 나는 특히 영어 성적이 부진했었는데 그 무렵 장안에서 가장 인기 있었던 영어 강사의 강의만 들으면 영어를 훨씬 잘할 수 있을 것만 같은 생각에 사로잡혔다. 마침내 고3이 되던 해 3월에 나로서는 큰돈을 들어 안국동에 있는 한 학원에서 그 무렵 한창 이름을 날리던 한 유명강사의 강좌에 등록을 했다. 그것도 맑은 정신에 듣는다고 새벽 강좌를 택했다. 나는 그 강좌를 사흘을 듣고 더 이상 나가지 않았다. 실망이 너무 컸기 때문이었다. 그 강사는 마이크를 목에 매달고 유창한 말씨로 강의를 했는데, 꼭 시골 장터의 약장수 같았다. 수강생들은 그냥 일방적으로 듣기만 했다. 처음 들을 때는 그럴 듯했지만 학원 문을 나설 때는 남는 게 별로 없었다. 강의 내용도 무슨 별나라의 것도 아닌, 학교 선생님에게 이미 여러 번 들었던 내용이었다. 나는 그제야 알았다. 학원에서 강의한 내용도 별 것 아니라는 것을. 학원비가 무척 아까웠지만 사흘 만에 학원 수강을 포기해버렸다. 그 뒤 나는 한 번도 학원에 등록한 적이 없었다.

공부는 학교에서 한 것만 스스로 익혀도 충분하다. 유명한 선생에게 많이 듣기만 한다고 공부가 되는 게 아니다. 숱한 과외비를 쏟아 부어야 공부가 되는 것도 아니다. 배운 걸 스스로 익히는 게 공부다. 스스로 익히지 않고 잔뜩 과외 수업만 받는다면 그것은 마치 음식을 잔뜩 먹은 뒤 미처 소화를 시키지 못하고 설사하는 것과 같다.

과외는 보약과 같다. 물론 전혀 안 받는 것보다는 낫다고 할 수 있을 테지만 과외가 능사는 아니다. 그것은 밥은 제대로 먹지 않고 보약만 먹는다고 건강해지지 않는 이치와 같다. 진정으로 건강한 사람은 하루 세 끼 식사를 잘하고 적당히 운동하고 규칙적인 생활로도 족하다. 보약이 따로 필요가 없다. '밥이 보약'이란 옛 말이 정말 딱 맞는 명언이다. 공부는 혼자 몸부림치면서 해야 한다. 설사 과외를 해서 요행히 대학에 진학했다고 하여 그 학생의 장래가 보장되지는 않는다.

나는 너희에게 별난 과외도, 학원에도 야단스럽게 보내지 못했다. 솔직히 아버지의 봉급으로는 그렇게 시킬 수도 없었다. 그렇다고 나는 부모로서 책임을 다하지 못했다고 너희에게 기죽지 않겠다. 왜냐하면 오늘의 이 과외 열풍이 매우 잘못됐고, 설사 내 형편이 되었을지라도 너희를 그렇게 교육시키지 않았을 것이다. 케케묵은 얘기지만 다시 나의 고3 시절 얘기를 들려주겠다.

그해 겨울 월곳리

그해 12월 하순, 겨울방학이 시작됐다. 그 무렵은 대학입시는 대학별 본고사가 유일한 관문이었는데, 대입 전형일은 이듬해 1월 하순이었다. 학교 수업은 사실상 끝나 남은 기간은 각자가 알아서 공부해야 했고 그 기간은 40여 일 정도였다. 그때 내 짝이었던 전남 보성 출신의 한 친구(염동연)는 그 무렵 한창 유행이 일기 시작한 독서실에서 함께 공부하자고 제안했다. 나는 그때 고모댁에 신세지고 있었기에 마땅한 공부방도 없었고, 그 친구도 부모님 곁을 떠나 동생들과 함께 지냈기에 서로 뜻이 맞았다.

우리는 후암동 어느 독서실에 등록하여 함께 공부를 했다. 그 독서실은 연탄난로로 난방을 했기에 늦은 밤이면 몹시 추웠다. 그러나 추위보다 더 고통스러운 것은 실내 소음과 분위기였다. 한밤중이면 어느 한 모퉁이에서는 코고는 소리가 났고, 또 한편에서는 잠꼬대로 집중력을 흐트러지게 했다. 몇몇 학생들은 밤참으로 라면을 끓인다고 냄새와 소란을 피우기도 했다. 그런 상황이었기에 독서실에서 하룻밤 공부를 하면 다음날 하루는 쉬어야 피로가 풀렸다. 지속적이며 효율적인 공부를 할 수 없었다. 그렇게 금싸라기 같은 시간이 초조하게 며칠 지나갔다.

이번에는 내가 그 친구에게 서울을 떠나 한적한 시골로 가서 남은 한 달을 마무리 짓자고 제안했다. 그 친구도 좋다고 했다. 우리는 지도를 펴놓고 마땅한 장소를 더듬었다. 나는 바닷가를 주장했고, 그는 산속의 절로 가자고 했다. 나는 기왕이면 바닷가가 좋다고 주장하면서, 이 겨울에 산으로 가면 새우젓도 얻어먹지 못하지만 바닷가에서는 능히 얻어먹을 수 있다는 지론을 폈다. 나의 반찬 얘기에 그가 승복하여 바닷가로 낙착이 되었다.

어디로 갈까? 그때만 해도 동해안은 너무 멀어 서울에서 가까운 서해안으로 눈길을 돌렸다. 일단 인천에서 조금 더 내려간 곳으로 정하고, 둘이서 안양행 버스에 올랐다. 안양 시외버스 정류장에서 무턱대고 바닷가로 간다는 버스를 탔다. 종점이 월곶리라는 곳이었다. 이 마을은 50여 가구 남짓했는데 동네에 머물면 아무래도 마을 사람들과 접촉하게 될 것 같아 마을에서 1킬로미터 정도 떨어진 바닷가 외딴집을 찾았다. 갓 지은 집에는 젊은 부인이 혼자서 집을 지키고 있었다. 우리의 처지를 말하고 한 달만 신세를 지자고 했더니 다행히 문전박대는 하지 않고 기다리라고 했다. 잠시 뒤 면서기인 남편이 자전거를 타고 퇴근했다. 우리의 사정을 다 듣고 아저씨는 몰골을 훑어본 뒤 쾌히 받아주셨다.

이튿날 우리는 이불 봇짐과 책을 싸 짊어지고 월곶리로 갔다. 전깃불도 없는 집이라 양초를 여러 봉 준비해 갔다. 아침저녁 군불은 우리 둘이 짚더미에서 볏짚을 날라다 아궁이에 넣고 눈물을 찔끔거리면서 지폈다. 우리가 썼던 건넌방은 미처 장판 도배도 하지 않았기에 군불을 지피는 동안은 방안에 연기가 자욱했다. 그래서 방안에 연기가 빠지길 기다리는 동안 바닷가 벌판을 산책하고는 했다.

연기가 다 빠진 방으로 돌아와 촛불을 켜놓고 나란히 엎드려 공부를 했다. 늘 시작은 진지하게 했지만 누군가 얘기를 꺼내면 그칠 줄을 몰랐다. 어떤 날은 그 얘기가 자정을 훨씬 넘겨 다음날 새벽까지 이어질 때도 있었다. "우리 예까지 공부하러 왔으니 그만 얘기하자"고 선언하고도 어느새 다시 이야기꽃을 피웠다. 그때는 무슨 얘기가 그리도 많고 재미있었는지 시간 가는 줄을 몰랐다.

월곳리로 간 지 닷새 만에 그 친구는 서울로 떠났다. 다음날 해거름 때 돌아온 그 친구는 봇짐을 쌌다. 둘이 함께 있다가는 더 이상 공부가 되지 않을 것 같아 처지가 딱한 나를 위해 그가 양보한 것이다. 그가 떠난 뒤 처음 며칠은 무척 적적했지만 비로소 나는 마무리 정리에 들어갈 수 있었다. 나 혼자 아침저녁 군불을 지피고 바닷가도 산책했다. 눈 쌓인 바닷가 벌판을 걷는 것도 좋았고, 낙조에 물든 불그레한 어촌 마을을 바라보는 경치도 좋았다. 고독하면서도 정감이 가는 그곳 생활이었다. 하지만 내 온 정신은 오직 대학입시에만 매달렸다. 아마 내 생애에서 가장 열심히 공부에 집중했던 시절은 그때였을 것이다.그즈음 얼마나 신경이 예민했던지 아침저녁 세수를 하고자 우물물을 긷는데도 두레박이 우물 벽에 부딪치지 않고 떠올려지면 합격이라고 좋아했다. 그때 마무리 공부가 주효했음인지 나는 그해 대학에 들어갔다. 하지만 지금도 제자들이나 너희가 친구네 집에서 밤새워 공부하러 간다면 나는 한사코 만류할 것이다. 내 경험으로는, 친구와 더불어 밤새워 공부한다는 것은 결코 효율적이지 못했다.

스스로 터득한 지식은 오래 남는다

우리나라 국문학계의 큰 어른이었던 고 양주동 박사는 어려서 부모를 여의고 몹시 어렵게 공부했다. 청소년 시절, 영어를 독학하다가 '3 인칭 단수' 란 말의 뜻을 몰랐다. 그러자 소년 양주동은 "글을 여러 번 읽으면 그 뜻을 스스로 알 수 있다(讀書百遍義自見)"라는 가르침에 따라 며칠 밤낮을 그 항목만 자꾸 외웠으나 끝내 그 뜻을 몰라 마침내 어느 겨울 아침, 눈길 30리를 걸어 읍내 보통학교 선생님에게 물어 마침내 그 해답을 얻었다. 소년 양주동은 너무 기뻐서 그날 밤은 저녁도 안 먹고, 왕복 60리를 걸은 피곤도 잊은 채 밤새도록 책상 앞에 앉아 적어 가지고 온 그 말뜻의 메모를 읽었다고 한다. 그렇게 스스로 애써 어렵게 배운 지식은 평생을 두고 잊히지 않는다.

공부는 혼자 해야 한다. 홀로 몸부림치면서 스스로 터득한 지식이야말로 오래 남는다. 쉽게 얻은 재물은 쉽게 도망가고 어렵게 얻은 재물은 오래 간다. 공부도 이와 마찬가지다.

5.
신념은 산도 움직인다

신념에 따라 산 사람

이 세상에서 가장 쉬운 일은 말로 하는 것이요, 그 다음 글로 써서 하는 일이다. 이 세상에서 가장 어려운 일은 자기가 한 말이나 글로 쓴 것을 몸소 행하는 일이다. 우리는 말로는 무엇이든지 다할 수 있다. 또 글로도 무엇이든지 다 쓸 수 있다. 그러나 말이나 글로 쓴 것을 몸소 실천하는 일은 여간 어렵지 않다. 그것도 평생을 두고 일관되게 실천에 옮기는 일은 더욱 어렵다.

내가 너희에게 신념을 가지고 살라는 얘기를 하면서도 시원하게 글을 써나가지 못하는 것은, 과연 나 자신도 지난 세월 동안 "하나의 신념을 지니면서 일관되게 살아왔는가?"라는 질문에 선뜻 대답할 수 없기 때문이다.

그렇다면 신념이란 무엇일까? 그것은 정의나 진리, 진실에 대해 굳게 믿는 마음이다. 역사상 큰 인물들은 모두가 신념을 지니고 지키며 그 신념에 따라 사신 분들이다. 그분들은 신념을 지키기 위해 하나밖에 없는 목숨마저 지푸라기처럼 버렸다. 온 겨레가 백범 김구 선생을 경배하고 겨레의 스승으로 받드는 것은 그분은 전 생애를 당신의 신념대로 사셨기 때문이다. 당신 일평생 소원은 "우리나라 대한의 완전한 자주독립이었고, 독립 정부의 문지기가 되겠다"고 했다. 죽는 날까지 이 신념을 저버리지 않았기에, 우리는 백범 선생의 일관된 삶에 깊이 고개 숙이는 것이다.

어느 순교자

신념을 지닌 사람은 아름답다. 일제가 마지막 발악하던 시절의 일이다. 일제는 우리말과 우리글을 없애고, 우리 겨레의 성씨마저 못 쓰게 할 뿐 아니라 전국 곳곳에 신사(神社)를 만들어놓고는 우리 백성들에게 참배를 강요했다. 주기철 목사는 대부분 기독교 목회자들이 간교한 일제 탄압에 굴복하여 황국신민으로 신사에 참배할 때, 끝내 이를 거부하다가 네 번의 구속과 5년 7개월 동안 옥고에 시달리다가 순교하셨다. 그것은 당신의 하나님을 저버릴 수 없는 신념 때문이었다.

내가 오래 전에 읽은 재미 작가 김은국 씨의 소설 《순교자》는 총 앞에서도 신념을 지킨 한 성직자의 이야기로 숙연한 감동을 불러일으킨다.

한국전쟁 당시 국군이 평양을 점령하기 바로 직전, 열네 분의 성직자가 공산주의자들에게 체포되었다. 국군 정보국에 알려진 바로는, 그들 가운데 열두 분은 처형됐으나 두 분은 살아남았다는 것이다. 공산주의자들은 왜 두 사람을 제외시켰는지, 왜 그들에게 온정을 베풀었는지, 그리고 왜 단지 그들 두 사람뿐이었는지? 이 미스터리가 소설의 줄거리다. 그 뒤 포로로 잡힌 조선인민공화국 평양시 비밀경찰 정 소좌의 입으로 그 진상이 낱낱이 밝혀진다.

"여러분, 당신들의 위대한 순교자들이 어떻게 죽었나 알고 싶다고 했소? 내가 당신네의 그 위대한 영웅, 위대한 순교자들이 꼭 개처럼 죽어갔다는 얘기를 들려줄 수 있게 된 것은 큰 기쁨이오. 그네들은 꼭 개새끼들처럼 훌쩍거리며, 엉엉 울면서 죽어 갔어! 살려 달라 아우성을 치고, 자기네 신을 부정하고 동료를 헐뜯는 꼬락서니는 과연 보기만 해도 즐거웠어. 그네들은 개처럼 죽은 거야! 모조리 죽여 버렸어야 하는 건데!"

"왜 모조리 죽이지 않았나?"

"한 사람은 미쳐버렸기 때문이야. 난 야만인이 아니거든,
미친놈은 쏘지 않아."
"또 한 사람은 왜 쏘지 않았나?"
"그는 내게 감히 대항해 온 유일한 친구였어. 난 당당하게
싸우는 걸 좋아해. 그자는 용기가 있더군. 내 얼굴에 침을
뱉을 만큼 배짱 있는 친구는 그자 하나뿐이었어. 난 내게 침
을 뱉을 수 있는 자를 존경해. 그래서 그자만은 쏘지 않았던
거야."

소설은 허구의 세계이기에 이 이야기가 어디까지가 사실인지 확인
할 수 없지만 신념이 강철 같은 사람은 비록 이념이나 사상을 달리해
도 상대로부터 경외감을 갖게 한다는 것을 작가는 말하고 있다.

'아프리카의 별' 슈바이처

신념을 지닌 사람은 거룩하다. '아프리카의 별' 알베르트 슈바이처
박사는 프랑스 알자스에서 목사의 아들로 태어났다. 어린 시절부터 약
자에 대한 연민의 정이 남달리 강했다. 어느 날 친구와 함께 고무총으
로 새를 잡으려는 순간 '땡땡, 땡땡…' 아래쪽 언덕에서 교회 종소리

가 산들바람을 타고 들려왔다. 슈바이처에게는 평화롭고도 엄숙하게 울리는 교회 종소리가 마치 "살아 있는 것을 죽이지 말라. 너보다 약한 것을 괴롭혀서는 안 된다"라고 하늘에서 내려오는 하느님의 목소리처럼 들렸다. 그 종소리에 놀란 새들은 모두 날아가 버렸다. 친구는 몹시 투덜거리고 빈정거렸지만 슈바이처는 새들이 죽지 않은 것을 다행으로 여겨 여간 기쁘지 않았다. 그 이후부터 슈바이처는 남이 자기를 빗대어 무슨 소리를 해도 마음을 쓰지 않기로 결심했다.

어느 날 슈바이처는 어머니와 공원을 산책했다. 그 공원에는 유명한 조각가 바르톨디(뉴욕의 '자유의 여신상'을 만든 사람)가 만든 프랑스 브류아 장군의 동상이 서 있었다. 슈바이처는 가슴에 빛나는 훈장을 달고 있는 브류아 장군보다 동상의 발밑에서 머리를 푹 숙인 채 알몸으로 슬픔을 꾹 참고 있는 흑인의 모습에 더 눈길이 갔다. 그는 "내가 어른이 되면 꼭 도와 드릴게요"라고 나지막하게 속삭였다. 뒷날 슈바이처가 아프리카에 가서 흑인을 도와주며 산 것도 그때의 감정이 키워졌기 때문이었다.

슈바이처가 서른이 됐을 때, 그는 이미 철학 신학 박사였고 또한 성직자이자 대학 교수였으며, 게다가 바흐에 관한 연구가 깊은 오르간 연주가이기도 했다. 그때 그는 아프리카에 갈 결심을 하고 대학에서 교수로 있으면서 의사가 되기 위해 다시 의학부 학생으로 공부했다. 마침내 1913년, 서른여덟의 슈바이처 박사는 많은 사람들의 만류를 뿌리치고 아내 헬레네와 함께 아프리카로 갔다. 그로부터 50년 넘게 슈바이처 박사는 아프리카 흑인들의 은인으로 살았다. 그분처럼 어릴 때의 신념을 평생 지키면서 살다간 의로운 사람은 드물 것이다.

작은 신념이라도 지녀라

너희가 인류와 민족, 사회를 위한 큰 신념을 지니고 살아갔으면 좋겠다만 그건 너무 부담이 될 것 같다. 그래서 나는 보통 사람, 한 생활인으로 작은 신념이라도 꼭 지니며 살아가기를 당부한다. 사실, 사람이 사회생활을 하다보면 그 작은 신념 하나도 지키며 살기가 쉽지 않다. 더욱이 오염된 대기 속에서 나만 맑은 공기를 호흡하며 살기란 매우 어렵다. 내 신념과 집단의 분위기가 서로 어긋날 때, 집단은 다수의 힘으로 또는 공권력이라는 허울 좋은 이름으로 내 신념을 용납지 않는 일이 많다. 그리고 신념대로 살다보면 때로는 모난 사람이라니, 협조하지 않고 저만 잘난 체하는 독불장군이라는 사람이라니, 뻬딱한 사람이라는 말로 욕먹기 십상이다. 그들은 "짧은 인생을 굳이 그렇게 살 필요가 있느냐?", "누이 좋고 매부 좋게 살자"라고 회유하다가 그래도 듣지 않으면 마침내 다수를 위한다는 명목으로 고립시키거나, 조직에서 내쫓고, 교도소에 가둬버린다.

　더욱이 폭력이 지배하는 사회에서는 확고한 자기 신념을 지니고 살기가 매우 힘들다. 폭력은 언론조차 시녀로 만들어 여론도 조작하고 다수의 대중도 굴복시키며, 그들 위에 군림한다. 하지만 철옹성 같은 폭력도 세월이 지나면 하루아침에 안개처럼 사라져버린다. 그제야 대중들은 폭력의 실체를 알고 속아서 산, 억눌려 산 지난 삶을 부끄러워한다. 일제강점기에 아무 신념 없이 식민 통치에 동조하거나 적극적으로 친일했던 무리가 그러하고, 해방 뒤 독재정권에, 군사정권에 그때마다 손뼉 치고, 자신의 이익만 챙기며 빌붙어 살았던 무리가 그러하다. 개인만 그런 게 아니다. 집단도 마찬가지다. 문민정부 탄생 이후 언론과 관변단체들이 지난 시대에 제 구실하지 못했음을 뒤늦게야 솔직히 사과하는 모습도 봤다.

　내가 광주 보병학교를 수료한 뒤 전방 소대장으로 부임했을 때다. 소대원들은 새로 소대장이 왔다고 연병장에 집결했다. 나는 단상에서 소대원들을 죽 훑어보았다. 순간 울고 싶은 마음에 울컥했다. 야간 근무를 위해 낮잠을 자다가 막 깨어난 부스스한 얼굴, 도시 눈에는 초점도 없었고 의욕도 없어 보였다. 그들은 나에 대한 반가운 표정보다 또 하나의 귀찮은 상급자가 왔다는 짜증스런 얼굴이었다. 낡고 헤진 군복에 너절한 통일화, 돈도 백도 없어 최전방 말단 소총 소대까지 온 불쌍하고 가난한 젊은이들. 나는 그들을 보는 순간 마음속으로 다짐했다.

‘그래, 난 너희 위에서 군림하고 괴롭히는 소대장이 아니라 너희와 동고동락하는 소대장이 되리라.’

그 뒤 독립소대로 파견 근무를 1년 남짓 하면서도 최소한 1종(쌀과 보리 등 식량)을 팔아먹고 소대원을 배 곯리는 그런 썩은 군인은 되지 않겠다고 몇 번이나 다짐하고 다짐했다. 내가 군에 복무하는 동안 너무나 많은 비리를 내 눈으로 보았기 때문이다. 공룡 같이 거대한 집단의 비리를 일개 소위가 척결하지는 못해도 최소한 내가 지휘하는 소대만은 깨끗하고 정직하게 꾸려가고 싶었다. 이런 나의 신념이 행동으로 옮겨졌는지 그것은 내가 할 말이 아니라고 생각한다. 지금도 전국 방방곡곡에 흩어져 있는 옛 전우들이 판정할 문제다. 그 뒤 교단에 선 이래 내 이익을 위해 남을 괴롭히는, 염불보다 잿밥에 마음을 두는 비난받는 교사가 되지 않겠다는 신념을 다짐하곤 했는데, 이것 역시 내가 판정할 문제가 아니다.

신념을 지니고 살아라. 큰 신념이 아닌 작은 신념, 내 이익을 위해 다른 이를 괴롭히는 인생은 되지 않겠다는 나름대로의 작은 신념이라도 좋다. 이런 신념을 지닌 사람이 많을수록 건강한 사회가 되고, 이런 사람이 많이 모여 살수록 이 땅에서 부정, 부패, 비리가 추방된다. 지금 우리나라에 가장 필요한 것은 이런 작은 신념을 가진 사람을 많이 길러내는 일이다. 온 백성들이 이런 신념을 가질 때 우리나라는 좋은 나라가 된다. 이것이 지금 부패의 늪에 흐느적거리는 나라를 살리는 길이다.

"신념은 산도 움직인다"라고 일찍이 영국 사람들이 말하였다. 사람마다 갖는 작은 신념이 나라를 살린다.

백두산의 여명

6.
술과 친구는 오래될수록 좋다

벗은 기쁨을 두 배로 하고, 슬픔을 반으로 나눈다

얼마 전 한 신문 보도에 따르면 "마음속 이야기를 주로 누구에게 하나?"라는 물음에 속마음을 털어놓는 대상으로 동성 친구가 가장 많았다(동성친구 45.7%, 어머니 11.9%, 형제자매 5.9%, 이성 친구 4.8%, 아버지 1.3%, 선생님 0.5%).

친구란 일생을 두고 나의 삶에 가장 영향을 많이 주는 사람이다. 그래서 "친구 따라 강남 간다", "금을 팔아 친구를 산다", "친구 없이 살기보다는 죽는 편이 낫다", "친구는 옛 친구가 좋고, 옷은 새 옷이 좋다", "유쾌한 길벗은 마차처럼 좋다", "벗은 기쁨을 두 배로 하고, 슬픔을 반으로 나눈다" 등 동서고금의 속담, 격언들이 부지기수로 많다.

아버지는 학생들에게 우정의 중요성을 얘기할 때, 우스갯소리로

"친구 따라 강남 간다"는 말은 이제는 구닥다리다. 요즘은 강남은 지하철 한 번만 타면 간다(속담에 등장하는 강남은 서울의 강남이 아니지만). 그래서 "친구 따라 천당도 가고 지옥도 간다"로 고쳐야 한다. 왜냐하면 좋은 친구를 만나 그의 인도로 교회나 성당에 나가 마음의 평정을 얻는다면 천당을 가게 되는 것이요, 나쁜 친구를 만나 유치장이나 교도소로 간다면 지옥을 가는 것이기 때문이다.

세상 사람들은 친구의 추천으로 취직을 하는 경우도 있고, 친구의 소개로 결혼도 하고, 친구와 동업해서 돈을 버는 일도, 친구의 영향으로 동아리 활동이나 이데올로기에 빠지는 일도 흔하다. 또 친구 때문에 인생을 망치는 사람도 흔히 볼 수 있는데, 나쁜 친구의 꾐에 빠져 가산과 인생을 탕진하기도 하고, 심한 경우는 저승까지 동반하기도 한다.

나도 그동안 살아오면서 숱한 친구들을 만났다. 나는 사람 복이 많은 탓인지 좋은 친구들을 많이 만났다. 20년 넘게 근무한 이화학당도 한 친구의 추천으로 올 수 있었다.

많은 친구 중 가장 참다운 친구는 내가 어려울 때 도와준 친구라고 생각한다. "참다운 친구는 고생할 때 친구다"라는 말은 참으로 명언이다. 나의 지난 생애 중, 고교 시절이 가장 어려운 때였는데 그때 만난 친구들이 가장 좋은 친구로 남아 있다. 고1 때의 짝이었던 양철웅 아저씨는 가난에 찌든 친구를 따뜻하게 감싸줄 뿐 아니라 내가 입학한 지

넉 달 만에 집안 사정으로 휴학을 하자 가장 가슴 아파해줬던 친구였다. 그 친구가 바로 아버지가 쓴 장편소설 《제비꽃》의 주인공이다. 이듬해 고1 때의 짝 이건규 아저씨는 잠잘 곳이 마땅찮았던 나를 자기 집으로 데려갔고, 그 뒤 내가 서울에서 정착할 때까지 그의 집을 무시로 드나들었던 친구였다. 또 그해 같은 반이었던 구본우, 노진덕 아저씨는 내가 주선하여 동아일보 세종로보급소 신문배달원이 됐는데 지금까지도 남다른 우정을 나누고 있다. 또 그 시절에 만난 제주도 출신의 현동훈 아저씨는 호떡 하나도 나누어 먹었던 관포지교의 친구였다. 고2 때 한 반이었던 한의수, 이용호 아저씨도 두터운 정을 나눈 친구들이었다.

"술과 친구는 오래될수록 좋다"고 한다. 친구 중 특히 학창 시절의 친구가 좋은 것은 서로가 순수하게 만났기 때문이다. 그때는 모두가 똑같은 신분으로 그냥 좋아서, 마음에 맞아 사귀었기에 세속적인 이해관계가 개입되지 않았다. 그래서 언제 만나도 반갑고 또 그런 우정은 오래 지속되기 마련이다. 이해관계로 만난 친구는 그 이해가 끝나면 멀어지게 마련이다. 사마천의 《사기》에 이런 구절이 나온다.

"권세와 이해로 야합하면 그 권세와 이해가 다하면 사귐이 멀어진다(而權利合者, 權利盡而交疎)."

어리석은 자의 길동무가 되지 말라

너희도 좋은 친구를 사귀는 데 정성을 다해라. 좋은 친구를 사귀려면 먼저 내가 그의 좋은 친구가 되어야 한다. 그것은 쉬운 일이 아니다. 친구를 사귀는 것도 마치 꽃을 기르듯 가꿔야 한다. 그러나 내가 외롭다고, 한 순간 괴롭다고 아무 친구나 사귀지 말라. 마약 중독자가 되거나 범죄인이 된 사람들은 그 길로 들어선 안내자가 대부분 친구라고 한다. 그래서 법구경에서는 다음과 같이 말하고 있다.

"나보다 나을 것이 없고 내게 알맞은 길벗이 없거든, 차라리 혼자 가서 착하기를 지켜라. 어리석은 사람의 길동무는 되지 말라."

그러면 어떤 친구가 좋은 친구요, 어떤 친구가 나쁜 친구일까? 이에 대해서는 사람마다 주관과 취향에 따라 다를 테지만 《논어》 '계씨' 편에 나오는 공자의 말씀이 수천 년이 됐으나 만고불변의 진리로 새겨볼 만한 말씀이다.

벗에는 유익한 세 벗이 있고, 해가 되는 세 벗이 있다. 정직
한 사람, 신의가 있는 사람, 견문이 많은 사람은 유익하다.
겉치레만 하는 허식적인 사람, 아첨 잘하는 사람, 말을 잘

둘러대는 사람은 해가 된다.(子曰; 益者三友 損者三友, 友直
友諒 友多聞 益矣, 友便僻 友善柔 友便, 損矣)

사람은 혼자 살 수 없다. 부모도 언젠가는 네 곁을 떠나고, 자식도
네 곁을 떠나간다. 기다면 긴 인생길에 좋은 친구를 늘 사귀고 서로 돕
는다면 그처럼 복된 일이 어디 있으랴.

"진정한 친구 셋이 있는 사람은 행복한 인생이다"고 한다. 친구를
사귀는 데 게을리 말며 좋은 친구를 많이 사귀어라. 그러면 인생이 한
결 수월하고 즐거우리라.

배꽃 (경북 김천)

주전골의 돌탑

갈매기 (로스앤젤레스 레돈도)

시간은 돈이다

시간과 돈,
이 두 가지가 흐릿하면 사회생활에서 낙오하게 마련이다.
"시간은 지키고 돈 셈은 정확히 하라"는 말은
현대 교양인이 지켜야 할 기본 에티켓이요,
교양인의 첫째 조건이다.

1.

하늘이 알고 땅이 알다

이 세상에 비밀은 없다. 어떤 비밀이고 나중에 드러나지 않는 게 거의 없다. 비밀을 만들어 지니고 있는 그 자체가 불행의 씨앗이 되며, 남의 비밀을 훔쳐 알고 지내다가 그것이 화근이 되어 패가망신하거나 목숨을 잃은 일은 부지기수다. 지난날 높은 시청률로 매주 한 차례 방영된 바 있는 '형사 콜롬보'는 범죄자가 완전범죄가 되도록 치밀하게 범행을 저지르지만 낡은 버버리 코트 차림에 약간 어벙해 보이는 콜롬보 형사는 그 진상을 한 꺼풀씩 벗겨 마침내 진범을 귀신같이 잡아냈다. 또, 사극을 보노라면 왕과 왕비가 구중궁궐 은밀한 침실에서 나눈 애기조차도 후세에 낱낱이 전해지고 있다. 물론 작가가 다소 허구화했을 테지만, 아무리 가까운 사이에 나눈 밀담도 세월이 지나면 대부분 드러나기 마련이다.

비자금을 한두 사람만 알고 몰래 가명으로 또는 남의 이름으로 감춰 뒀다가 그것이 탄로 나서 도덕적으로 치명상을 입고 교도소에서 곤욕까지 치른 전직 대통령들이 있었다. 대통령을 지낸 사람조차도 그러한데 보통 사람들이야 떳떳치 못한 재물을 몰래 감춰 뒀다가 뒷날 들통이 나서 망신을 당한 사람이 어디 한둘이겠느냐.

《후한서》에 나오는 양진이라는 사람의 일화다. 후한 시대는 환관이 활개를 치고 관료도 매우 부패한 시대였으나 양진과 같은 고결한 인물도 있었다. 하긴 어느 때나 그랬다. 다만 그 정도의 차이뿐이다.

양진은 관서 지방 출신으로 박학다식하고 청렴결백한 사람으로 당시 사람들은 그를 '관서의 공자'라고 했다. 그 양진이 동래군 태수로 임명되었을 때의 일이다. 양진은 부임하는 도중에 창읍이란 고을의 한 여관에 묵게 되었다. 그러자 그날 밤늦게 창읍현의 현령 왕밀이 남모르게 여관으로 양진을 찾아왔다.

"태수님, 반갑습니다. 형주에서 저를 이끌어주셨던 왕밀입니다."

"오오, 반갑소. 오래간만이구려."

양진은 왕밀을 기억했다. 양진이 전에 형주 감찰관을 지낼 때, 그의 학식을 아껴 무재(茂才)로 올려준 적이 있었다. 두 사람은 옛 이야기로 즐거운 시간을 보냈다. 이야기가 한창 무르익자 왕밀은 품안에서 금

열 근을 슬그머니 꺼내고는 양진에게 건넸다. 양진은 온화하면서도 단호하게 거절했다.

"나는 옛 친구인 그대의 학식과 인물을 뚜렷하게 기억하고 있네. 그런데 그대는 내가 어떤 사람인지 잊어버렸나?"

"아닙니다, 태수님. 태수님이 얼마나 고결한 분이라는 걸 저는 뼈에 새기고 있습니다. 하지만 이것은 뇌물이 아닙니다. 그저 은혜에 보답하기 위한 저의 적은 성의입니다."

"그대는 내가 생각한대로 훌륭히 성장해서 현령이 되었소. 앞으로 더욱 나라를 위해 진력하시오. 내게 대한 보은은 그것으로 족하오."

"아닙니다, 태수님. 그리 딱딱하게 생각하시지 마옵소서. 게다가 지금은 한밤중이고 이 방안에는 태수님과 저와 두 사람밖에 없어 아무도 모릅니다."

양진은 여전히 온화하고 조용하게 말했다.

"아무도 모른다고 할 수는 없지. 우선 하늘이 알고 땅이 알고 거기다 그대도 알고 나도 알고 있지 않은가."

이 말에 왕밀은 부끄러움을 느끼고 물러났다. 양진은 한층 고결한 자세를 가다듬어 이윽고 군사의 최고 벼슬인 태위(太衛)에까지 올랐다.

네 몫은 맨 나중에 가져라

사람은 남녀노소 지위 고하를 막론하고 돈에 약하다. 한때 잘 나가던 사람이 어느 날 갑자기 쇠고랑을 차는 일이 잦은데 그 원인은 십중 팔구 돈에 눈이 어두웠기 때문이다. 돈만 보면 대부분 사람들은 이성이 마비되고 눈이 멀어버린다.

너희가 사회에 나가 직장생활을 하게 되면 많은 어려움에 부딪치게 될 것이다. 그 가운데 하나로 업무와 관계되는 업자들로부터 돈의 유혹을 받게 되는 일이다. 그들은 간교하게 접근한다. 혈연과 지연, 학연을 내세우는가 하면 미인계를 쓰기도 하고 아예 뇌물로 매수하려고도 한다. 그런 뇌물은 공공연하게 주지 않고 은밀하게 오간다. 과거의 피치 못할 인연 때문에, 또는 아무도 본 사람이 없다고, 또는 뭉칫돈에 눈이 어두워서 순간적으로 잘못 판단한다. 일단 함정에 빠지면 헤어나기 어렵고 그 순간부터 내 코가 꿰이게 되어 그들의 하수인으로 전락하게 된다. 그들은 네게 준 뇌물의 몇 배 이상으로 자신의 이익을 챙긴다. 그게 뇌물의 속성이다. 요행히 네가 그 자리에 있을 때 드러나지 않아 모면할 수도 있다. 하지만 네가 그 자리에서 물러난 후, 후임자는 네가 어떻게 처신했는지 알게 되고, 그 비행은 언제인가 드러나게 된다.

이 혼탁한 사회를 살아가는 데 무균질의 사람이 되기는 참으로 어렵다. 그런 사람은 사회에 적응하기도 어렵다. 그래서 처세하기가 참으로 어려운 일이다. 어떠한 경우라도 명분이나 너의 수고 없는 돈은 받지 말 것이며, 혹 명분 있는 돈을 받았다면(네 부서가 열심히 일하여 사장으로부터 금일봉이 네 앞으로 하사되었을 경우) 네 윗사람과 아랫사람에게 사실 그대로 보고하고 그들과 상의해서 합리적으로 처리해라. 그때도 네 혼자 미리 봉투를 뜯어본 뒤 나누어주지 말고 봉한 채로 그대로 그들에게 보인 다음 쓰고, 혹 나눠 가질 때도 네 몫은 맨 나중에 가져라. 그래야 네 상사나 네 부하직원들이 너를 신임하게 된다. 네 주머니에 넣어둔 채 나눠주면 사람들이 믿지를 않는다. 지금 우리 사회에서는 돈에 관한 한, 아버지도 자식도 믿을 수 없다는 불신감이 이만저만 아니다. 사회 전반적으로 이 뿌리 깊은 불신감을 해소하는 방법은 유리알처럼 투명하게 모든 사람이 환히 볼 수 있게 집행하는 방법이 최선의 해결책이다.

어떤 집단이 내부 분열이 일어나는 대부분은 이익금 집행자에 대한 분배의 불신과 노력에 대한 자기 몫이 적다는 불만 때문이라고 해도 지나친 말이 아니다. 주먹 세계에서도 유능한 보스는 제 몫부터 챙기지 않는다.

솔직 담박한 사람이 되라

너희는 솔직 담박한 사람이 되었으면 좋겠다. 비밀이 많거나 음흉한 사람이 되어서는 안 된다. 네 스스로 비밀을 만들거나 간직하지도 말 것이며, 남의 비밀을 들춰내는 악취미도 갖지 말라. 남의 비밀을 알고 있다는 그 자체가 불행의 씨앗이 될 수 있다. "목격자는 죽인다"고 한다. 케네디 대통령을 죽인 오스왈드도, 필리핀 지도자 아키노를 죽인 특공대원들도 모두 현장에서 사살되었다. 네가 남모르는 비밀을 간직하고 있다가 어느 날 그것이 여러 사람에게 알려질 때, 너는 모든 것을 잃을 수 있고, 또 남의 비밀을 알고 있다가 그것을 참지 못하고 발설했을 때는 큰 화를 입는다. 대체로 사람은 남의 비밀을 오래 간직하지 못하는 속성이 있다.

그리스 신화에 등장하는 미다스 왕과 이발사의 이야기다. 미다스 왕은 아폴로 신과 마르시아와의 음악 경연에서 마르시아가 이겼다고 판정을 내렸다. 그러자 아폴로는 화가 나서 네놈의 귀가 왜 그렇게 나쁘냐고 야단 친 뒤 미다스 왕의 귀를 기다랗고 마구 움직이는 당나귀 귀로 변하게 했다. 그 뒤 미다스 왕은 늘 머리에 천을 두르고 자기의 흉한 귀를 감췄다. 하지만 이발사에게만은 숨길 수 없었다. 이 비밀을 누설하면 큰 벌을 주겠다고 해서 이발사는 참고 참았으나 그것이 화근이 되어 앓아눕게 되자 하는 수 없이 외딴 강가로 가서 땅속에 구멍을 파고 그 구멍 속에 입을 대고 "임금님 귀는 당나귀 귀"라고 마음껏 소리치고 나서 흙으로 구멍을 메우고 속이 후련해서 집에 돌아오곤 했다. 그런데 지난해에 죽은 갈대 뿌리 중 한 줄기가 그 구멍의 흙 속에 묻혀 있었다. 계절이 바뀌자 그 줄기에서 돋아난 갈대는 무럭무럭 자라나 바람에 날리면서 이발사의 말을 그대로 흉내 내 임금님의 귀가 당나귀 귀였음이 온 세상에 다 알려지고 말았다.

비밀은 없다. 하늘과 땅이 알고 있고 누군가가 반드시 알고 있다. 네 꾀가 많아, 네가 음흉해서 혹 한때 소수의 사람은 속일지 모르겠으나 영원히 다수의 사람은 속일 수 없고, 더욱이 네 머리 위의 하늘은 속일 수 없다. 하늘을 속이는 것은 가장 큰 죄를 저지르는 일이다. 하늘을 속이면 죽어서도 벌을 받고 이 세상에 더러운 이름을 남긴다.너희는 공명정대한 사람이 되어라. 그러기 위해서는 비밀을 갖지 않도록 하라. 하늘이 알고 있고 땅이 알고 있는데 사람의 비밀은 숨을 곳이 없다.

2.
남의 장단에 춤추지 말라

추한 군상들

"남이 장 간다고 하니 거름 지고 나선다"라는 속담이 있다. 자기 주관이 없이 남이 하는 대로 그대로 따라서 한다는 뜻이다. 이 세상에서 가장 어리석고 못난이는 줏대 없이 남의 장단에 춤추는 사람이다.

몇 해 전, 버스를 타고 어느 중소 도시를 지나는데 은행 앞에 늘어서 있는 긴 행렬을 보았다. 무슨 일인가 옆 사람에게 물었더니 그날이 어느 국민주 청약 마감 날이라 그런다고 했다. 그때 청약한 사람들이 그 뒤 얼마나 큰 이익을 봤는지 모르겠지만 내 눈에는 볼썽사납게 보였다. 그동안 우리들은 그런 장면에 너무 익숙해 있다. 누군가 무엇이 좋다면, 무슨 일에 조금이라도 이익이 된다면, 신문이나 TV에 나왔다면, 이웃집 누군가 샀다면, 그래서 그 물량이 딸린다면 양심도 체면도 없다.

어느 아침, 출근길에 버스 정류장에서 몇 대의 버스를 놓치고 하는 수 없이 택시를 탔는데, 뒷좌석에 초등학교 상급 학년인 듯한 소녀가 혼자 타고 있었다. 택시 기사 말이 자기 이웃에 사는 아이인데 매일 아침 구파발에서 강남으로 등교시켜준다고 했다. 강남에 있는 중학교에 배정 받기 위하여 지난 봄에 전학을 갔다고 한다. 구파발에서 강남이 어디라고 어린애를 택시로 등교시키다니 내 상식으로는 도저히 이해가 안 되었다. 그 뒤 그 아이가 자기가 소망한 대학에 갔을지 모르겠다.

지난날, 일선 학교에서 합법을 가장한 학생들의 학군 위반 상황을 보면 요지경이다. 그래서 서울 강남의 일부 학교에서는 위장 전입자 때문에 정작 학군 내에 거주하는 학생이 다른 학군에 배정되자 학부모들이 교육청에 몰려가 항의 농성을 하고 교사들과 장학사들이 학생의 위장 전입 여부를 확인하는 촌극까지 벌어졌다. 사실 나도 그런 조사를 한 일도 있다. 많은 사람들이 강남으로 몰려갔지만 자녀 교육에 성공(?)했다는 후문을 별로 듣지 못했다. 그 때문에 집값을 부추기고, 그런 편법을 쓸 줄 모르는 학부모와 그도 저도 형편이 안 되는 귀가 엷은 사람들에게 마음고생만 시켰다. 그런데 그런 편법을 쓴 학부모들이 정부 고위직이 되는 것이 우리 사회를 더럽힌 근본 원인의 하나였다.

다른 사람은, 사회정의는 어찌 되었건 제 이익을 차리는 무리는 이

들뿐 아니다. 고추나 마늘, 배추 농사가 금년에 흉작이라는 소문이라도 나면, 그 이전부터 꼴불견이 시작된다. 상인들은 시골로 내려가 밭뙈기로 매점매석을 하고 잘난 주부들도 덩달아서 시골로 쫓아간다. 좀 둔한 주부는 도매상으로 달려가고 혹 백화점에서 고객 유인책으로 조금 싸게 판다면 새벽부터 장사진을 이룬다. 고추 마늘이 10퍼센트 부족하다면 소비자들이 10퍼센트만 아껴 먹으면 될 테고 값도 10퍼센트가량 인상되어야 하겠지만 그게 아니다. 값이 두 배 이상 치솟는다. 어느 해는 배추 한 포기가 평년의 다섯 배 이상 올라 김치가 아닌 ‘금치’로 불린 해도 있었다. 보다 못해 정부에서는 가장 손쉬운 대책으로 외국에서 수입을 해온다. 그러나 싼값에 들어온 외국 농산물이 국산으로 둔갑해서 못된 상인만 배불리고 선량한 서민들은 이래저래 골탕만 먹는다. 그리고 이듬해는 과잉 생산으로 남아돌아 국산 농산물은 밭에서 썩어가고 수입 농산물은 창고에서 썩어난다.

어디 이런 일들이 한두 군데뿐이며 어제오늘 일일까. 해방 후, 이 나라에는 바람 잘 날이 없었다. 밀수바람, 춤바람, 증권바람, 치맛바람, 과외 열풍, 부동산 바람, 골동품 바람……. 나라야 어찌 됐건 우르르 몰려들고 단맛이 다하면 썰물처럼 사라진다. 그리고는 다시 다른 바람에 휩쓸린다. 줏대 없이 남의 장단에, 조그만 자기 눈앞의 이익에 춤추는 추한 군상 행렬이 꼬리를 물고 있다.

부화뇌동하지 말라

집시나 유목민을 빼고 세계 어느 나라 사람들이 해방 후 우리나라 사람처럼 거주지를 옮겨 다닐까. 주택은 거주가 목적이 아니고 투기의 수단으로 서 푼이라도 남으면 미련 없이 팔고 떠난다. 어느 해 통계를 보니 해마다 20퍼센트 이상 거주지를 옮긴다는데 그 때문에 생기는 물류비용과 거기에 따르는 기타 비용을 따져볼 때 그것은 엄청난 국력의 낭비다. 또 부동산 투기 때문에 집 없는 서민은 얼마나 울었는가.

이런 추한 군상은 가시적이고 물질적인 면에만 있지 않다. 정치 사회 경제 종교 등 각 방면에 부화뇌동하는 무리가 들끓고 있다. 사이비 애국자를 애국자로 떠받들면서 진짜 애국자를 죽이거나 감옥에 보내다가 나중에서야 권력이 없어졌다는 것을 알고 언제 그랬냐는 듯이 다른 이보다 더 심하게 밟아버리고 또 다른 사이비 애국자 앞에서 춤을 춘다. 물론 부화뇌동을 충동질하거나 조작하는 사람은 나쁜 사람이다. 그에 못지않게 앞뒤 생각 없이 거기에 놀아나고 춤추고 그 판에 자기 이익만 챙기면서 진실을 왜곡하는 무리도 나쁘다. 아니 이른바 배웠다는 사람이 시비선악도 가릴 줄 모르고 날뛰는 것은 원인을 제공하는 교활한 자보다 더 나쁘다. 그렇게 놀아나고 춤추는 자가 있기에 교활한 자가 진짜 행세를 하고 계속 가면을 바꿔가며 명맥을 유지해간다.

아버지가 오늘까지 살아오면서 이런 일들을 여러 곳에서 숱하게 목격해왔다. 자기는 별로 정직하지 않으면서도 대단히 정직한 양, 자기 윗사람이나 동료를 부정하다고 언저리 사람들에게 슬며시 흘리거나 충동질한다. 그러고는 슬그머니 꼬리를 감춘다. 그러면 부화뇌동하는 무리들은 사실 확인도 하지 않고, 양편의 언행에 시비선악도 미처 가리지 않은 채 마구 날뛴다. 나중에 진실이 드러나도 모른 채 눈감아 버린다든지, 아예 진실 자체에 대해서 별 흥미도 없다. 단지 남을 헐뜯고 자기 몫이 적다고 불평하고 남의 허물만 들추면서 주관도 의리도 없이 하루하루 적당히 살아간다. 부화뇌동하는 사람은 좀 많이 배우고 조금 덜 배운 것과 관계없고 부귀빈천과도 별로 관계없다. 그런데 더 큰 문제는 이런 자들이 나라나 사회의 지도자 자리에 있고, 또 부화뇌동하는 무리의 머리수가 우리 사회에 더 많다는 데 있다. 하긴 해방 후 올바른 역사관을 가지고 나라와 겨레를 사랑했던 진짜 지도자가 몇이나 있었느냐.

아들아, 네가 중학교 2학년 때 담임선생님이 네 인물평을 '선비 같다'고 했다는 얘기를 네 어머니한테 들었다. 담임선생님이 학부모에게 학생의 좋은 점을 듣기 좋은 말씀으로 한 말이겠지만, 아버지는 그 얘기를 가장 좋아하며 앞으로 그런 사람이 되기를 바란다. 왜냐하면 우리의 선비 정신만이 부화뇌동을 막는 지름길로 생각하기 때문이다. 지금이 어느 시대인데 선비 얘기를 하느냐고 펄쩍 뛸지 모르겠으나 이

시대에 가장 필요한 덕목은 우리의 옛 선비 정신을 현대 감각에 맞게
되살리는 일이다.

"군자는 화합하나 뇌동하지 않고, 소인은 뇌동하나 화합하지 않는
다(君子和而不同, 小人同而不和)."

이는 《논어》의 '자로' 편에 나오는 공자의 말씀으로 내가 좋아하는
글이다. 내 비록 실천에 옮기지는 못한다만 너에게 꼭 이 말을 전하고
싶다.

3.
인생의 멋과 향기

처칠의 취미생활

제1차 세계대전 때는 영국의 해상(海相, 해군장관)으로, 제2차 세계대전 때는 영국의 수상으로, 연합국을 승전으로 이끈 윈스턴 처칠은 군인이요 정치가였다. 뿐만 아니라 그는 글 솜씨도 뛰어나 1953년에는 《제2차 세계대전》이란 저서로 노벨문학상을 수상했다. 특히 그림 그리기는 그의 성품에도 큰 영향을 끼쳐 인내심과 끈기를 길러주었고 생활에 여유를 가져다주었다. 그 인내심과 여유가 영국 국민들에게 신뢰와 안도감을 줘 전쟁을 승리로 이끌게 한 원동력이 되었다. 죽을 때까지 입에서 뗄 줄 몰랐던 담배, 영국 국민에게 희망을 안겨줬던 V 사인, 그리고 "내가 바칠 수 있는 것이라고는, 다만 피와 노고와 눈물과 땀뿐이다"라는 유명한 연설을 남긴 처칠의 멋있는 삶에서도 다양한 취미생활이 개인적으로나 국가적으로 얼마나 소중한가를 알 수 있다. 그는 취미생활에 대해 말한 바 "취미생활은 삶에 여유를 주고, 특히 노년일 수록 필요하다. 늘그막에는 취미생활을 익힐 수 없다. 젊은 시절부터 익혀야 한다"고 강조했다.

널리 알려진 일화로, 알베르트 슈바이처는 의사였지만 파이프오르 간 솜씨가 매우 뛰어났다. 그분은 그 덕분에 생애에 많은 도움이 되었 다. 한가한 시간에는 바흐의 곡을 연주하면서 무료함을 달랠 수 있었 고, 아프리카 오지에서 마음이 울적하거나 답답할 때는 건반을 두드림 으로써 마음의 평정을 얻었다. 특히 전문 연주가 못지않은 오르간 솜 씨로 아프리카 흑인을 돕기 위한 자선음악회를 열어 숙원 사업이던 병 원까지 지을 수 있었다.

스트레스를 술로 풀지 말라

취미생활은 삶의 여유요, 인생의 멋이며 향기다. 현대인에게 취미 생활은 꼭 필요하다. 너희가 학교를 졸업하고 사회에 나가면 직장생활 을 하거나 사업을 하게 될 것이다. 특히 처음 직장생활을 하게 되면 층 층시하 윗사람도 많고 경쟁관계에 있는 동료 직원도 많다. 그래서 인 간관계로, 업무관계로 여러 가지 스트레스를 받는다. 그 스트레스를 푸는 방법으로 취미생활을 갖는 게 가장 좋다.

흔히들 직장에서 스트레스를 받으면 퇴근 때 동료들과 어울려 대폿집에서 독한 술을 마시면서 스트레스를 준 윗사람이나 동료를 안줏감으로 삼는 일이 비일비재하다. 그러한 방법은 떳떳하지도 못할 뿐 아니라 더 큰 후유증을 낳는다. 술에 취해 남을 헐뜯고 욕하는 일은 그 순간은 통쾌할지 몰라도 술이 깨고 나면 자기가 뱉은 말 때문에 오히려 괴로워진다. 또 직장 동료란 결정적인 순간에는 자기 이해에 따라 움직이는 경우가 많다. 술자리에서 함께 상사와 동료를 헐뜯고 욕해놓고는 - 어떤 때는 먼저 술자리를 마련해놓고 - 자기가 한 말은 쏙 빼고 내가 한 말은 앞뒤는 잘라버리고 어느 일부분만 그대로 윗사람이나 동료에게 전달해 상대를 궁지에 몰아넣는 비겁한 이도 더러 있다. 심지어는 몰래 녹음까지 해서 상사에게 전달하는 밀정 같은 이도 있다. 그럴 때 너희는 더욱 배신감으로 괴로워지고 직장이 싫고, 사람까지도 혐오스러운 깊은 수렁에 빠지게 된다.

너희도 얼마 있으면 결혼을 할 테고 한 가정의 가장이 될 것이다. 그리고 아버지, 어머니도 될 것이다. 자녀들이 가장 싫어하는 아버지는 날마다 밤늦게 술에 취해 돌아오는 모습이다. 그들도 아버지가 직장생활에 힘들어 그 괴로움을 잊고자 약주 드는 걸 한편 이해하면서도 술에 찌든 아버지, 사회생활에 나약한 아버지를 몹시 안쓰러워한다. 자녀만 그런 게 아니다. 너의 아내는 더할 것이다. 자식은 그래도 핏줄을 나눈 혈연이지만 부부관계는 돌아서면 남이다. 요즘 아내들은 옛날 할머니 세대처럼 주정뱅이 남편의 주사를 들어주며 자기를 희생하지 않는다. 하찮은 이유로도 걸핏하면 이혼하는 세태다. 앞으로는 이런 풍조는 더욱 심하면 심했지 덜하지는 않을 것이다. 다행이 천사 같은 부인, 양 같은 자녀를 만났더라도 직장에서의 스트레스를 술로 풀지 말라. 습관적인 음주와 과음은 알코올 중독자가 되기 쉽고, 간경화라든지 위암 등, 건강에 치명적인 발병의 요인이 된다. 내가 알았던 많은 사람들이 죽음 직전의 병상에서 고백한 바, 당신 직장생활의 스트레스를 혼자서 속으로만 삭이고, 또는 술로 풀다가 큰 병을 얻었다고 몹시 후회하는 걸 보았다.

사람이 살아가는 동안은 즐거운 일만 있는 게 아니다. 어쩌면 뜻대로 안 되고 괴롭고 짜증나는 일이 더 많을지도 모른다. 가정생활도 그렇고, 직장생활도 마찬가지다. 그럴 경우, 그 괴롭고 짜증나는 일에서 헤어나지 못하고 거기에 빠져 버리면 그 때문에 병이 되거나 앞으로 인생이 뒤틀려버리기 쉽다. 그 괴롭고 짜증나는 일에서 헤어나는 가장 좋은 방법은 너만의 취미생활에 몰두하는 것이다. '세월은 약' 이란 말은 참으로 명언이요, 맞는 말이다. 시간이 흐르면 괴롭고 짜증나는 일은 언제 그런 일이 있었는지 모르게 다 해결된다. 어느 정도까지 해결되느냐고? 너와 네 언저리 사람들의 모든 일이 까마득한 옛 일이 되고, 심지어 너뿐 아니라 그 일을 기억하는 사람조차도 이 지상에서 모두 사라지게 한다.

　취미생활이란 거창한 것만이 아니다. 선천적으로 타고난 뛰어난 솜씨를 가진 사람은 그야말로 행복한 사람이겠지만 취미생활은 후천적으로 얼마든지 계발할 수 있다. 취미생활은 굳이 프로일 필요는 없고, 아마추어로 족하다. 그것을 즐기는 그 자체가 생활에 윤활유이니까.

건전한 취미생활

　그럼, 어떤 취미생활이 좋을까. 그것은 네 스스로 취향에 맞는 걸 터득해서 가져라. 그림을 그린다든지 글씨를 쓰는 조용한 취미생활도 좋고, 테니스를 치거나 등산을 하는 활동적인 취미생활도 좋다. 화초를 가꾸거나 개나 고양이 등 동물을 기르는 취미도 좋고, 바둑을 두거나 영화를 감상하거나 사진을 찍는 취미도 좋다. 또 주말마다 배낭을 메고 여행을 떠나는 취미도 좋고 낚싯대를 챙겨서 강이나 바다를 찾는 일도 심신을 닦을 수 있는 좋은 취미다. 단 퇴폐적이고 향락적인 취미는 다른 이들로부터 지탄을 받게 되고 너를 파멸로 몰아넣는다. 또, 카지노에 출입하거나 경마에 빠지거나 화투나 트럼프에 빠지는 사행 취미이거나 분수에 넘치는 취미생활은 파산을 몰고 올 테니 정말 삼가도록 하라. 네 심신에 좋고 분수에 맞는 고상한 취미생활은 얼마든지 많다.

내가 독일에서 보고 들은 그들의 취미생활에 대한 이야기를 들려주겠다. 독일에는 '아우토반' 이라는 고속도로가 있는데, 이 고속도로는 시가지를 벗어난 구간에서는 날씨와 도로상태에 따라 최고 속력 제한이 없다고 한다. 한때 행정 당국이 대형 교통사고를 줄이는 방안으로 속도 제한을 추진하다가 반대 여론에 취소를 했다. 그 이유인즉, 독일인 가운데 적지 않은 사람들은 자동차운전이 취미생활인데 그것을 제약한다면 사회적으로 다른 쪽에 더 큰 후유증이 생길지 모르기 때문이란다. 프랑크푸르트 교외에는 일정한 크기의 농장이 많았다. 그 농장에는 주로 정년퇴직자들이 많이 몰려 산다. 그들은 노후의 취미생활로 과수를 재배하고 채소를 가꾼다. 대체로 독일인들은 여가 시간이면 대부분 집 단장이 취미라는데 간단한 집수리와 페인팅은 주말에 집안 식구들 스스로 해결한다. 또 그들은 개를 무척 좋아해서 이른 아침 개와 산책하면서 이웃들과 아침 인사를 나누고 개 이야기로 하루를 시작하고 남의 집 개를 욕하면 원수지간이 될 만큼 여가 시간을 개와 즐긴다. 그들은 건전한 취미생활로 여가를 즐기며 직장에서의 스트레스를 해소할 뿐 아니라 사회 전체를 건강하게 만들고 있었다.

전 문공부장관이었던 윤주영 씨가 그동안 취미생활로 찍은 사진을 한자리에 모아 사진집도 내고 전시회를 가진 바 있었다. 공직생활 중, 퇴직 후 지구촌 곳곳을 다니며 틈틈이 찍은 작품들이었다. 그분은 해외출장을 나가면 요즘 일부 공직자들이 골프나 쇼핑으로 일으킨 물의를 빚지 않았으리라 생각된다. 그분의 작품을 감상하면서 바쁜 공직생활 가운데도 풍류의 멋을 가졌던 마음의 여유에 감명을 받았다.

건전한 취미생활을 하라. 그러면 앞으로 네가 사회생활을 할 때 훨씬 마음의 여유와 생활에 활력이 된다. 네 일이 잘 풀리지 않을 때, 사람의 일로 몹시 속이 상할 때는 하루 이틀 모든 걸 훌훌 털어버리고 여행을 떠난다든지 낚싯대를 메고 강이나 바다로 가라. 아니면 음악에 심취하든지, 독서나 바둑 삼매경에 빠져도 좋다. 스트레스를 가족에게 푼다든지 혼자서 꽁꽁 앓는다면 가정불화나 발병의 원인이 된다. 마땅한 취미가 없다면 네 마음이 답답하고 괴로울 때는 가까운 산이라도 올라라. 산 정상에서 인간 세상을 내려다보면 마음이 확 풀리고 좁은 세상에서 아웅다웅했던 지난 일이 별것 아니라고 웃어넘길 수 있다. 만일 사람 때문에 속이 상했거든 그 사람의 처지에서도 한번 생각해보라. 그러면 훨씬 네 마음이 편해지리라. 그래도 안 풀리거든 허공을 향하여 고함을 질러라. 산길을 내려오는 너의 발걸음은 한결 가뿐할 것이다.

건전한 취미생활을 하는 사람이 많이 모인 사회일수록 건강한 사회요, 선진사회다. 지금부터라도 하나의 취미를 체득하라. 취미생활은 네 인생을 보다 풍요롭게 하리라. 그렇다고 네 전문 직업보다 취미생활에 더 빠져서는 안 된다.

4.
고독은 영혼을 맑게 한다

고독을 견뎌라

나는 우리나라 수필 가운데 이양하 선생의 '나무'를 좋아한다. '신록예찬', '나무의 위의', '경이 건이' 등 다른 작품도 애독하지만, 특히 '나무'를 더 좋아한다. 이 글은 한 글자라도 빼면 어딘가 빈 듯하고, 한 자를 더하면 군더더기가 될 만큼 거의 완벽한, 천의무봉(天衣無縫, 하늘의 옷은 꿰맨 흔적이 없음)의 작품이다. 이 글을 혼자 읽거나 학생들에게 가르치면서, 나도 이런 작품을 한 편 남길 수 있다면 지금 당장 죽어도 좋다는 생각을 하곤 한다. 이 글은 우리들에게 삶의 지혜와 넉넉함을 주는 글이라 어느 문단을 좋아하고 싫어함을 가릴 수 없도록 좋지만, 유독 좋아하는 한두 문단을 꼽으라면 첫 문단과 둘째 문단이요, 그중 둘째 문단이다. 나는 이 부분을 가르칠 때, 신명이 나면 이 한 문단으로 한 시간을 보내기도 한다.

> 나무는 고독하다. 나무는 모든 고독을 안다. 안개에 잠긴 아침의 고독을 알고, 구름에 덮인 저녁의 고독을 안다. 부슬비 내리는 가을 저녁의 고독도 알고, 함박눈 펄펄 날리는 겨울 아침의 고독도 안다. 나무는 파리 옴쭉 않는 한여름 대낮의 고독도 알고, 별 얼고 돌 우는 동짓날 한밤의 고독도 안다. 그러면서도 나무는 어디까지든지 고독에 견디고, 고독을 이기고, 고독을 즐긴다.

이 문단 중, 마지막 문장 "그러면서도 나무는 어디까지든지 고독에 견디고, 고독을 이기고, 고독을 즐긴다"라는 부분이 가장 가슴에 와 닿는다. 그러나 젊은 날에는 이 글의 참뜻을 미처 알지 못했다. 내 나이 쉰을 넘긴 후에야 비로소 알게 되었는데, 그제야 내가 이 글귀를 좀 더 미리 터득했더라면 젊은 날을 헛되게 보내지 않았을 거라는 뒤늦은 깨달음으로 아쉽기만 하다.

대부분 사람들은 고독을 괴로워한다. 그리고 그 고독을 견디지 못하고 고독에 울고 몸부림친다. 나 자신도 유년 소년시절, 그리고 청년시절, 이 고독에 괴로워하고 몸부림쳤다. 집안의 몰락으로 가족들이 뿔뿔이 흩어지고 나 또한 홀로 고모댁에 살았던 중학교 시절, 낯선 객지에서 떠돌이생활을 했던 고교 시절, 어머니가 아무 말씀도 없이 곁을 떠났던 대학 시절, 그 뒤 친구의 배신, 아버지의 투옥, 가족의 죽음…. 그때마다 나는 고독에 몸부림치거나 통곡하고 때로는 독한 술을 마시기도 했고, 아무 데나 방황하기도 했다. 때로는 절망적인 고독에 죽음도 생각했다. 그야말로 게오르규의 말처럼 "고독은 이 세상에서 가장 무서운 고통이다. 어떠한 공포도 모두 함께 있다면 견딜 수 있지만 고독은 죽음과 같다"를 절감했다.

군대 시절에도, 교사가 된 뒤로도 마찬가지였다. 부도덕한 윗사람을 만나 언저리의 사람들이 모두 그 편이 되고 나만 홀로 모난 사람으로 따돌림 받았을 때, 모교에 갔다가 1년 만에 사표를 던지고 뛰쳐나와 별난 사람으로 취급당했을 때, 내 딴은 신념대로 산다고 부정한 돈으로 가는 교직원 해외연수에 불참하자 직장 동료와 윗사람으로부터 삐딱한 사람으로 취급당한 뒤 평생직장인 교단을 정년도 채우지 않고 내 발로 뛰쳐나와 낯선 강원도 두메로 내려왔을 때…. 그때마다 나는 감정을 추스르지 못하고 괴로워했다. 그러면서 나는 서서히 그 고독에 견디기 시작했다.

전방에서 군복무 중, 초겨울 어느 날 갑자기 캡(CAP) 소대장으로 보직 명령을 받았다. 캡 소대는 대대본부의 직할 소대로 최전방 고지에 올라 주야간 경계 근무하는 것이 주된 임무였다. 소대 병력을 이끌고 상부의 명령에 따라 전 부대와 인수인계하러 갔더니 그 부대는 첩첩산

중에 있었고, 막사는 땅굴로 대낮에도 램프를 켜야 했다. 그때는 겨울철이라 오전 9시 무렵에야 떠오른 해는 오후 5시쯤이면 산마루를 슬며시 넘어버렸다. 긴 겨울밤의 시간이었다. 계곡의 물소리와 바람소리, 뭇 산새와 들짐승들의 울부짖음이 한데 어울린 대자연의 교향악이 밤낮으로 들렸다. 낮의 산새 소리는 그런 대로 운치가 있었지만 밤에 피를 토하는 듯한 소쩍새의 울음은 소름이 끼칠 만큼 무서움과 고독감을 자아냈다. 산중 막사는 민가와도 멀리 떨어진 곳이라 몇날 며칠 군인만 있지 사람(민간인)은 도시 볼 수조차 없었다.

부대의 임무도 매우 단순했다. 주간에는 경계병을 제외한 나머지 병력들은 모두 취침을 하고 야간에는 간첩이나 무장공비들의 예상 침투 길목에 잠복 초소를 만들어 올빼미처럼 밤새워 보초를 선다. 나의 일과는 단순했다. 새벽녘에 철수하는 잠복근무 조를 맞아 군장검사와 일조점호를 한 뒤, 상급 부대에 유선으로 이상 유무를 보고하고, 저녁 식사 뒤 야간근무 조를 내보내면 하루 일과가 끝이었다. 소대원들은 막사에서 공동생활을 하기에 외로움은 덜하지만 소대 막사와 동떨어진 땅굴 막사에서 혼자 지내는 생활은 따분하기 그지없었다. 처음에는 사람이 사는 세상이 그리워서 미칠 것만 같았다. 무료한 시간이 괴로워서 막사 주변을 마구 맴돌았다. 발정한 암퇘지가 울타리를 부수고 뛰쳐나가는 그런 처절한 심정이었다. 라디오를 듣는 것도 신물이 나고 개울 물소리, 바람 소리에도 넌덜머리가 났다. 심산유곡이나 낙도로 귀양 간 유배객들의 심정도 그랬을까?

입산 수도승도 한 달이 고비라고 하더니 나도 산중 생활을 시작한 지 한 달이 지나자 그만 산 사나이가 됐다. 그렇게 지루했던 하루가 눈 깜짝할 새에 지나갔다. 아침을 먹은 다음, 소대원들과 함께 톱과 도끼를 들고 땔감을 마련하거나 진달래, 철쭉을 캐다가 소대 막사 주변에 울타리를 만들고, 산비탈을 깎아 배구장을 만들어 땀을 흘렸다. 긴 밤 시간도 금세 지나갔다. 홀로 밤을 지키며 램프를 바라보는 시간도 외롭지 않았고, 그 불빛에 책을 펼치면 이내 새벽이 찾아왔다. 나는 마침내 고독한 시간을 견딜 수 있었다.

고독을 이겨라

고독을 견디고, 이기고, 즐겨라. 물론 말은 쉽지만 그리 쉽지는 않다. 그러나 우리가 그 고독의 본질을 안다면 능히 고독은 극복할 수 있는 문제다. 왜냐하면 사람은 애초부터 고독하기 때문이다. 사람은 이 세상에 태어날 때 혼자 태어났고, 또 이 세상을 떠날 때도 혼자 떠난다. 사랑하는 부부도, 연인도, 가족도, 친구도 늘 함께 있을 수 없고 언젠가는 내 곁을 떠나고 나또한 그들 곁을 떠난다.

사람이 산다는 것은 깊은 고독 속에 있는 것이다. 절대 고독, 그것은 사람이 벗어날 수 없는 숙명이다. 고독하다고 몸부림친들 그 고독은 해소되지 않는다. 그리고 고독을 잊고자 아무하고나 어울린다면 그때부터는 걷잡을 수 없는 나락의 길로 추락한다. "나보다 나을 것이 없고 내게 알맞은 길벗이 없거든 차라리 혼자 가서 착하기를 지켜라. 어리석은 사람의 길동무는 되지 말라"고 《법구경》에서 말하고 있다. 고독을 느낄 때는 더 깊은 고독에 빠져들어라. 고독한 시간, 그 고독 속에 침잠(沈潛, 마음이 가라앉아서 겉으로 드러나지 아니함)할 때 오히려 그 고독을 이길 수 있고, 그 시간이 오히려 즐거워짐을 느낄 수 있다.

고독함 때문에 괴로워하지 말라. 이 세상의 위대한 예술이나 학문, 사상, 종교는 모두 고독한 시간에 이루어진 고독의 결정체다. 송강 정철의 절창 '사미인곡'이나 '속미인곡'은 송강이 벼슬길에서 물러난 뒤 전라도 창평에서 고독한 생활을 하는 가운데 이루어진 작품이요, 서포 김만중의 소설 '구운몽'은 남해 귀양지에서 고독의 나날을 보내며 어머니를 위해 지었다. 다산 정약용은 전라도 강진의 귀양지에서 무려 18년이라는 긴 유배생활이 있었기에 《목민심서》를 비롯한 500여 권의 저술을 남길 수 있었다. 또, 국보 180호인 '세한도'는 완당 김정희의 작품으로 제주 유배지에서 고독한 생활 가운데서도 기개를 굽히지 않으면서 세상 사람들에게 그것이 무엇인가를 보여주기 위해 붓을 휘둘렀던 것이다.

자화상을 유난히 많이 남긴 네덜란드의 빈 센트 반 고흐는 생애 대부분 실의와 실연 등 좌절 속에 살았다. 그는 고독을 치유하는 방법으로 끊임없이 자기 자신에게 되물으며, 자신의 정체를 확인하고 겉모습 뒤에 숨은 실재(實在, 사물의 본질적 존재) 모습과 스스로에게 부과된 예술적 소명을 규명하기 위해 자화상을 많이 그렸다. 그래서 그의 자화상은 빼어난 작품으로 후세 사람들에게 사랑을 받고 있다.

세계 10대 소설 중 하나로 영국 문학사뿐 아니라 세계문학사에서도 독특한 위치를 차지하고 있는 《폭풍의 언덕》을 쓴 작가 에밀리 브론테는 불과 30년 남짓한 짧은 생애를 독신으로 깨끔하게 살다간 고독하고 비극적인 인물이었다. 1818년, 목사인 아버지 패트릭 브론테와 어머니 머라이아 브랜웰의 6남매 중 넷째 딸로 태어났으나 그가 세 살 때 어머니가 돌아가자 대신 이모의 보살핌으로 자랐다. 엎친 데 덮친 격으로 두 언니마저 곧 세상을 떠나 브론테는 어린 시절부터 큰 비운을 맛보며 자랐다. 그가 자란 호워스 마을은 히스 꽃이 만발하면 평화스런 자연 경관을 이루지만, 대개는 겨울의 혹독한 눈보라와 더불어 음습한 날씨가 계속되는 황무지였다. 이런 거친 들판의 야성미와 거침없이 몰아치는 폭풍, 자신의 병약함과 고독, 이런 배경이 한데 어울려 불후의 명작 《폭풍의 언덕》이 탄생했으리라. 에밀리 브론테는 평생을 정갈하게, 고독한 운명과 고향 호워스의 아름답고 황량한 벌판을 사랑하면서 단 한 편의 소설을 위해서 살았다. 그는 자신의 고독과 불운을 작품으로 승화시킨 작가로 아침 이슬처럼 영롱하게 이 세상을 살다 갔다.

일찍이 인도의 카피라 왕국의 슈도다나 왕의 태자로 태어난 싯다르타 태자는 출가 뒤 가장 어려운 고행만을 골라 수행했다. 고행을 시작한 지 일곱 해 되던 어느 날, 홀로 숲 속에 들어가 커다란 보리수 아래에 단정히 앉았다. 싯다르타는 비장한 맹세를 했다.

"이 자리에서 육신이 다 죽어 없어져도 좋다. 우주와 생명의 실상을 깨닫기 전에는 결코 이 자리를 떠나지 않으리라."

싯다르타 태자는 평온하고 가벼운 마음으로 깊은 명상에 잠겼다. 명상에 잠긴 지 이레가 되던 날, 태자의 마음은 문득 말할 수 없는 기쁨으로 넘치기 시작했다. 이제는 두려워 할 아무것도 없었다. 모든 진리가 그 앞에 밝게 드러났다. 태어나고 죽는 일까지도 환히 깨닫게 되었다. 온갖 집착과 고뇌가 자취도 없이 물거품처럼 사라졌다. 우주가 내 자신이요, 내가 우주임을 알게 된 것이다. 그리하여 마침내 부처가 되셨다. 뼈를 깎는 고행과 고독 끝에 이루어진 것이다.

고독을 즐겨라

이상에서 보듯 예술, 학문, 사상, 종교들은 모두가 깊은 고독 속에 맺어진 열매다. 너희는 고독을 괴로워하거나 피하지 말라. 고독은 나의 영혼을 살찌게 하는 귀중한 시간이다.

아버지는 요즘 고독의 시간을 갈망하고 있다. 하지만 나의 일상생활은 내게 그런 고독의 시간을 잘 마련해주지 않는다. 무슨 일이 그렇게 많고 바쁜 지 매일같이 하루의 일과에 헉헉대기 일쑤다. 결혼을 하고, 가족이 늘어나고, 직장생활에 연륜이 쌓일수록 더욱 그렇다. 그러다 간혹 고독의 시간이 마련되면 그때는 내 몸이 따라주지 않는다.

젊은 날 고독의 시간은 나를 성숙케 하고 맑게 하는 행복한 시간이다. 너희는 젊은 날의 고독을 견디고, 이기고, 즐겨라. 시인 김현승은 '가을의 기도' 에서 고독을 이렇게 노래했다.

가을에는
호올로 있게 하소서….
나의 영혼,
굽이치는 바다와
백합의 골짜기를 지나,
마른 나뭇가지 위에 다다른 까마귀같이.

5.
시간은 돈이다

'코리언 타임'

내가 아는 한 선생님은 "현대인은 시간을 잘 지키고 돈 셈이 정확하면 대인관계에서 50점은 따고 들어간다"고 늘 말하면서 그 말대로 철저히 실천했다. 나도 어지간히 남에게 시간 약속이나 돈 셈에서는 허튼 일이 없도록 노력하는 편인데 도저히 그분을 따라갈 수 없었다.

그분과 시간 약속을 하면 그 순간부터 부담이 된다. 약속 시간 전에 한두 번 확인을 해오고, 조금이라도 늦으면 전화가 득달같이 온다. 혹 퇴근길에 어울려 대포집이라도 가게 되면, 우선 그날 술값 지불 방법부터 먼저 합의가 돼야 한다. '오늘은 각자 부담(더치페이)'이라든지, '1차는 내가 살 테니 2차는 당신이 사라' 든지, '오늘은 내가 모두 낸다' 든지, 분명히 선을 긋고 난 뒤에야 출발한다. 특별한 일이 없는 한 대체로 더치페이이기 마련인데 이때도 끝전까지 정확히 계산한다. 처음에는 칼로 무 베듯 그 벽(癖, 굳어버린 버릇)이 너무 심한 것 같아 거부반응도 없지 않았으나, 20년 넘게 어울리다 보니 나도 모르게 그 문화에 동화된 듯하다.

아무튼 그분은 이 두 가지 점만은 철저하여 다른 이로부터 '면도날'이라는 별명으로 비난도 받았고, 당신은 이를 지키지 않는 사람은 피했다. 그러면서 "세상에 공짜처럼 무서운 게 없다"고 하면서, 누군가 공짜로 술을 사면 "당신 간첩이냐?"고 지체 없이 내뱉었다.

요즘은 많이 나아졌으나 우리나라 사람들의 시간관념은 후진국이었다. 오죽하면 '코리언 타임'이라는 부끄러운 말까지 생겨났으랴. 모임에 가면 제 시간에 맞춰 오는 사람은 미처 반도 안 된다. 10분, 20분 늦는 것은 보통이요, 좀 심한 경우는 30분 이상이다. 학급 담임을 하면 가장 속 썩는 게 지각생이다. 늦는 녀석은 매일 늦는다. 혹 학교 행사로 등교시간이 늦춰도 단골 지각생은 여전히 늦었다. 아무리 꾸중을 해봐도 별 소용이 없었다.

시간과 돈

우리가 시간관념이 부족한 데는 여러 가지 까닭이 있었다. 과거 우리 양반들은 어떤 모임에 먼저 가면 어쩐지 체신이 깎이고 조금 느지막이 나타나는 것을 오히려 권위로 여겼다는 점, 요즘처럼 시계가 흔하지 않아 대부분 자연력에 의존했기에 시간을 정확하게 맞출 수 없었다는 점도 큰 요인이었을 것이다. 특히 일제 강점기와 해방 후 오랫동안 독재정치에 길들여져 시간을 제대로 지키고 말을 고분고분 잘 들으면 늘 손해를 봤다. 그래서 일부러 느지막이 갔다가 뒤에서 어기적대다가 불리하다고 판단되면 후딱 도망쳐 오는 게 유리하다는 기회주의나 패배주의 잔재도 없지 않다고 생각한다.

그러나 이제는 우리 모두 시간을 지키는 사람이 돼야 한다. 지금은 거미줄처럼 얽힌 복잡한 산업사회다. 모든 기계는 시간에 따라 움직인다. 교통수단도 마찬가지다. 시간을 놓치면 막대한 피해를 입는다. 지구촌에 살고 있는 현대에 시간을 지키지 않으면 낙오되고 불이익을 받게 된다. 현대는 말 그대로 '시간은 돈' 인 시대다. 우리나라 사람들이 해외에 가서 능장을 부리다가 망신을 당하고 불이익을 당한 이는 부지기수로 많았다. 선진국일수록 온 나라가 시계의 초침처럼 정확하게 돌아간다. 유럽 기행 중에 로마에서 열차를 타고 밤새 달린 끝에 이튿날 아침 스위스 취리히에 닿아 플랫폼에 내리자 시계는 정확히 도착시간인 10:35를 가리키고 있었다. 네덜란드 후크 판 홀란드에서 여객선을 타고 밤새 도버해협을 건너 이튿날 영국 하위치 항구에 닿아 부두에 내릴 때도 도착예정 시간인 07:00이었다. 열차도 배도 시간이 되면 경적도 없이 출발하고 중간 역에도 조용히 멈췄다. 그들의 정확한 시간 문화에 감탄했다.

돈 셈이 흐리면 모든 게 흐리다

사업이나 장사를 하다가 도산한 사람들의 얘기를 들어보면 대부분 자금 회전이 안 돼 쓰러졌다고 한다. 자금 회전, 곧 수금이 제 날짜에 안 됐기 때문이다. 내가 고교 시절 신문 배달할 때 가장 힘든 일은 아침 저녁 배달하는 일보다 수금하는 일이었다. 독자 가운데 제 날짜에 신문 대금을 주는 집은 10~20 퍼센트 정도였고, 나머지 집은 시도 때도 없다. 어떤 집은 말일, 다음달 5일, 10일 등으로 날짜를 잘 기억해뒀다가 맞춰가야 했다. 깜빡 잊고 놓치면 다음 달 그날에 오라고 하고, 또 어떤 독자는 꼭 한 달씩 늦게 주었다. 아무리 사정해도 내 편에서 으레 판정패였다.

조금만 독촉하면 다른 신문 볼 테니 내일부터 당장 넣지 말라고 했는데, 그 말이 신문배달원에게는 가장 무서운 말이다. 그 무렵 배달원의 수입은 신문 대금 중에서 일정액은 보급소에 먼저 입금시키고 나머지를 갖게 되는데, 그 나머지가 질금질금 수금이 되기 때문에 독한 마음을 먹지 않으면 학비로 충당하기 힘들었다. 신문배달 생활을 끝낸 뒤에도 몇 달 동안 수금을 다니다가 그만 내 편에서 지쳐 끝내 포기한 집도 숱하게 많았다.

내가 몇 권의 책을 내면서 출판사 대표와 어울려 그분들의 애환을 들어보면 가장 어려운 점이 수금 문제라고 한다. 어디 출판사만 그러하랴. 대부분의 중소기업들이 다 그러하다. 내가 겪은 바, 심지어는 사회의 공기라고 할 방송국에서도 마찬가지였다. 내가 책을 펴낸 뒤 당시 여의도 방송국 스튜디오까지 가 출연하자 담당 작가가 내 주민등록 계좌번호까지 묻고는 곧 출연료를 보내준다고 했으나 이후 꿩 구워 먹은 소식이었다. 3년 후 그 방송국에서 똑같은 일이 반복되었다. 마침 일본기행 중 다른 방송국 피디와 동행하면서 이런저런 얘기 끝에 그 이야기를 하자 그가 그랬다. "선생님, 그 친구들 버릇을 단단히 고치주세요. 전체 방송인들의 이미지를 그 친구들이 더럽히고 있어요"라고 하기에 귀국 후 그 방송국에 항의하자 오히려 그런 일이 없다고 딱 잡아뗐다. 그래서 마침 그때 방송을 녹음해 둔 테이프가 마침 있기에 그 모든 사실을 인터넷신문에 기사로 쓴다고 하니까 그제야 본부장, 담당 피디가 슬그머니 나타나 사무착오로 그랬다고 하면서 (한 번이면 몰라도 두 번씩이나) 방송 출연 3년, 6년 만에 '특별히 우대하여(담당 피디의 말)' 그때의 출연료가 아닌 항의 당시의 출연료로 환산한 돈을 그것도 아주 비굴하게 싹싹 빌면서 애면글면 내 통장에 입금시켜 주었다.

사업하는 친구들 이야기를 들으면 생산업자가 물건을 납품하고 몇 개월 뒤에 간신히 수금하면 수개월짜리 어음이 절반을 넘는다고 한다. 하는 수 없이 사채시장이나 금융사를 찾아가 할인을 하여 회사를 꾸려 가니 금융비용으로 10~20% 정도는 허공에 날리는 셈이다.

우리가 돈 셈이 흐린 나쁜 관행만은 꼭 고쳐야 신용사회가 될 수 있고 선진국이 될 수 있다. 내가 본 바로는 돈 셈이 흐린 사람은 가난 때문만은 아니었다. 그 사람의 나쁜 습관이요, 우리 사회의 대기업부터 잘못 정착된 관행이다. 아주 고약한 악덕 기업주는 현찰을 두고도 하청업체에게는 일부러 수개월짜리 어음을 발행한다. 그러고는 자기의 다른 자회사나 다른 이를 시켜 그 어음을 할인하는, 그래서 다시 이익을 차리는 비열한 짓도 서슴지 않았다. 자기들 상전인 정치인이나 권력가들에게는 차떼기나 상자떼기로 수표도 어음도 아닌 현찰로 수억 원씩 갖다 바치면서도.

더치페이

'더치페이(Dutch pay)'는 네덜란드에서 생긴 말로 우리말로 옮기면 각자 부담, 곧 추렴(出斂)으로 모임이나 놀이 등의 비용을 참가한 사람이 똑같이 나누어내는 일이다. 네덜란드 사람은 결코 남에게 신세를 지지 않으려는 국민성을 가졌는데, 심지어 부부가 함께 식사를 하더라도 별일이 없는 한 자기 몫은 자기가 낸다. 그들은 돈 거래에는 실수가 없는 국민으로, 근면하고 저축심이 많으며 신용이 두텁다. 우리의 관점으로 볼 때 대단히 쩨쩨하고 인색하게 느껴질 수 있지만 막상 그들과 사귀어보면 그렇지 않다. 그들도 남을 초대해서 한턱내기를 좋아하는데, 술을 마시기 전에 분명히 "내가 계산할 테니 한잔 합시다"라고 밝히는 게 상식이요, 그런 말이 없는 경우는 각자 부담하는 게 그 사회의 불문율이다.

나도 처음 이 더치페이란 말을 들었을 때는 거부감을 느꼈다. 사면 사고 말면 말지, 같이 가서 각자 부담이라니 얼마나 쩨쩨하냐. 식사를 끝내고 밥상 위에다 각자 지갑에서 돈을 꺼내 헤아려 셈하는 게 사내대장부의 처신이랴. 하지만 곰곰이 뜯어보면 이 복잡한 현대사회에서는 그게 합리적이고 부담이 적고 부정과 비리를 추방하는 지름길이 된다. 오랜만에 여러 친구와 회식을 한 뒤, 혼자 다 뒤집어쓴다면 그는 그달 용돈에 쩔쩔 맬 것이다.

그보다 더 좋지 않은 관행은 직장에서 상사가 부하직원과 회식을 할 때, 으레 상사가 다 내는 게 불문율이다. 결국 상사는 그 비용을 충당하기 위해 거래처에서 상납을 받거나 아니면 회사 내에서 비자금을 마련해야 한다. 이러한 관행이 바로 부정 비리의 출발점이 되고, 그것을 얻어먹은 사람은 상사의 부정에 꿀 먹은 벙어리가 될 수밖에 없다. 우리나라 정치계의 후진성도 바로 이런 패거리 정치로 계보의 보스는 자기 패거리를 먹여 살리고 밑에 있는 사람은 자기 보스에게 맹종하기에 정치 발전이 없었고 각종 게이트나 비리가 계속 끊이지 않고 있다. 사람은 남에게 신세를 지면 그것이 족쇄가 돼서 제 할 말을 다할 수 없고, 자기 신념을 펼칠 수 없다. 우리나라 속담에 "빚 준 상전, 빚 진 종"이란 말이 있다.

교양인의 조건

너희는 작은 이해에 치사한 사람이 되지 말라. 친구와 함께 밥을 먹을 때, 더치페이가 아니거든 네가 낼 것이지, 얻어만 먹는 사람은 되지 말라. 어쩌다 한두 번은 얻어먹을 수 있으나 여러 번 거듭되면 너도 모르게 습관이 되고, 그러다 보면 거지 근성의 사람이 된다. 그런 거지 근성을 가지게 되면 제 주관대로 살 수 없게 되고 남의 하수인이 되기 십상이다.

너희는 시간 약속을 잘 지키고, 돈 셈을 그때그때 정확히 하라. 네가 시간 약속을 지키지 않으면 친구는 한두 번 기다려주겠지만, 열차나 비행기는 너를 기다려주지 않는다. 직장생활 할 때 시간관념이 무디면

해고 대상 0순위가 될 것이다. 또 돈 셈이 흐리면 네 주위 사람들로부터 신용을 잃게 되고, 그러면 너의 돈줄은 끊어져버릴 것이다. 그리고 돈 셈이 흐리면 다른 셈도 다 흐리다. 시간과 돈, 이 두 가지가 흐릿하면 사회생활에서 낙오하게 마련이다.

"시간은 지키고 돈 셈은 정확히 하라"는 말은 현대 교양인이 지켜야 할 기본 에티켓이요, 교양인의 첫째 조건이기도 하다.

고양이 카사

6.

내 '백'이 제일이다

상전벽해가 된 고향

"술과 친구는 오랠수록 좋다"고 했다. 초등학교를 졸업한 지 50년이 넘었건만 고향 친구들이 죽마고우들을 잊지 못해 동창회 모임을 구미 금오산 기슭에다 마련했다. 그래서 오랜만에 귀향길에 올랐다. 서울을 떠난 고속열차는 미처 두 시간도 안 돼 고향 역에 내려 주었다. 그새 고향 길은 시간으로 절반 이상 단축돼 있었다. 나는 역 광장에서 심호흡을 하며 지난날과 다른 고향의 풍물들을 기억 속의 고향과 대조해 보았다.

내가 고향을 떠날 때만 해도 고향에는 한국전쟁의 잔재가 덕지덕지 마마자국처럼 을씨년스러웠는데 지금 눈앞에 펼쳐진 고향의 모습은 전쟁의 참상도, 초가집도, 진흙길도, 잡초도 보이지 않는 아스팔트길

에 빌딩이 즐비한 도시로 마치 고향이 아닌 타향의 어느 낯선 도시를
찾은 착각이 들었다. 다만 변함없는 것은 창공에 우뚝 솟은 금오산만
이 옛 모습 그대로다. 지난날 내 고향 구미는 보통 급행열차마저 외면
하던 한촌(閑村, 한적한 마을)이었는데, 5 · 16 후로는 '박정희 대통령의
고향'으로, 얼마 후는 신흥 공업도시로, 이제는 전 국민의 귀에 익은
'한국의 실리콘 밸리'로 불릴 만큼 면소재지에서 활기찬 도시로 발전
된 곳이다.

동창회에서 친구들의 주된 화제는 그새 변한 고향 얘기, 땅값 상승
으로 누가 돈 벌었다는 얘기, 부모가 남긴 자갈밭이 금싸라기 땅이 돼
서 형제간에 갈등을 빚는다는 얘기 등, 우리나라 신흥 도시 어디서나
흔히 들을 수 있는 얘기들이었다. 모임이 끝난 후 몇몇 친구와 더불어
금오산 채미정 앞뜰에서 맥주잔을 기울이고 있는데 새빨간 외제 스포
츠카가 한 대가 잽싸게 지나갔다.

어느 재벌의 아들

화제가 자연스럽게 그 차주에게로 옮아갔다. 친구들은 그가 요즘
고향에서 가장 잘나가는 청년으로 엄청난 재산을 축적해서 돈을 마
구 뿌리고 다닌다고 했다. 그의 아버지는 장돌뱅이로 '메밀꽃 필 무

럽' 의 허생원이나 조선달과 같은 인물이었다. 그분은 한평생을 방물 장수로 지낸 분으로 처음에는 봇짐을 지고, 후에는 자전거에다 잡동 사니 만물을 싣고서 선산, 고아, 약목, 김천 장을 뱅뱅 돌면서 돈을 버는 대로 자갈논밭을 사 모았다. 그곳이 어느 날 갑자기 주택단지가 되고 상가가 들어서자 그 땅에다 빌딩을 세워 벼락부자가 되었다. 정작 그는 워낙 구두쇠라서 약 한 첩 제대로 쓰지 않고 돌아가셨지만, 그 아들은 아버지 덕으로 향락의 극치를 이룬 생활을 한다고 비난을 쏟았다.

나도 지난날 그 아버지의 장돌뱅이 시절은 알고 있지만, 그 뒤의 일은 전혀 모르기에 주로 듣기만 했다. 요즘 고향 땅에는 그런 젊은이들이 한둘이 아니라고 했다. 나는 그 얘기를 들으면서 만일 그 젊은이가 자기가 피땀 흘려 모은 재산이라면 저렇게 흔전만전 쓰지 않을 테고, 설사 그렇게 쓰더라도 자기가 번 돈이라면 주위 사람들이 수군거리는 비난의 도가 한결 덜 하리라는 생각도 들었다.

오래 전 한 재벌의 아들이 007가방에 고액권을 가득 담아가지고 다니면서 지방 도시 유흥가에서 팁으로 마구 뿌렸다. 그가 하도 흔전만전 물색없이 돈을 뿌린 나머지 팁을 받은 아가씨가 그 사람이 혹 간첩이 아닐까 수상히 여겨 경찰에 신고를 해서 사회의 큰 물의를 일으킨적이 있었다. 또 몇 해 전에는 온 나라를 들끓게 하고 나라의 경제를 파탄에 몰아넣은 비리 주범의 아들과 언론사 창업주 아들이 미국 라스베이거스 카지노장에서 수십만 달러를 빌려 도박해서 다 날린 뒤 국내에서 도박 빚을 결재하는 속칭 '환치기' 수법으로 외화를 불법 유출시킨 혐의로 검거되고, 구속되었다는 보도로 시끌벅적했다.

부모들이 남긴 유산을 탕진하는 젊은이가 이들뿐이랴. 새삼 이름조차 들먹거리고 싶지 않은 무슨 무슨 '족' 들의 꼴불견들이 득시글거리고 있다. 이들의 추한 꼴들은 바르게 열심히 살아가는 젊은이를 맥 빠지게 하고 나라 경제와 도덕심을 무너뜨리고 있다.

과연 나는 어떤 사람일까? 나는 형편이 안 되기에 그들처럼 호화 향락생활을 못하고 있는 건 아닌지? 누구나 한번 스스로 묻고 답해볼 일이다. 다른 이의 과소비, 향락생활에는 비난을 쏟으면서 나는 분수를 지키면서 근검절약하는지 스스로를 냉철히 살펴볼 일이다. 물론 너희는 현재 부모의 돈으로 흥청망청할 염려는 전혀 없다. 하지만 만일 네가 그런 형편이라면 어떻게 살 것인가에 대해 한번 생각하라.

내 '백' 이 제일이다

이 세상을 살아가는 데 가장 중요한 것은 '나' 이다. 곧 내 '백(Background)' 이 제일이다. 부모가 아무리 유능하더라도 항상 나의 보호막이 될 수는 없다. 언젠가는 부모도 내 곁을 떠난다. 형제도 마찬가지다. 흔히 "창업(創業)보다 수성(守成)이 더 어렵다"고 한다. 군사작전에서도 공격보다 방어가 더 어려워 통상 방어 병력을 세 곱이나 배치한다. 부모가 물려준 기업이나 재산을 지키고 유지하는 데도 네 능력이 없으면 아버지의 유업이나 유산을 보존하거나 발전시킬 수 없다.

영국 런던의 대영박물관에는 고대 문명의 발상지인 이집트, 메소포타미아, 인도, 중국의 유물뿐 아니라 오스만 투르크(오늘날의 터키) 족에게 파괴된 그리스 아테네의 파르테논 신전을 그대로 재현해놓기도 했고 그밖에 시리아, 바빌로니아, 아시리아, 페르시아 등 귀중한 문화재를 듬뿍 소장해서 정갈하게 전시해놓고 세계인들을 불러들이고 있다. 조상이 아무리 찬란한 문화를 꽃 피웠어도 그 후손이 시원치 않으면 그 문화는 파괴되거나 약탈되고 만다. 나는 대영박물관에 안치된 파르테논 신전에서 목이 달아나고 팔다리가 잘린 그리스의 유물들을 보고서 역사의 냉엄한 교훈을 읽을 수 있었다.

네 부모가 못났다고 네 부모가 유산을 물려주지 않았다고 원망치 말라. 잘난 부모를 둔 자식 가운데에는 부모의 유명세로 오히려 부담스러워 하는 경우도 많다. 전직 대통령 아들들은 5년을 주기로 똑같은 죄목으로 교도소를 드나들었다. 부모를 잘못 만나 교도소에 가는 일도 있지만, 부모를 잘 만나 교도소에 가기도 한다. 부모를 잘못 둬서 교도소에 가면 동정이라도 받지만, 부모를 잘 둬 교도소에 가면 아버지 얼굴에 먹칠을 했다고 세상 사람의 비난이 빗발친다.

이런 일은 우리나라에서만 있는 일은 아니다. 소련 통치자 스탈린의 장남은 총으로 자살을 기도했고, 차남은 알코올 중독자요, 외동딸 내외는 시베리아에 유배당했다. 인도의 국부 간디 장남은 아버지 이름을 팔아 돈을 긁어모으고 이권에 빠져들었다가 알코올에 빠져 변사했다. 20세기 최대의 정치 지도자로 손꼽는 영국 처칠 수상의 자녀도 셋은 자살하거나 알코올 중독으로 유치장 나들이를 일삼는 등, 동서고금 유능한 인사의 자녀들은 아버지의 명성이 오히려 정상의 생활을 방해했다. 큰 나무 아래서는 작은 나무가 크게 자라기 힘드나 보다.

우리 사회의 큰 병폐의 하나는 '청탁'이다. 과거에 가장 심했던 곳이 군대 사회로, 징집영장이 나오면 일부 돈 있고 권력 있고 요령 좋은 사람들은 온갖 연줄을 다 동원해서 이 핑계 저 핑계로 미꾸라지처럼 빠져나갔다. 그래도 못 빠져나가 입대하면 사돈 팔촌, 선배 등을 동원해서, 그도 저도 연줄이 안 닿으면 돈으로 병사 담당자를 매수해서 카투사(KATUSA)나 후방으로 배치됐다. 내가 전방에서 소총 소대장을 할 때, 학벌과 출신 도를 분류해보면 서울 출신으로 대학 재학 중이거나 졸업자는 한두 명 정도였고, 그들도 무슨 연줄이 됐든지 전입 후 한두 달 이내로 거의 빠져나갔다. 가장 중요한 전방 철책선은 돈 없고 학벌 없는 우직한 병사들이 주로 지켰다. 그래서 생긴 말이 전방에서 병사들이 죽을 때는 "백!" 하고 죽는다는 말까지 있었다.

멋있는 사람

네 힘으로 정정당당하게 살아라. 네 힘으로 살아간다면 너는 누구한테도 떳떳할 수 있다. 그런데 돈은 버는 것도 중요하지만 번 돈을 멋있게 쓰는 일은 더 중요하다. 서구인들은 자기가 번 돈을 대부분 사회에 환원시키고 간다. 자본주의가 많은 문제점을 안고 있으면서도 그 문제점을 덮는 가장 큰 이유 중의 하나가 재산가들의 사회 환원이다.

"부(富)는 거름과 같아서 쌓아두면 썩은 냄새를 풍기지만 뿌려주면 많은 것들을 자라나게 한다."

가정용품 유통업체인 홈디포의 공동 창업자 케네스 랑곤이 자신의 재산을 대부분 사회에 환원하면서 했다는 말이다. 카네기, 록펠러 등도 자기가 모은 재산의 적지 않은 부분을 사회와 국가에 기부하였다. 우리나라에도 평생 동안 김밥을 팔아 번 돈을 선뜻 장학금으로 기부한 멋진 할머니도 계신다. "자신에게는 엄격하게 남에게는 후하게" 말은 쉽지만 실천은 어려운 일이라 생각한다. 자본주의 나라에 살면서 가장 멋있는 사람은 깨끗하게 돈을 벌어서 멋있게 쓰고 가는 사람이다. 그런 사람이 많을수록 건강한 사회요 아름다운 사회다.

내가 이룬 살림이 소중하다

현명한 어부는 자녀에게 오래도록 먹을 물고기를 잡아주지 않는다. 일찌감치 물고기를 잡는 방법을 가르친다. 미국의 억만장자 조지프 제이콥스는 세 자녀에게 각각 자신의 재산 중 극히 일부인 일백만 달러밖에 주지 않았으면서도 "내가 살면서 가장 잘못한 일은 자식들에게 스스로 성공과 실패를 경험할 기회를 주지 않은 것이다"라고 후회했다.

내가 이룬 살림이 소중하다. 그것도 정당하게 내가 피땀 흘려 애써 모은 살림은 더없이 소중하다. 너희는 아버지가 잡은 물고기를 먹지만 말고 네 스스로 잡아먹도록 하라. 네가 잡은 물고기가 훨씬 맛있고 너는 물고기를 잡을 때마다 짜릿한 기쁨을 느끼게 될 것이다. 또 서양 속담에 "부정하게 번 돈은 부정하게 쓰인다"란 말이 있다. 쉽게 돈을 벌거나 부정하게 돈을 번 사람은 돈의 소중함을 모르고 함부로 써버린다. 신문지상이나 TV 화면에 비친 쇠고랑 찬 인물들은 대부분 부정하게 돈을 모아 흥청망청 쓰다가 물의를 일으킨 사람들이다. 내가 애써 벌어서 산 물건은 숟가락 하나에도 애정이 간다. 서구인들은 18세만 되면 부모로부터 독립을 한다. 독립이 빠를수록 너희도, 부모도 좋다.

초여름의 자작나무 (강원도 횡성)

203고지 이령산탑 (중국 뤼순)

여행길에 보고 듣다 (1)

나라와 겨레를 두 조각낸 38선(휴전선)은
한반도에만 있는 것이 아니었다.

베이징에도 있었고,
도쿄에도 있었고,
블라디보스토크에도,
워싱턴에도 있었다.

1.

우수리스크에서 본 38선

안중근 의사의 행적을 밟다

나는 안중근 의사 의거 100주년을 앞두고, 안 의사의 마지막 발자취를 더듬고자 러시아 크라스키노, 블라디보스토크, 우수리스크, 포브라니치나야, 중국 쑤이펀허, 하얼빈, 지야이지스고(채가구), 창춘, 다롄, 뤼순 등지를 2009년 10월 26일부터 11월 3일까지 아흐레간 답사하였다.

10월 28일은 답사 사흘째로 전날 밤 크라스키노에서 블라디보스토크에 도착했지만 그날 일정은 먼저 우수리스크를 답사한 뒤 다시 돌아와 블라디보스토크 일대를 둘러보기로 했다. 그날 아침 8시 50분, 안내인 조씨 집을 출발하여 북으로 한 시간 남짓 달리자 우수리스크 지명을 새긴 도로변 아치가 보였다. 10월 하순이지만 그 일대는 완연히 썰

렁한 겨울풍경이었다.

윤병석 교수의 《한국독립운동의 해외사적 탐방기》에 따르면, 이곳 우수리스크는 1870년 이래 한인 개척이주지 거점이 된 뒤 안중근을 비롯한 이상설, 이동녕, 조완구, 백순, 이동휘, 김립, 박은식, 윤해, 고창일, 신채호 등 우국지사들의 내왕이 잦았다고 한다. 이밖에도 연해주 출신의 최봉준, 문창범, 최재형, 최만겸 등 지사들도 이 일대에서 적극적으로 독립운동을 했다고 한다.

솔직히 나는 사학도가 아니다. 뒤늦게 우리 역사에 눈을 뜨게 되어 이를 쉽게 풀어 내가 미처 교단에서 가르치지 못했던 제자들과 젊은 세대들에게 들려주고자 이 길을 나선 것이다. 그래서 내 글에 나온 이야기들은 이미 역사학자들이 애써 발굴하여 이뤄놓은 사실들을 보고, 듣고, 다시 현장을 확인하면서, 틈틈이 나의 감상을 보태는데 불과하다. 교사 시절 수업시간에 교과서 밖 얘기를 들려주면 학생들이 얼마나 재미있어 했던가.

우수리스크의 으뜸 항일유적지는 이상설 선생 유허지다. 10: 20, 우수리스크 수이푼 강가에 외로이 우뚝 서있는 이상설 선생 유허비에 이르렀다. 이상설 선생은 1917년 3월 2일 48세로 이국땅에서 운명하면서 이동녕, 백순, 조완구, 이민복 등 동지들에게 다음의 유언을 남겼다고 한다.

"동지들은 합심하여 조국광복을 기필코 이룩하라. 나는 광복을 못

보고 세상을 떠나니 어찌 고혼인들 고국에 돌아갈 수 있으랴. 내 몸과 유품은 남김없이 불태우고, 그 재도 바다에 버리고, 내 제사도 지내지 말라."

동지들은 선생의 이 유언에 따라 수이푼강에서 화장하여 그 재를 강물에 뿌렸다고 한다. 선생이 가신 뒤 60여 년이 지난 뒤 선생의 고혼이 맴도는 이곳에 돌을 세웠다.

이상설 선생 유허비

보재 이상설 선생은 1870년 한국 충청북도 진천에서 탄생하여 1917년 연해주 우수리스크에서 서거한 한국독립운동의 지도자이다. 1907년 7월 광무(고종)황제의 밀지를 받고 헤이그 만국평화 회의에 이준, 이위종 등을 대동하고 사행(使行)하여 한국독립을 주장하다. 이어 연해주에서 성명회와 권업회를 조직하여 조국독립운동에 헌신 중 순국하다. 그 유언에 따라 화장하고 그 재를 이곳 수이푼 강물에 뿌리다. 광복회와 고려학술문화재단은 2001년 10월 18일 러시아 정부의 협조를 얻어 이 비를 세우다.

아주 빼어난 비였다. 윤병석 교수가 비문을 쓰고 이경순 작가가 비를 제작하였는데, 석재는 국내산 화강암으로 매우 단아해 보였다. 이비 옆에는 선생의 한 많은 사연을 아는지 모르는지 예나 다름이 없이 수이푼강이 쉬엄쉬엄 흐르고 있었다. 수이푼강은 '슬픔의 강' 또는 '죽음의 강'이라고도 하는데, 연해주 인민들에게도 그럴 만한 사연들이 많았나 보다.

이상설 선생 유허비를 둘러본 뒤 곧장 우수리스크 시내로 돌아와 수하노와 거리 32에 있는 최재형의 처음 집과 블로다르스키야 거리 38에 있는 마지막 집을 둘러보았다. 최재형은 안중근이 연해주에 머무를 때 독립운동가의 대부라고 할 만큼 고국에서 온 독립운동가를 음으로 양으로 뒤에서 도와준 분이다. 최재형의 딸 올가의 증언에 따르면, 안중근 의사가 하얼빈 거사 전에 이곳 최재형 집에 머물며 사격연습을 하였다고 했고, 거사 후 최재형이 안중근 의사 부인 김아려 여사도 물심양면으로 많이 돌봐주었다고 한다.

우스리스크 역(驛)

우수리스크 역은 안중근 의사의 자서전에 따르면, 동지 우덕순과 함께 하얼빈으로 가는 길에 이곳에 내려 하얼빈 행 이등 열차표를 산 곳이다. 다음날 내가 블라디보스토크에서 하얼빈 행 열차를 타고 이곳을 들를 테지만 그때는 한밤중이기에 미리 그 일대를 카메라에 담고자 우수리스크 역을 찾았다. 쌀쌀한 날씨 탓에 다소 썰렁해 보이는 역 광장에는 빛바랜 레닌의 동상이 우뚝 솟아 그의 왼손이 하늘을 향하여 쳐들고 있었다.

"인민들이 능력에 따라 일하고, 필요에 따라 분배를 받는다"는 그 말을 대학 교양학부 시절 경제원론 강의시간에 듣고 얼마나 놀라고 신선한 충격을 받았던가. 하지만 이 슬로건은 한낱 공염불이 된 채 공산사회를 추종하던 나라들은 낙후를 면치 못해 거의 무너져 버렸다.

공산주의자들은 인민들이 대가 없이는 능력에 따라 일하지 않는다는 사실을 미처 몰랐던 것 같다. 볼세비키 혁명의 총본산 러시아마저 자본주의에 무너져 "중이 고기 맛을 알면 절간에 빈대가 남지 않는다"라는 말처럼 러시아는 길거리 화장실은 물론, 공공기관 화장실에서조차 돈을 받는 치사한 나라로 변모했다.

역 광장 한편에는 버스들이 승객을 기다리고 있는데, 자세히 살피니까 거의 한국산 중고차들로 '아진교통' '동아운수' 등 시내버스회사 이름들이 남아 있었고, 'HYUNDAI' 'KIA' 'DAEWOO' 등의 로고가 선명했다. 우수리스크 역을 카메라에 담고자 광장을 가로질러 육교로 가는데 우리와 피부색이 똑같은 노동자차림의 한 무리를 보고 그들에게 접근하여 몇 마디 물었다.

"어디서 오셨습니까?"

"함경도 평안도 자강도 등 대중없습네다."

무리들이 나를 바라보는 눈빛이 심상치 않아 보였다. 안내인 조씨는 그들이 북한에서 온 시베리아 벌목공들이라고 귀엣말을 하면서 내 옷소매를 당겼다. 나는 그들에게 목례를 한 뒤 육교에 올라 그들 뒷모습을 카메라에 담았다. 우수리스크 역사와 시베리아로 뻗는 철도를 카메라에 담은 뒤 우수리스크 역을 떠났다. 왜 우리 남북 동포들은 해외에서조차 서로 경계해야 하나? 나는 취재수첩에다 긁적였다.

우수리스크 역에서

내 십 수 년째
나라를 위해 목숨을 바친
선열들의 발자취를 따라
해외를 누벼보니까

나라와 겨레를 두 조각낸 38선(휴전선)은
한반도에만 있는 것이 아니었다.

베이징에도 있었고,
도쿄에도 있었고,
블라디보스토크에도,
워싱턴에도 있었다.

어느 영웅이 나타나
두 조각 세 조각 네 조각으로 찢어진
나라와 겨레의 속살에 깊이 새겨진
38선을 지우고,
휴전선 철조망을
걷어낼 수 있을까?

저무는 10월 하순 한낮
극동 러시아 우수리스크 역에서
내 아들이나 조카와 생김새가 똑같은
구릿빛 얼굴의 노동자를 만났다.

나의 안내자는
그들이 시베리아 삼림지대에서 일하는
북한 벌목공들이라고 했다.

나는 반가운 마음에
그들에게 다가가
몇 가지 물었더니 한 노동자가
북한 여기저기에서 온 림업부 소속이라고
대답은 하는데
언저리 수많은 눈초리가 경계의 빛으로
우리 두 사람을 죄고 있었다.

나는 그를 덥석 껴안고 싶었지만
그와 나 사이에는 날카로운 철조망이
여러 겹 드리워 있음을 알아차리고
못내 뒷걸음질을 하고는
우수리스크 역 육교에 올라 그들 뒷모습만
카메라에 담았다

내 눈에서는
두 줄기 눈물이 흘러내렸다
연해주의 북풍이 몹시 찼다.

우스리스크 역

2.
창춘의 위황궁

부패·낙후·내전

창춘은 중국 지린성의 성도(省都)다. 1800년 청나라가 창춘청(長春廳)을 설치한 뒤 이 도시가 널리 알려지게 되었다. 러일전쟁 이후에는 일본이 청나라로부터 토지를 사들여 만철부속지를 만들고, 그 중앙부에 창춘역을 건설함으로써 역 중심의 방사형 도시가 만들어졌다. 1932년 일본이 괴뢰 만주국을 세우면서 창춘을 수도로 정하고는 '신경(新京)'으로 고쳤으나 1948년 중국이 해방된 후 다시 창춘으로 본래 이름을 되찾았다.

창춘은 '봄의 도시'로 '춘성(春城)'이라는 별칭에 어울리게 가로수와 공원이 많다. 이 도시에는 청조의 마지막 황제였던 푸이(溥儀)가 만주국 황제로 등극하여 영화를 누렸던 위황궁(僞皇宮)이 자리 잡고 있다. 아울러 관동군 사령부와 사법부 등의 건물들이 아직도 일제강점기 만주국 당시 그대로 남아있어 일제 침략의 역사를 그대로 보여주는 살아있는 역사 현장이기도 하다.

나는 1999년, 2000년에 이어 2009년 안중근 의사의 마지막 발자취를 더듬으며 세 번째로 이 도시를 찾았다. 내가 이 도시에 매력을 느끼는 것은 도시 곳곳에 관동군사령부, 만주군관학교 등 우리의 근현대사, 곧 일제강점기 시절의 역사가 곳곳에 고스란히 녹아있기 때문이다.

창춘 역에서 가까운 위황궁 진열관에 가보니 자기네 나라가 망한 이유를 요약해 놓았다. 중국인들은 '부패(腐敗)' '낙후(落後)' '내전(內戰)'이 세 단어가 국치를 당한 근본 이유라고 밝히고, '물망국치(勿忘國恥)' 곧 "나라의 치욕을 잊지 말자"고 돌에 새겨 놓고 있었다. 중국에는 거기 뿐 아니라 치욕의 역사 현장 곳곳마다 '물망국치' '전사불망후사지사(前事不忘後事之師, 지난 일을 잊지 말고 후세의 교훈으로 삼자)' 라는 말을 돌에 새겨놓았다.

부패

'부패(腐敗)' 가 망국의 원인이라는 것을 대부분 사람들은 다 잘 안다. 역사를 조금 아는 사람이라면 청나라가 망하고, 이웃 조선 및 장제스(蔣介石) 국민당 정권이 망한 가장 큰 까닭이 '부패'라는데 이론이 없을 것이다. 이는 우리나라 역사학자나 지식인, 언론인뿐 아니라 일반 국민들도 다 알고 있다. 그런데도 우리 사회에 아직도 '부패'가 개선되지 않는 것은 '나는 아니다' '내 가족은 아니다' '우리 집단은 아니다'라는데 그 근본 이유가 있다.

정치인들의 비리가 터지면 대부분 사람들은 "그 놈들은 그래"라고 혀를 차며 매도하고도 선거 때면 "다 그런 거지 뭐"하고 새 인물로 바꾸지 않는다. 아니 바꿔도 별 수가 없었다.

그동안 많은 고위 공직자들이 비리에 연루되어 쇠고랑을 차거나 스스로 부끄러움을 견디지 못하고 투신자살까지도 했다. 그런데도 우리 사회는 백년하청(百年河淸)으로 이를 단절치 못하고 있다. 앞으로도 얼마나 그런 일을 더 겪어야 우리나라에 부정부패가 사라질지 모르겠다. 우리 백성들 몸속에 암세포처럼 번져 있는 부정부패 비리의 세균 덩어리를 몽땅 들어내지 않는 한, 아무리 정부가, 언론이, 검찰이 부정부패를 뿌리 뽑으려고 해도 근원적으로 치유되지 않는 공염불이 될 것이다. 그 까닭은 정부 고위직도, 언론이나 검찰 고위직조차도 부정부패 비리의 세균에 아주 깊숙이 감염돼 있기에 그네들도 자유로울 수 없기 때문이다.

나는 해외 역사 기행을 통해서 선진국일수록 눈에 보이지 않는 곳에서 법과 양심을 지키는 것을 확인하였다. 나는 그동안 60여 년 살아오면서 우리 사회의 숱한 부정부패와 비리를 보아왔는데 곰곰 생각해 보면 나도 그러한 부정부패와 비리에 때로는 조연이나 단역을 담당했다. 그러면서 나도 그런 부정부패와 비리에 둔감한 채 살았다.

인생을 마무리하는 이 시점에서 지난날을 돌이켜보니까 그 잘못은 바로 먼저 나에게 있다는 사실을 깨달았다. 신문이나 방송에 비리사건이 보도되면 그것은 나와 전혀 상관없는 일부 정치인이나 아주 질이 낮은 이들의 소행으로만 여겼다.

그러던 어느 날, 평소 정치인들의 비리를 보도를 보고 성토하던 일부 교육자들이 떳떳치 못한 자금을 마련하여 단체로 해외연수라는 이름으로 해외여행을 떠나는 대열을 보고 나는 망연자실했다. 그 대열에는 참교육을 부르짖는 젊은 교사도 동참하는데 눈앞이 캄캄하고 가슴이 먹먹했다. 더욱이 해외연수에서 돌아온 그들이 자신들의 비위사실에 조금도 부끄러워하는 기색이나 양심의 가책이 없이 오히려 불참자에게 자기네 대열에 동참하지 않는다고 다수의 힘과 지위를 빌려 빈정거리는 데는 할 말이 없었다. 이런 교육 풍토 속에 어린 영혼이 어찌 투명해질 수고 있고, 나라의 장래가 정의롭겠는가.

나는 그 순간 부정부패 비리는 먼 곳에 있는 것이 아니고 바로 내 이웃, 내 마음 속에 있다는 것을 새삼 깨달았다. 내가 먼저 변하지 않고는, 내 가정, 내 직장이 변하지 않고는 이 사회를 개혁시킬 수 없다. 나는 이것을 깨치기까지 미련스럽게 60년이 넘는 세월을 보냈다.

그런데 통탄할 일은 대한민국에서는 그런 비리를 주도한 사람이 먼저 승진도 하거나 고위직에 오르며 악화가 양화를 구축한다는 사실에 비극이 있다. 백성들 가운데는 그런 일을 주도하는 사람을 능력 있는 사람으로 여기며 부러워하고 박수치기 때문일 것이다. 그런 부정부패와 비리가 나라를 망하게 하는 지름길인 줄도 까마득히 모른 채.

낙후

중국뿐 아니라 조선조 오백년 동안 백성은 거의 변화가 없는 낙후된 삶을 살았다. 백성들의 가장 기본인 의식주(衣食住) 가운데 어느 하나 획기적인 변화나 발전이 없었다. 대부분 백성들은 평생 헐벗고 굶주리고 누추함을 벗어나지 못했다. 하늘만 처다보는 농사는 해마다 가뭄과 홍수의 되풀이로 봄이면 대부분 백성들은 양식이 떨어졌다. 거기다가 탐관오리들의 수탈로 더 이상 견딜 수 없어 백성들은 괴나리봇짐을 싸서 남부여대로 국경 넘어 만주로 연해주로, 또는 하와이나 멕시코 등 사탕수수밭 일꾼으로 옮겨가기도 했다.

서양은 산업혁명으로 기차와 자동차를 타고 다니는데 우리나라나 중국은 일부 지배계층만 가마나 말을 탔을 뿐, 백성들은 아무리 먼 길이라도 걸어 다녔다. 오백년 내내 괭이나 삽으로 땅을 팠고, 등짐을 지거나 머리에 인 채 짐을 날랐다. 양반 계층들이 일하는 것을 업신여기는 노동 천시사상은 사회 전반에 만연해 노동 인구의 부족으로 생산의 저하를 가져와 낙후한 생활을 면할 수 없었다. 그러면서도 허례허식과 공리공론에 집착한 결과 백성들의 삶의 질은 제자리걸음이었다.

> 양반은 농사나 장사를 하지 않아도 살 수가 있고, 조금만 공부하면 문과에 오르고 진사는 할 수 있으며, 배는 종놈 대답 소리에 저절로 불러지고, 방에는 노리개로 기생이나 두고, 궁한 선비가 되어 시골에 가 살아도 자기 뜻대로 할 수 있으니, 이웃집 소가 있으면 내 논밭을 먼저 갈게 하고, 마을 사람들을 불러내 밭의 김을 먼저 매게 하는데, 어느 놈이든지 감히 말을 듣지 않으면 코로 잿물을 먹이고, 상투를 붙들어 매고, 수염을 자르는 등 갖은 형벌을 가해도 원망을 할 수가 없는 것이다. - 박지원의 《양반전》에서

이런 양반신분 사회가 조선 500년을 이어왔으니 뼈 빠지게 일한 계층은 일부 상민이나 천민에 불과했다. 같은 시대 서구와 견주면 단순 노동에서도 비교가 되지 않았다. 게다가 여성은 사람대접을 받지 못했다. 단지 여성이라는 이유로 갖은 인권이 침해된 사회였고, 사회진출

도 할 수 없는 시대였다. 여성의 창의와 능력은 제대로 빛을 보지 못한 암흑의 사회였다. 이런 봉건사회에서는 백성들의 생활 개선이 이루어질 수가 없었다.

조선조 '낙후'의 원인은 시대의 변화와 사회 개혁을 두려워했기 때문이다. 집권층은 기득권을 잃을 양 외부로부터 부는 변화와 개혁 바람을 철저히 막았다. 이런 수구 보수 세력으로 말미암아 정치 경제 사회 문화 등 모든 분야에 '낙후'를 면치 못하다가 결국 서세동점(西勢東漸, 서양의 세력이 동양으로 점점 밀려옴)의 파고 속에 우리가 '왜놈'이라고 깔보았던 일본에게 나라조차 빼앗겼다.

내전

'내전(內戰)'은 나라 안 동족끼리 서로 치고받는 싸움으로 내란, 민란도 이에 포함될 것이다. 동서고금의 역사를 보면 집안도 나라도 멸망 원인에는 골육상쟁의 내전이 빠지지 않았다.

조선의 지도층은 중화사상(中華思想, 중국을 세계문명의 중심이라고 여기는 사상)에 빠져 소중화(小中華)에 자족하면서, 서구의 합리적 사상이나 과학을 무시하거나 깔보면서 내부 개혁을 하지 않고 백성들을 수탈하는 데만 여념이 없었다. 탐관오리들의 횡포로 도탄에 빠진 백성들

은 마침내 더 이상 참을 수 없어 횃불을 치켜들었다. 조선 후기로 접어
들면서 홍경래의 난을 시작으로 진주민란이 일어났고, 이어 삼남뿐 아
니라 경기 황해도 함경도에 이르기까지 전국적으로 민란이 일어났다.
이들 민란의 원인은 대부분 탐관오리들의 수탈과 지역 및 서얼차별(庶
孼差別, 첩의 자식을 차별하던 제도), 과거제도의 문란에 따른 매관매직
으로 백성들의 불만이 분출된 결과였다. 이런 민란에도 지배계층은 반
성과 내부 개혁을 소홀히 하다가 마침내 갑오 동학농민전쟁을 맞았다.
관군이 동학군을 진압하지 못하자 조정에서 외국군대를 끌어들인 결
과 결국에는 나라가 망하는 빌미를 제공한 셈이었다.

우리나라는 35년간 일제 강점기를 겪은 뒤에도 국토가 남북으로 분
단되었고, 한 차례 폭풍과도 같은 내전을 겪었으나 아직도 세계 유일
의 분단국으로 남아 있다. 게다가 지역 간 계층 간 갈등의 틈이 깊다.
내가 역사 기행으로 해외를 다녀보니까 38선(휴전선)은 한반도에만 있
는 게 아니라 워싱턴, 파리, 베이징, 도쿄에도 있다. 미국의 한 주, 중국
의 한 성보다도 더 적은 나라 안에 경상도 전라도 충청도 등 사분오열
의 지역감정이 실아 있는가 하면, 최근에는 수도권과 비수도권으로 나
눠지고, 부유층과 빈곤층 등 갈기갈기 나눠져 또 다른 내홍(內訌, 내부
분쟁)을 겪고 있다.

나는 창춘 역에서 다롄으로 가는 밤 열차표를 산 뒤 대합실로 갔다.

창춘 역 대합실은 우리나라 1950~60년대 설날을 앞둔 서울역 대합실과 비슷했다. "호떡집에 불났다"라는 우리 속담도 있지만 대합실에서 떠드는 중국인들의 소음에 귀가 멍했다.

창춘 역은 열차가 자주 출발한 듯, 대합실에는 각 노선별로 두세 줄씩 승객들이 기다렸다. 역원 10여 명이 고래고래 소리치며 장내를 정리했다. 그런데 역원들이 모두 비상소집이라도 있었는지 잠깐 자리를 비우자 금세 장내는 혼란의 도가니였다. 줄은 금세 흩어지고 사람들은 펜스를 뛰어넘어 플랫폼으로 돌진했다.

1950~60년대에 우리나라 설이나 추석 전날 서울역에서 일어났던 압사사건이 떠올랐다. 나는 이 장면을 바라보면서 중국 인민들도 아직은 선진국민이 되기는 멀었다는 생각을 지울 수가 없었다. 지금은 워낙 공안들이 눌러대니까 겉으로는 질서가 유지된 듯 보이지만, 공안의 손길이 조금만 소홀하면 금세 난장판이 된다는 것을 내 눈으로 확인했다.

그러면서 나는 우리나라를 생각해 보았다. 그들의 무질서와 혼란을 보고서 비웃을 만큼 우리의 질서 의식과 준법정신이 투철한가에 대한 반성이었다. 결론은 우리 국민의 수준도 그들과 '오십보백보' 다. 오십보를 도망친 자가 어찌 백 보를 도망친 자를 보고 웃을 수 있겠는가.

3.

하카타 항에서 받은 모욕

2008년 봄, 나는 호남의병 전적지 답사로 무척 바빴다. 그런 가운데 늦깎이로 방송대학교 일본어학과 졸업한 친구(윤기호)가 일본 규슈지방 역사탐방에 동참하자고 청했다. "친구 따라 강남도 간다"고 하는데, 일본까지 못 가랴. 사실 그 친구는 대학시절 자기 등록금을 나에게 선뜻 빌려준 속 깊은 친구였다.

그 이태 전 나는 그 친구를 따라 일본 동남부 지방 역사탐방에 동참해 보니까 여러 가지로 배운 게 많았다. 사실 우리나라 근현대사를 공부하는 사람은 일본을 제대로 알아야 일제강점기를 바로 이해할 수 있기 때문이다. 그래서 머리도 좀 식힐 겸 만사 제쳐두고 그 친구를 따라나섰다.

3월 29일 밤 부산 국제여객터미널에서 하카타 행 카멜리아 호에 승선한 뒤 밤새 대한해협을 건넜다. 이튿날 아침 7시 30분 하선하여 일본 입국심사장으로 갔다. 이번 역사탐방답사단은 일정이 주말에다가 값이 싼 탓인지 역사탐방단은 80여 명으로 대성황이었다.

나는 지난번보다 인원이 배가 넘기에 속으로 염려스러웠다. 누군가 그랬다. "단체라면 천당도 가지 말라"고. 이는 단체가 움직이다 보면 꼭 늦는 사람이 한두 사람 나오거나 자그마한 사고를 저지르는 이가 있거나, 관광지에서도 단체 취급으로 봉사를 제대로 받을 수 없는 등, 아무튼 단체 여행은 자질구레한 불편이 따르기 때문일 것이다.

첫 일본방문 때와는 달리 비자도 없어 한 가지 절차는 줄어들었지만 입국심사대에서 입국자의 지문 및 사진 촬영 등으로 시간을 많이 끌었다. 나는 잠깐 화장실을 다녀오고자 가방을 친구에게 맡겼다. 다시 돌아온 뒤 20여분 더 기다리자 내 차례였다. 그새 친구는 내 가방을 끌고 먼저 나가면서 손을 흔들었다. 나도 곧 지문을 찍고 사진 촬영도 끝났다. 그런데 일본 관리가 여권을 몇 번이나 골똘히 훑으며 고개를 계속 갸웃거렸다.

나는 속으로 네깐 놈이 보려면 얼마든지 봐라. 이 여권으로 미국도 세 번, 중국도 세 번, 일본도 이미 네 번이나 다녀왔다. 나는 해외여행 때 아내가 선물을 사오면 집을 나간다고 할 정도여서 한 번도 규정을 위반한 적이 없는 대한민국 모범백성으로 둘째가면 서러울 사람이다.

이제까지 살아오면서 파출소 한 번 불려간 적 없었고, 어디서 거동 수상자로 검문 한 번 당해 본적 없었다고 자위하면서 곧 내 여권에 상륙 허가 스티커를 붙여주기를 기다렸다. 그런데 그는 계속 내 여권을 뚫어지게 보더니 자리에서 일어나 밖으로 나온 다음 출입문을 닫고 나를 출입국 대기실로 정중히 안내했다. 그리고 입국 심사업무가 끝날 때까지 기다리라고 하였다.

그새 일행들이 모두 입국심사대를 거의 다 통과했다. 그런데도 나를 붙잡아 두었다. 나는 순간 화가 무척 치밀었다. 내가 단체 여행에 훼방꾼이 되다니? 80여 탐방자 일행들에게 너무 창피했다. 내가 항의하자 일본관리가 두 손으로 조금만 더 기다리라고 신호를 보냈다.

'내가 어디 미운 털이라도 박혔나, 왜 하필 이 친구들이 나를 붙잡아둘까?'

잠깐 사이지만 의문이 꼬리를 물었다. 나는 그동안 해외에 다닌 일을 아무리 복기해 봐도 범법 사실은 하나도 없었다.

입국 심사대에서 저지당하다

혹이나 이 친구들이 내가 쓴《항일유적답사기》의 내용을 문제 삼는 게 아닐까 하는 생각도 해 봤다. 나는 그 책에서 일본을 비판한 건 사실이지만 그것은 어디까지나 근거를 가지고 사실에 바탕을 두고 쓴 글인데, 정말 '이 자식들 치사한 왜놈들이다' 라고 내심 일본인의 옹졸함을 한껏 매도했다. 그런데 일본에 정통한 한 제자의 이야기로는 일본 지식인은 오히려 자기들의 비판을 고맙게 받아들인다는데 도대체 무슨 일일까.

그 사이 배에서 내린 승객들이 모두 다 심사대를 통과했다. 일본 관리들은 자기들끼리 수군거리더니 그 가운데 가장 선임인 듯한 관리가 나를 다시 조사실로 안내했다. 거기에는 녹화장치가 다 돼 있었다. 일본 관리는 조사실에서도 내 여권을 확대경으로 뚫어지게 보면서 인터폰을 켠 뒤 통역을 불렀다. 그리고 녹음기의 스위치도 눌렀다. 나와 관리의 말이 인터폰을 통해 통역이 되었다. 그날 그곳에서 관리와 오간 요지는 다음과 같다.

"당신 여권을 고친 적이 있느냐?"

"그런 적 없다."

"그런데 분명히 당신 이름을 고친 자국이 있다."

"그럴 리가 없다."

그는 확대경을 주면서 당신 이름의 영문 PARK DO에서 'D' 자를 자세히 보라고 했다. 그냥 볼 때와는 달리 확대경으로 보니까 'D' 는 'O'

를 칼로 긁어 지우고는 그 위에다가 새로 ‘D’를 친 것으로 확인할 수 있었다. 순간 나는 얼굴이 뜨거웠다. 외교통상부 여권 발급자가 내 여권에 이런 실수를 하다니. 이것이 대한민국 공무원 수준이다.

'너희 조센징들 우리를 따라오려면 아직도 멀었어.'

일본 관리 서너 명이 보강됐다. 그들은 여권 위조범을 한 명 잡은 양 내 가방을 보자고 하였다. 이미 친구가 밖으로 나갔기에 답사단 책임자를 시켜 가방을 도로 찾아오자 그들은 내 가방을 무슨 범죄인 가방인 양 소지품을 죄다 꺼내고는 가방 구석구석을 살폈다. 순간 쥐구멍을 찾고 싶을 정도로 창피했다. 일본 관리는 나에게 마약이나 밀수품을 운반한 전력이 없느냐고 물었다. 나는 대단히 화가 나 볼멘소리로 결코 그런 일이 없다고 거칠게 항변했다. 하지만 그들은 나를 풀어주지 않았다. 친구와 답사단 책임자가 번갈아 조사실에 드나들었다. 바깥에서는 이미 답사단이 모두 예약버스에 오른 채 나를 기다리고 있다고 했다. 그들은 전후 내 사정도 모르고 나를 칠칠치 못한 늙은이라고 얼마나 원망할까?

순간 나는 이것은 분명 우리나라 외교통상부 여권발급자의 실수로 여겨졌다. 사실 나도 한때 학교에서 교무부장 보직으로 학생생활기록부나 성적전표를 결재하면서 선생님들에게 그렇게 누누이 오자처리 규정을 이르건만 간혹 담임선생님들은 정식 결재를 받아 정정 처리하지 않고 칼로 긁거나 화이트로 덮어씌우는 경우가 더러 있었다. 나는 그것을 찾아내고는 이튿날 교직원회의 때 그런 사실을 공표하고 재발방지조치를 취하기를 거의 해마다 그런 말을 반복했다. 사실 우리나라 사람들은 대체로 일을 대충 처리하거나 이미 잘못한 일을 알고도 고치지 않고 그대로 덮는 경우가 많다. 나도 그랬다. 어떤 사실에 대하여 꼬치꼬치 따지면 쩨쩨하다거나 융통성이 없다고 매도한다. 구렁이 담 넘듯이 대충 넘기면 대인으로, 융통성이 있는 원만한 사람으로 치부하는 경향이 있다. 그런 대충주의 문화에 익숙하다보니 세운 지 얼마 안 된 백화점도 무너지고, 다리도 끊어져 더 큰 재앙을 불러오고 무수한 인명이 희생되곤 했다. 곧 일본 관리는 진술서를 내 앞에 내놓고 과정을 사실대로 써달라고 했다. 나는 진술서를 쓰지 못하겠다고 버텼다. 그러자 인터폰을 통한 통역은 진술서를 쓰지 않으면 상륙거부를 당하고, 그 조사실에 머물다가 저녁 배로 귀국조치 시킨다고 했다.

나 혼자라면 대한민국 외교통상부의 명예를 위해 계속 버티고 거부하고 싶었지만 버스에 탄 80여 명 탐방자들이 한 시간 가까이 기다리며 얼마나 나를 원망하겠는가. 더 이상 버티려고 하니 뒤통수가 가려웠다. 이건 분명히 대한민국 외교통상부 여권발급자의 잘못이다. 어떤 잘못된 사실을 아니라고 우기는 것은 바른 태도가 아니다. 그런 생각에 후딱 사실대로 진술서를 썼다. 일본 관리는 내 진술서를 받아보더니 그제야 시익 회심의 미소를 짓고는 내 가방을 돌려주면서 가도 좋다고 여권에 상륙허가 스티커를 붙여주었다. 그 회심의 미소에는 다음의 뜻이 포함된 것 같았다.

'너희 조센징들 우리를 따라오려면 아직도 멀었어.'

무인 채소판매대

그동안 몇 차례 일본을 여행하면서 느낀 바는 일본인들의 정확성, 친절성, 그리고 절제와 절약, 청결에 탄복한 적이 한두 번이 아니었다. 한 번은 친구와 신모지 항에서 오사카 항으로 가는 한큐페리를 타고 세토나이카이를 지나가면서 선내 식당으로 가자 공기 밥을 그릇의 크기에 따라 소 150엔, 중 200엔, 대 250엔으로 3등분하여 팔았다. 우리 눈으로 볼 때는 매우 치사해 보이지만 일본인들은 작은 것 하나에도 매우 합리적이며 물자를 최대한 절약하고 있었다.

일본 규슈 구마모토 근교 키쿠치(菊池) 신사 역사전시관에는 전투도가 전시돼 있다. 그 전투도에는 일본무사들이 적군의 목을 베어 창에 꽂아 자기네 대장에게 보이면 대장 옆 기록관이 이를 정확하게 기록하여 전투가 끝난 뒤 그 정확한 기록에 따라 논공행상을 한다고 했다. 그

기록이 아주 정확하여 무사들이 이의를 제기하는 일이 거의 없다고 한다. 그들의 정확성이 무사들의 불만 요소를 만들지 않는다고 동행 일본사 전공 교수가 귀띔했다. 사실 논공행상의 불만은 내분이나 내란의 원인이 되곤 하는 게 역사에서 흔히 볼 수 있다.

나는 일본 규슈에서 혼슈 동북지방까지 일본의 여러 곳을 기행하면서 이따금 산골마을 평상에 무인 채소판매대를 보고 일본인들의 정직함에 감탄치 않을 수 없었다. 한번은 일본 공무원들과 동행했는데 그들은 큰 봉투를 들고 다녔다. 한번은 내가 차창 밖 산의 높이를 물었다. 그는 그 봉투에서 자료집을 꺼내 펼쳐 보더니 금세 얼굴이 새빨갰다. 이튿날 아침 만나자 마자 그는 산 높이를 일러주었다. 그들은 가는 곳마다 숙박업소나 음식점의 애로사항을 묻고 경청했다. 그들의 그러한 대민 봉사자세에서 선진 일본의 모습을 엿볼 수 있었다. 일본 공무원들의 정확함과 정직, 절제와 청렴, 봉사심 등 이러한 게 선진국 일본의 바탕일 것이다. 지난날 우리를 괴롭혔던 일본은 밉지만 그들의 정직함과 정확함, 그리고 절제와 절약, 봉사심은 인정치 않을 수 없었다.

정확하고 정직하라

하카다 항 입국장에서 당한 수모는 일본에 머무는 내도록, 귀국하고도 잠을 이룰 수 없었다. 나는 귀국 다음날 내 여권을 발급한 종로구청 여권발급창구로 갔다. 창구직원에게 얘기해봤자 실랑이만 벌릴 것 같아 맨 뒷좌석 회전의자에 앉은 가장 나이든 분에게로 갔다. 그는 내가 여권을 보이며 자초지종을 얘기해도 자기네는 절대 그럴 일이 없었다고 딱 잡아뗐다.

"그럼 내가 괜히 할 일없이 행패부리고자 당신 찾아왔소?"

내가 언성을 높이자 그는 그제야 담당 직원을 불렀다. 두 직원도 처음에는 절대 그런 일이 없다고 딱 잡아떼고는 묵묵부답이었다.

그래서 나는 여기서 실무자가 진실을 말하지 않으면 길 건너 외교통상부장관실로 바로 갈 거라고 말하자 그제야 그들은 실토했다. 여직원은 아마도 그 무렵 담당직원이 거기까지 타이핑한 것이 아까워 칼로 오자를 긁은 뒤 그 위에다 타이핑한 것일 거라고 솔직히 잘못을 시인했다.

그러자 책임자는 요즘은 전자여권으로 조폐공사에서 발급하기에 절대 이런 일은 없을 거라고 뒤늦게 사과했다. 그러면서 나에게 사진 두 장을 주면 남은 유효기간까지 전자여권을 무료로 발급해주겠다고 선심을 쓰듯이 제의했다. 나는 담당직원이 솔직히 잘못을 시인하였기에 소기의 목적은 이루었으므로 자리에서 일어났다.

그로부터 몇 해가 지난 올 봄, 나는 조상의 산소를 수목장으로 이장하고자 선산이 있는 원적지 면사무소를 찾았다. 개장신고서를 작성하는데 면사무소 서기가 일러준 대로 기록했으나 그는 곧 자기의 해석이 잘못됐다고 하기에 다시 기록하는데 나는 또 잘못 기록했다. 그러자 옆에서 지켜보던 면서기는 화이트로 잘못 쓴 부분을 덮어씌운 뒤 그 위에 쓰기를 권유했다. 그래서 내가 그 면서기에게 공문서는 화이트로 덮어씌우는 게 아니라고 말한 뒤 새 용지를 받아 다시 써 주었다. 아직도 우리 일선 행정창구에서는 대충대충 일을 처리하려는 폐습이 지워지지 않고 있었다. 자그마한 일 하나에도 정확하고 정직치 않고서는 일류 선진국이 될 수 없을 것이다.

제주바다

4.
일본인의 향수

뤼순 203고지

안중근 의사 의거 100주년 기념 역사답사 마지막 여정으로 순국하신 뤼순 감옥을 둘러본 뒤 러일전쟁 전적지 203고지를 찾았다. 그곳은 일본군의 러일전쟁 대승첩지 때문인지 그날도 그 고지 언저리에는 일본인 단체 관광객들이 두 그룹이나 보였다. 잠시 헐떡이며 203고지를 오르자 마침내 이령산(爾靈山) 정상의 위령탑과 러시아군 포진지, 일본군 280미리 유탄포 전시장, 관망대가 나왔다.

이령산 정상에서 보는 뤼순 항은 마치 우리나라 남해 다도해처럼 잔잔한 바다에 여러 개의 섬들이 뤼순만을 둘러싼 방파제로 천혜의 군항이었다. 그런 탓인지 이 군항은 청나라가 1882년 현대적 군항으로 개발하여 1890년에 개항했다가 청일전쟁 후 시모노세키 강화조약으로 일본에게 빼앗겼다. 그 뒤 러시아가 일본을 밀어내고 이 군항을 차지했다가 1905년 러일전쟁 후 일본이 포츠머스 강화조약으로 다시 빼앗아 40여 년 간 일본 군항으로 썼다. 일본이 태평양전쟁에 패전한 뒤 다시 러시아가 차지했다가 1955년 원래 주인 중국에게 돌려주었다. 뤼순항은 천혜의 아담한 아름다운 군항으로, 겉으로 보기와는 달리 팔자가 아주 드셌다.

일본이 청일전쟁에 승전한 까닭

우리나라 갑오 동학농민전쟁이 빌미가 되어 치러진 청일전쟁에서 청나라 이홍장의 북양함대가 황해 바다에서 일본 군함의 함포사격으로 무참히 수장되어 마침내 청나라가 일본에 무릎을 꿇었다. 국토가 수십 배나 큰 중국이 일본에 손을 들자 거대 중국은 단박에 ‘종이호랑이’로 전락하여 세계 열국의 좋은 먹잇감이 된 근본 원인은 청나라 서태후의 부정부패 때문이었다.

서태후는 개인별장인 이화원을 짓고자 군사비를 제 마음대로 빼돌린 뒤 군함을 만들었다니 어디 조선소에서는 그 군함을 제대로 만들었겠는가. 청일전쟁 중 황해해전에서 청의 군함과 일본 군함과 맞서 함포사격을 하는데 일본 군함은 철판이 두꺼워 중국 포탄에 끄떡도 없었지만, 청의 군함은 일본 군함이 쏜 포탄에 벌집처럼 철판이 뚫려 그대로 가라앉았다고 한다. 그러고 보니 일본 국토의 수십 배가 넘는 청인들 어찌 손을 들지 않을 수 있으랴. 한 여인의 부정부패 비리가 나라를 망친 역사의 교훈이다.

나는 2003년 1차 일본 역사기행 마지막 날 일본 혼슈 시모노세키에 있는 '일청강화기념관'을 둘러보았다. 이곳에서 청나라 강화대표 이홍장과 이경방이 일본 측 강화대표 이토 히로부미(伊藤博文) 전권 변리대신과 무츠 무네미츠(陸奧宗光) 외상과 청일전쟁 마무리로 시모노세키강화조약을 맺었다. 이 기념관 내부에는 일본이 야비하게도 그때 청나라 강화대표 이홍장과 이경방이 일본 측 강화대표 이토 히로부미 전권변리대신과 무츠무네미츠 외상 앞에서 고양이 앞 쥐처럼 부들부들 떨며 비굴하게 서명하는 장면을 실물 모형으로 만들어 놓았다. 나는 그것을 보는 순간 우리나라 지도자들이 꼭 한번 견학했으면 좋겠다는 생각이 들었다.

그 장면은 지도자가 부정부패 비리를 저지른 뒤 어떻게 된 것인지를 단적으로 보여주는 좋은 역사자료일 것이다. 그래도 강화대표들은 목숨을 연명했지만 부하 군인들과 일반백성들은 침략자의 총칼 아래 죽어가고 능욕당하며 노예생활을 하였다. 사실 정치지도자의 부정부패 비리는 나라를 망친 가장 큰 범죄 행위로 마땅히 처벌했어야 함에도 그동안 우리나라에서는 유야무야 구렁이 담 넘어가듯이 지나가 버렸다. 아니 퇴임 후 재임 때 부정을 부끄러워하기는커녕 오히려 거들먹거리며 잘 살고 있다. 그런 결과 나라의 부정부패 비리의 깊은 뿌리가 좀처럼 뽑히지 않고 있다. 그래서 일부 백성들은 정치지도자가 되면 으레 그런 양, 그들에게 면죄부를 주고 있다. 그야말로 우리나라에서 정의로운 사회가 되기에는 아직도 백년하청이다.

일본이 러일전쟁에 승리한 까닭

군사전문가들은 우리나라와 만주를 차지하고자 벌어진 1904년의 러일전쟁에서 예상과는 달리 일본이 승리할 수 있었던 원동력은 러시아의 난공불락 요새인 뤼순 203고지를 그들 손아귀에 넣었기 때문이라고 말한다.

노기 마레스케(乃木希典)가 이끄는 일본해군이 하루 최대 8천여 명의 사상자를 내며 일본군 13만 명 가운데 총 6만 명의 사상자를 내는, 시산시해(屍山屍海, 시체로 산을 이루고 바다를 이룸)를 이룬 혈전을 치르고 마침내 승리할 수 있었던 원동력은 그들이 보유한 280미리 유탄포의 정확도라고 한다. 쓰시마 해전에서 러시아의 발트 함대를 궤멸시킨 것도 일본 해군의 정확한 함포사격술이라고 하는데, 앞으로 더욱 치열

한 국제경쟁 속에서 남을 제압하려면 매사에 '정확(正確)'하지 않고서
는 발붙일 곳이 없을 듯하다.

203고지에서 바다를 내려다보니까 뤼순 항 들머리는 좁고 항만은
마치 복어 배처럼 볼록했다. 안내인은 지형설명에서 러일전쟁 당시 일
본 해군이 뤼순 항 좁은 들머리에다가 자기네 군함을 격침시켜 러시아
배들이 항구 밖으로 나오지 못하게 만들어 놓고 침공했다고 한다. 그
말을 들으니까 정주영 현대그룹 회장이 서산간척지 방제공사 마무리
공사 때 폐유조선을 끌어다가 물막이 공사를 성공시킨 것이 생각났다.
아마도 정 회장은 일본 해군의 뤼순 항 봉쇄작전에서 힌트를 얻었을
것 같았다. 전쟁도 사업도 머리 회전이 빠르고 견문이 많은 사람이 성
공하기 마련이다.

일본은 이 뤼순전투에서 희생한 전몰장병들을 위로하기 위한 203고
지 정상에다 이령산 위령탑을 세웠다고 한다. 이 거대한 탑신은 러일
전쟁 후 수거한 포탄의 탄피를 속여 만들었다고 하는데, 탑신을 올려
다보니까 가히 그들의 전투가 얼마나 처절했는지 짐작이 갔다.

대륙 진출의 꿈

건너 편 봉우리로 가자 일본의 280미리 유탄포 포문이 뤼순 앞 바다

를 향하고 있었다. 일본인 관광객들이 번갈아 가며 그 포구(砲口)를 통해 뤼순 앞 바다를 내려다보고 있었다. 그들 가운데는 지팡이를 짚은 80대 노인들도 보였는데 지난날 다롄 일대에서 참전했던 관동군의 역전 용사가 아닐까 추측되기도 했다.

일본의 처지에서 본다면 서세동점(西勢東漸, 서양의 열강들이 동양으로 점점 밀려옴)의 격랑 속에 살아남기 위해 부국강병에 전력을 쏟은 결과, 마침내 그들도 강대국이 되었다. 그러자 애초와는 욕심이 달라져 오랜 대륙 진출의 꿈을 실현하고자 청일, 러일전쟁을 일으키고 숱한 젊은이를 제물로 바쳐 한반도와 만주, 그리고 동남아, 남태평양 제도를 손아귀에 넣으며 일본제국주의의 깃발을 드날렸다. 하지만 태평양전쟁으로 그동안 삼킨 영토를 한꺼번에 다 게워 놓은 일본의 기성세대의 머릿속에는 늘 지난날 자기네가 점령했던 땅에 대한 향수가 도사리고 있을 것이다. 우리는 늘 이점을 경계해야 할 것이다.

5.
보로부두르 사원의 부조(浮彫)

보로부두르 사원

인도네시아 정부 초청으로 족자(Yogyakarta)의 한 대학에서 공부하고 있던 딸이 아버지와 동생을 불러 4박5일 동안 인도네시아 여러 곳을 구경시켜 주었다. 그 가운데 가장 감명 깊고 내 폐부를 찌르며 오래도록 남아 있는 것은 족자 시내에서 42킬로미터 떨어진 보로부두르(Candi Borobudur)사원의 한 부조(浮彫, 릴리프)였다. 석가의 전생 설화를 담은 이 부조는 몸통은 하나인데 머리가 둘인 새를 새겼다. 마침 보로부두르사원을 소개하는 영상관에서 딸의 통역으로 전해들은 그 새의 이야기는 다음과 같다.

아득한 옛날에 몸통이 하나고 머리가 둘인 새가 있었다. 한 머리의 새는 날마다 좋은 음식만 먹고 살았다. 그런데 다른 한 머리의 새는 나쁜 음식만 먹거나 굶주릴 때가 많았다. 어느 날 늘 나쁜 음식만 먹거나 굶주리는 새가 자신의 처지를 생각해 보니 매우 화가 났다. 나는 왜 날마다 악식을 하거나 굶주리는가? 여러 날이 지나도 자신의 처지가 개선되지 않자 그 새는 그만 독이 든 음식을 먹었다. 그 독이 몸통으로 내려가자 다른 머리의 새조차 함께 죽어버렸다. 결국 몸통은 하나고 머리가 둘인 새는 모두 죽었다.

딸에게 그 설명을 듣는 순간 나는 온몸이 오싹한 전율을 느꼈다. 바로 몸통이 하나고 머리가 둘인 새가 우리나라의 처지와 똑같다고.

우리나라는 일본으로부터 해방의 기쁨도 단 몇 날뿐이었다. 곧 38선이라는 쇠사슬이 우리 국토를 두 조각냈고, 그 때문에 원래 한 나라인 우리나라는 남북으로 분단된 채 한국전쟁이라는 끔찍한 동족상잔의 전쟁까지 치렀다. 이 전쟁으로 수백만의 전상자를 냈고, 일 천만 이산가족들이 한평생 동안 통한의 세월을 보내고 있다.

한국전쟁 전 '38선'이 전쟁이 끝난 뒤 '휴전선'으로 바뀐 지금도 남북이 서로 총부리를 맞대고 있다. 지금도 우리 백성들은 세계에서 유일한 분단국에서 살고 있다. 나는 1969년부터 1971년까지 북한이 빤히 보이는 한강 하류 대남방송이 들렸던 최전방에서 군대생활을 하였는데 지금도 그 시절을 돌이켜보면 매우 가슴이 아프다.

그 당시 어느 날 밤 홍수에다가 조류로 한강물이 역류하는데 이상한 물체가 북에서 남으로 떠밀려왔다. 그걸 본 초병의 신고로 전부대가 비상이 걸렸다. 조명탄을 쏘아 올리며 전 부대원이 몇 시간 사격 끝에 잡은 괴물체의 정체는 북에서 떠내려 온 송아지였다.

그동안 반세기가 넘도록 국토는 남북 철조망으로 허리가 잘린 채 송아지 한 마리조차도 오가지 못하다가 다행히 1998년 국민의 정부가 들어선 뒤부터 남북 교류가 활성화되었다. 그렇게도 그리던 금강산 뱃길도 열리고 경의선도 연결되어 개성을 오가는 평화 속에 언젠가 다가올 통일의 그날을 기다릴 즈음, 2007년 이명박 정권이 들어선 뒤 남북관계가 다시 냉랭해졌다. 그렇게 어렵게 열린 금강산 길도 끊어지고, 남북교류의 상징인 개성공단 가는 길도 점차 좁아져 가는가 하면 천안함 사건, 연평도 사건 등 그동안 애써 이룬 한반도 평화 분위기가 한 순간에 물거품이 되는 일을 겪었다.

평화(平和)의 사전 풀이는 첫째 평온하고 화목함, 둘째 전쟁, 분쟁 또는 일체의 갈등이 없이 평온함, 또는 그런 상태다. 평화(平和)라는 한자말을 나누어 풀이 하면 '평(平)'은 "고르다"요, 화(和)는 '벼 화(禾)'와 '입 구(口)'의 합성자로 '화(和)'는 곧 "입에 밥이 가득하다"는 뜻으로, 평화란 곧 "모든 백성들이 골고루 나눠먹을 때 이루어진다"는 것을 뜻한다.

최근에 만난 한 친구는 전 정권이 북한에 너무 많이 퍼주었기 때문에 그것이 핵이 되었다고 하면서, 이제 남한은 북한을 돕지 말아야 한다고 열을 올렸다. 산마을에서 만난 한 농사꾼도 왜 우리가 북한에 쌀이고 비료를 퍼주었느냐고, 지난 정권을 성토했다. 그러면서 그는 이제라도 무력으로 북한을 쓰러뜨려야 한다는 말까지 서슴지 않았다. 더 이상 듣기가 거북하여 내가 이제 전쟁이 일어나면, 북한뿐 아니라 남한도 모두 다시 잿더미가 될 거라고 하였더니, 원자탄을 한두 방 북한에 떨어뜨리면 아주 쉽게 끝날 거라고 우겼다. 이오덕 선생님은 생전에 세상이야기를 나눌 사람이 없어서 외롭다고 하시더니, 이제야 그 말씀에 끄덕여진다. 우리 언저리에는 평화의 참 뜻도 모르고, 해방 후 50년 동안 냉전교육에 골수까지 매파가 된 사람이 너무 많다.

일찍이 손자병법 모공(謀攻)편에서는 "싸우지 아니하고 적군을 굴복시키는 것이 최선이다(不戰而屈人之兵 善之善者也)"라고 하여, "싸워서 이기는 것은 최하 책이요, 싸우지 않고 이기는 것이 최상 책이다"라고 최상의 승리는 평화로 상대를 굴복시킴에 있다고 말하고 있다.

보로부두르 사원의 몸통은 하나인데 머리가 둘인 새의 부조는 같은 겨레끼리 서로 돕고 나누어 먹고 사는 게 평화를 이룰 수 있다는 지혜를 우리에게 일깨워주고 있다.

6.
나라(NARA)로 가는 길에 만난 스쿨버스

약자를 배려하는 사회

나는 최근 세 차례에 걸쳐 70여 일 동안 미국 메릴랜드 주 칼리지파크의 한 숙소에 머물면서 날마다 그곳에서 가까운 미국 국립문서기록관리청(NARA, National Archives and Records Administration)에 출근하여 한국전쟁 사진자료를 수집하였다. 매일 아침 8시 10분에는 나를 도와주는 재미 동포와 함께 숙소를 출발하였는데, 그 시간은 미국 초등학교 등교시간과 일치하여 가는 도중에 이따금 스쿨버스의 뒤를 따랐다.

노란 초등학교 스쿨버스는 드문드문 길가에 서서 어린이를 태웠는데, 그 스쿨버스가 도로에 설 때는 이편 차선의 차들뿐 아니라 상대편 차선의 차들도 모두 정지한 채, 아이가 승차하는 장면을 귀엽게 지켜보고 있었다. 나는 여러 번 그 장면을 지켜보면서 대체로 미국을 비롯한 서구사회는 어린이를 비롯한 여성, 장애인 등 사회적 약자에 대한 배려가 전 사회 밑바닥에 짙게 깔려있음을 느낄 수 있었다.

지난날 우리 사회는 어른 중심의 사회요, 강자와 남성 중심의 사회였다. 더욱이 산 자보다 죽은 자를 위한 관념에 사로잡혀 요즘의 상식으로는 도저히 이해할 수 없는 일도 있었다.

1907년 12월, 경기도 양주에 집결한 전국 의병장들은 전체 회의를 열어 통합의병부대로서 '13도창의대진소'를 성립시키고, 이인영(李麟榮)을 총대장으로 추대하였다. 이듬해인 1908년 1월 말, 13도창의대진소는 전체적인 편제를 정한 직후부터 즉시 서울 진공작전에 돌입하였다. 이때 진동창의대장 허위(許蔿)는 3백 명의 선발대를 이끌고 먼저 동대문 밖 30리 지점까지 진격하였다. 이때 후발부대의 총대장 이인영이 부친이 돌아가셨다는 소식을 듣고 장례를 치르기 위해 문경 고향집으로 급히 귀향하는 사태가 일어났다. 이에 허위가 전투 현장에서 군사장 직책을 물려받는 일이 벌어졌었다.

그 당시 사회의 윤리관으로서는 부친의 장례는 결코 소홀할 수 없는 문제로 용인될 수 있었을지 모르지만, 적과 전투 직전 아버지의 초상을 치르고자 총대장이 집으로 달려가는 것은 한낱 코미디로 대의를 그르치는 일이었다. 부모상을 당하면 벼슬아치가 공직에서 물러나 부모 산소 곁에서 3년간 시묘하는 풍습도 있었다. 아마도 이런 고루한 유교문화가 우리나라를 망하게 하는 근본 이유 가운데 하나였을 것이다. 사실 일찍이 공자도 "후생가외(後生可畏)"라 하여 후배들이란 두려운 존재라고 하였지만, 사람들이 이 대목은 귀담아 듣지 않고 장유유서라 하여 어른을 우선시하는 사회로 기존의 윤리관과 제도에 정체되어 개혁과 변화를 거부하다가 마침내 나라까지 망하는 비운을 맞았던 것이다.

우리나라가 서구에 뒤쳐진 까닭

우리 역사를 읽다보면 분통 터지는 일이 한두 번이 아니다. 피 터지는 당쟁이나 사화의 원인을 살펴보면 백성들을 더 잘 살게 하기 위한 토론이나 투쟁이 아니고, 죽은 자에 대한 조의제문 문제이거나 훈구파와 사림파 등 벼슬아치들의 밥그릇 싸움으로 자기네 기득권 유지를 위한 싸움으로 온통 나라를 어지럽히며 세월을 보냈다. 그러면서 인구의 반인 여성의 인권을 무시하고, 어린이들을 무시하였으며, 양반을 제외한 평민이나 상민의 출세 길을 막았다. 그러다 보니 조선 5백 년 동안 백성들의 생활은 조금도 나아진 게 없는 제자리걸음으로 개화 이후 서양의 대포에 그만 두 손을 번쩍 들고 말았다.

내가 미국에 머물면서 여러 도시 간을 자동차나 비행기로 누벼보니까 미국은 역시 땅 덩어리가 넓은 나라였다. 국토의 넓이로 볼 때 미국은 러시아연방, 캐나다에 이어 세계에서 세 번째로 넓은 936만여 평방미터(2011년도 유엔통계)지만, 국토 가용 면적에서는 러시아나 캐나다보다 훨씬 더 넓었다. 미국 국토는 40여 개국의 유럽보다도 그 면적이 훨씬 더 넓은 나라다. 나는 워싱턴과 뉴욕이 이웃 도시처럼 매우 가까울 줄 알았다. 하지만 실제로 두 도시를 왕복해 보니까 그 거리가 자그마치 237마일(379킬로미터)로, 한국에서는 서울에서 울산 정도나 되는 먼 길이었다. 그 길을 시속 70마일로 달리는데 언저리에는 높은 산이 보이지 않는 대평원이었다.

분명 미국은 축복받은 나라다. 맥아더기념관이 있는 버지니아 주 남쪽 끝 도시 노퍽을 가면서 들판의 밀밭을 보자 그 넓이가 상상을 초월한 대평원이었다. 미국에는 온갖 지하자원 매장량도 숱하다. 석탄은 세계 매장량의 약 6분의 1을, 철광석은 8분의 1정도가 미국에 매장돼 있다고 한다. 석유의 매장량도 엄청 많지만 먼저 값싼 중동산을 사다 쓰다가 중동에서 고갈되면 그제야 자기네 땅에 매장된 석유를 개발해서 쓰겠다고 할 정도로 여유 있는 나라다. 더욱이 미국 오대호 담수량은 전 세계 담수의 절반이나 된다고 하니 자원의 보고로 그저 입이 다물어지지 않았다. 우리나라가 이런 큰 나라와 경쟁하여 대등해지거나 이기려면 일반 백성들의 사회 참여와 노동력을 극대화시켜야 할 것이다.

세계는 이제 교통과 통신의 발달로 국경과 이념, 피부색이 무너지고 있다. 이런 지구촌 시대에 우리는 모든 여건이 매우 불리하면서도 아직도 산 사람보다 죽은 사람을, 어린이보다 어른을, 여성보다 남성을 우선시하는 전 근대적 사고방식을 갖는다면 우리는 늘 뒤쳐질 수밖에 없을 것이다.

21세기는 사는 우리들에게는 모든 백성들이 사람대접을 받으며 즐겁게 일할 수 있는 새로운 패러다임이 필요하다. 우리는 지난날 우리 사회를 지배해 오던 고정관념에 대한 일대 혁신이 필요한 때다. 그래야만 모두가 산다.

여행길에 만난 소년 (영국 런던)

여행길에 보고 듣다 (2)

대영제국은 지난 수세기 동안

이웃 나라와 전쟁에서 한 번도 진 적이 없었다.

이는 영국인들이 문과 무, 펜과 칼을 동시에 중요시하고,

보수와 진보 두 날개로 균형감을 가지며,

역사와 전통을 아끼고 이어가는데 있었다고

나는 결론을 내렸다.

1.
파리의 에펠탑

파리의 상징

'프랑스 파리' 하면 에펠탑을 연상할 만큼 이 탑은 파리의 상징으로 많은 사람으로부터 사랑을 받고 있다. 에펠탑은 1889년 파리 만국박람회를 기념하고자 프랑스 공학자 구스타브 에펠이 세웠는데, 12만여 개의 철근 구조물을 레이스 뜨듯이 정교하게 엮어서 그 당시 구조공학의 최대 걸작을 만들었다. 이 탑의 높이가 320 미터로, 나는 중간지점인 제2 전망대(115 미터)까지 올랐지만 거기서도 파리 시가지를 내려다볼 수 있었다.

에펠탑에서 바라 본 파리 시가지는 현대식 고층건물은 별반 없었고, 대부분 6~8층 높이의 오래된 건물들이 촘촘히 모자이크처럼 온 도시를 수놓고 있었다. 이곳 전망대에서 바라보는 파리 시가지가 절경이었다. 파리의 도시계획은 나폴레옹 3세 때 세운 것이라는데, 여태까지 크게 수정치 않았다고 한다. 오늘의 파리가 유서 깊은 백년대계의 고도(古都)임을 실감케 했다.

안내자의 말에 따르면 에펠탑에는 6명의 페인트공이 늘 근무하면서 작업을 하는 바, 이 탑을 모두 도색하는데 무려 7년이 걸린다는 것이다. 그는 한국에서 온 건설협회 회원들에게 안내하면서 똑같은 얘기를 했더니, 한 회원이 "우리에게 맡기면 공사비의 절반 값으로 두 달 만에 끝내주겠다"고 하면서 껄껄 웃더라고 했다.

물론 우스개로 한 말이었겠지만 우리네 건축업자들의 눈으로 볼 때 프랑스 사람들은 참 미련스럽고 바보같이 보였을 게다. 그까짓 에펠탑 페인트칠에 7년이 걸리다니 그게 말이 될 법한 일인가?

유럽인들은 하나의 기념이 될 건물을 짓는데 100년 이상 걸린다. 바티칸의 성 베드로 성당은 무려 120년 만에 완공했고, 스페인 바르셀로나의 성가족 교회는 세계적인 건축가 가우디의 설계로 1883년에 짓기 시작하여 지금도 짓고 있으며, 앞으로도 100년은 더 지나야 완공된다니 '믿거나 말거나' 프로그램에 나옴직하다.

그네들은 고조할아버지가 주춧돌을 놓고, 증조할아버지가 기둥을 세운 후, 할아버지가 지붕을 덮고 아버지가 내장을 한 후, 그 아들이 입주한 건물들이 비일비재하다. 그들은 시공 전에 깊이 생각하고, 착공하면 세월에 관계없이 완벽한 시공을 하며, 완공된 건물은 수백 년을 두고 쓰는 하나의 예술작품으로, 문화재로 건물마다 그들의 혼을 담는다. 바로 이것이 선진 문화다.

프랑스인들의 장인정신

나는 센 강에서 유람선을 타고 파리의 여러 다리와 고색창연한 건물들을 바라보면서 서울의 한강 다리와 여러 건물들의 붕괴사고가 떠올랐다. 완공을 얼마 앞두고 폭격을 맞은 듯 허물어진 신행주대교, 어느 날 이른 아침 출근길에 갑자기 상판이 뭉텅 주저앉은 성수대교, 삼풍백화점 붕괴 사고가 잇달았는데도 아직도 건설 현장의 붕괴 사고 소식은 심심찮게 꼬리를 물고 있다.

오늘 우리들은 건축물이나 상품을 대충대충 만들어서 적당히 쓰다가 아무데나 함부로 버리는 저질 불량의 극치를 이룬 느낌이다. 우리의 의식과 이 잘못된 관행이 고쳐지지 않는 한 앞으로 또 얼마나 많은 건물이 무너지고 다리가 붕괴될지, 그 때문 자원 낭비와 인명 피해는 얼마나 많을 것인지 자못 염려스럽다.

그럼 우리 조상들의 건축기술이나 공예 솜씨는 이토록 저질이었던가? 아니다. 우리 조상들은 뛰어난 공예 솜씨를 가졌고, 투철한 장인정신이 있었다. 고려청자나 조선 백자, 석굴암의 본존불상, 불국사의 다

보탑 석가탑, 해인사의 팔만대장경과 장경각 등은 유럽인들 못지않은 정성과 오랜 세월이 깃든 건축물이요, 공예품이었다.

우리 조상들은 아득한 선사시대부터 조선시대에 이르기까지 뛰어난 공예 기술을 발휘하여 세계에 자랑할 만한 공예문화를 이룩해 왔다. 우리 민족의 핏속에는 조상들의 공예 재질이 흐르고 있다.

그렇다면 왜 이런 우수한 공예 솜씨를 가진 우리나라가 오늘날 졸속과 저질 문화의 홍수를 이루고 있을까? 그것은 일제 식민지 시대와 한국전쟁을 거쳐 오는 동안 우리의 얼과 문화가 파괴되고, 군사문화와 지역을 볼모로 한 패거리 정치꾼들의 나눠 먹기식 관습으로 정권을 잡으면 제 호주머니부터 채우는 부정부패 비리가 극성을 부려 더욱 졸속 저질 문화의 극치를 이루었다.

역사의식과 인문적 소양이 부족한 나라의 지도자와 정상배들은 자신의 임기 내에 우선 눈에 띄는 업적을 남기고자, 또는 그런 공사를 벌여야 정치자금이나 비자금을 긁어모을 수 있었기에 마구잡이로 일을 벌이고 밀어붙여 졸속의 문화를 낳을 수밖에 없었다.

그것도 규정대로 자재를 다 쓰면 다소의 부실은 면할 수 있으련만 공사대금에서 정치헌금, 비자금 등을 미리 떼기에 위에서 아래로 내려올수록 줄어들고, 거기다가 하청에 하청을 거듭하여 정작 공사 현장에서는 애초 공사비의 절반 정도의 자재와 공사비를 쓰기에 날림공사 부실공사를 면할 수 없었다. 그나마 그 공사비를 더 줄이는 방법은 공기

단축이 불문가지였다.

　프랑스 사람들은 바보 멍청이라서 6명의 페인트 공에게 7년 동안 에 펠탑 도색을 맡기지 않았을 것이다. 그들은 무척 단순해 보이는 에펠 탑 페인팅에도 그네들의 혼을 담으려는 장인정신 때문에 7년이 걸릴 것이다.

고려청자 (일본 도쿄 국립박물관 소장)

2.
폼페이의 묵시록

사도(死都) 폼페이

폼페이는 나폴리와 부르면 대답할 수 있을 만큼 가까운 곳에 있었다. 나는 유럽기행 중 로마에서 출발하여 나폴리 만의 아름다운 바다에 눈이 팔려 잠시 두리번거리는 새 우리 일행을 태운 버스는 폼페이 유적지에 닿았다.

폼페이는 고대 로마제국의 대표적인 향락의 도시였다. 유럽 대륙을 제패한 로마제국은 지배층으로부터 부패하기 시작하여 귀족들이 사치의 극치를 이루었다. 로마 귀족들의 휴양지요, 별장지대인 폼페이는 동방에서, 그리고 이집트, 스페인 등지에서 쏟아진 온갖 진귀한 보물들이 넘쳐흘렀다.

폼페이 시민들은 매일 술과 미녀, 가무로 광란의 향락생활을 즐겼다. 폼페이는 2000년 전의 도시였건만 그 당시에도 수도관이 매설됐는가 하면, 방사선 도로망도 100퍼센트 포장됐을 만큼 초호화 도시였다. 이 도시에는 방앗간, 소극장, 식당, 공중목욕탕이 즐비하게 늘어섰고, 도시 한가운데는 거대한 신전이 베수비오 산을 배경으로 서 있었다. 또 광장 한편에서는 검투사들이 서로 죽이고 죽는 혈투를 함으로써 귀족들의 눈요깃감이 되었다. 안내원은 폼페이 도시 한편에는 사창가가 다닥다닥 늘어선 바, 그 벽에는 음란한 벽화가 오늘까지도 희미하게 남아 있으며, 지금도 도로 바닥에는 남근(男根)으로 화살 표시가 있는데, 로마제국의 유한부인들이 건장한 남정네들과 육욕을 불태웠던 남창(男娼)의 집이라고 했다. 퇴폐의 극에 달했던 폼페이 시민들은 심지어 동물과 교접까지 하는 등, 차마 필설로 옮길 수 없는 음란한 짓거리로 흥청망청하자 신(神)도 더 이상 차마 볼 수 없어서 AD 79년 8월 24일, 마침내 베수비오 화산을 폭발시켜 폼페이 도시는 한 순간에 멸망하고 말았다고 전한다.

이 사도(死都) 폼페이가 1748년 한 농부에 의해 발견되어 오늘날까지 발굴 작업이 진행되고 있는데, 이탈리아 정부는 이 도시를 가능한 원형 그대로 재현시켜서 뭇 관광객들에게 퇴폐와 향락 끝이 어떻게 되었는가를 눈으로 확인시켜 주는 산 역사 교육장을 만들었다. "역사는 영원히 되풀이된다"고 한다. 현명한 나라의 백성들은 똑같은 시행착오를 범하지 않으려고 지난 역사를 되새기며 오늘을 살아가고, 오늘에 일어난 역사를 올곧게 기록하여 후세에 교훈으로 남기나 보다.

오늘의 이탈리아인들이 욕심이 없고 남을 결코 부러워하지 않으며, 건전한 사회를 이루고 있는 그 밑바탕에는 사도 폼페이가 주는 역사적 교훈이 컸을 것이라는 생각을 하면서 나는 뙤약볕 속에서 폼페이 유적들을 열심히 눈과 카메라에 담고 메모했다.

폼페이 유적지

3.
필라투스의 등산열차

산과 호수 그리고 터널의 나라

유럽여행 길에 스위스에서 이틀을 머물렀다. 스위스는 산과 호수 그리고 터널의 나라다. 스위스는 세계에서 가장 부유한 나라이면서 정치적으로 안정된 영세 중립국이다. 지금은 세계인들이 가장 동경하는 지상낙원을 이룬 나라지만, 곰곰이 뜯어보면 이 나라만큼 악조건을 갖춘 나라도 드물다.

좁은 국토에 4개의 언어를 사용하며 여러 민족이 한 국가를 이루고 있다. 한 나라 안에서 언어와 민족이 다르면 문화의 배경도 달라 각 어족, 민족 간의 갈등이 있게 마련이다. 스위스의 좁은 국토는 대부분 산악 지대라 식량이 부족하다. 또 스위스는 뚜렷한 지하자원도 없기 때문에 공업 발전에 큰 장애 요인이기도 하고, 또 바다가 없어서 해외로

뺃기도 어렵다. 게다가 스위스는 독일, 프랑스, 오스트리아, 이탈리아 등 강대국으로 둘러싸여 있어 늘 외침의 위협이 도사리고 있다. 그런데다가 산을 넘어야 이웃 마을로 갈 수 있어 교통도 불편하다. 지리적인 면이나 문화적인 면에서 볼 때, 스위스는 모든 게 불리하고 악조건인데도 이 나라 국민들은 그러한 단점을 모두 장점으로 바꿔 놓았다.

스위스 사람들은 자기네가 다양한 민족과 어족으로 혼성된 나라이기에 일찍이 남과 어 같이 사는 것이 서로 잘 사는 길이라는 것을 깨달았다. 나라 안 각 민족 간 이해와 관용, 타협이 그들 정신문화의 지주가 되었다. 스위스 사람들은 각 민족 간 언어 차이의 갈등보다 여러 언어를 쉽게 배울 수 있는 이점으로 금융업과 관광업을 번창시켰다. 또 그네들은 개인의 존엄과 자유를 보존하기 위하여 자신의 생명도 바치는 뜨거운 애국심으로 똘똘 뭉쳐 주변 강대국들의 침략을 물리쳤다. 이즈음도 세계에서 스위스 용병이 가장 인기가 있다. 스위스는 지하자원이 없는 대신 공해 없는 정밀 기술을 개발하여 세계 최고의 시계 공업을 육성시켰는가 하면, 정직한 국민성으로 신뢰를 쌓아 세계의 은행 국가를 만들었다.

스위스는 철저한 지방 자치제와 독특한 민주주의로 '아무도 정치를 도맡아 하지 않으면서도 누구나 정치를 하는 나라' 로 연방의 상원, 하원 의원들은 보수가 없는 명예직이며, 봉사직이다. 심지어 대통령[국가 원수 겸 행정 수반이 타당]도 연방 내각의 일곱 장관 가운데에서 매년 한 사람씩 돌아가면서 맡기에 정권을 잡기 위해 온갖 음모 술수와 부정, 비리는 볼 수 없는 정치 문화로 정치가 부업인 나라이다. 또 대학 졸업장보다 기술 자격증이 더 존중되는 사회로 장인(匠人) 정신이 투철한 나라이다. 직업에 귀천이 없는, 잘 사는 계급이 하나밖에 없는 평등 사회로 사회보장이 완벽한 나라이다.

스위스 국민들의 애국심

나는 이탈리아에서 열차로 취리히에 도착한 뒤 시내 관광은 뒤로 미룬 채, 먼저 필라투스 산을 오르고자 루체른(Luzern)에 이르렀다. 이 도시는 '스위스의 파리' 라고 불리는 아름답고 아담한 도시로 아직도 중세의 모습을 그대로 간직하고 있었다. 벽화가 그려져 있는 옛 주택가, 온통 꽃으로 뒤덮인 카펠 다리. 고딕 양식의 호프 교회, 무제크 성벽에 둘러싸인 옛 시가지에는 고색창연한 문화재들이 사방으로 흩어져 있다.

맑고 푸른 로이스 강이 이 도시를 가로질렀고, 전설상 스위스 건국의 영웅 빌헬름 텔의 이야기가 담긴 피어발트 슈테터 호수가 이 도시를 껴안고 있었다. 또 이 도시 언저리에는 리기, 필라투스 등 알프스의 유명한 산봉우리들이 우뚝 솟아 산과 호수가 잘 조화를 이룬 환상의 명승지였다.

루체른에서 가까운 필라투스는 2120미터의 바위산으로 '악마의 산'이란 별칭이 붙었다. 예수를 처형한 총독 빌라도의 망령이 각지를 떠돌다 이 산봉우리에 정착했기 때문에 붙은 이름이라고 했다. 산을 오르고자 크리엔스에서 4인승 곤돌라 리프트를 탔다. 아름다운 초원과 우람한 침엽수 수림 위를 리프트는 산뜻하게 날아올랐다. 눈 아래 펼쳐지는 알프스의 산기슭에는 드문드문 스위스의 전통 가옥들이 온통 꽃으로 덮였고, 그 집 창문에는 알뜰한 주부가 손수 뜨개질한 하얀 레이스 커튼이 드리워져 무척 인상 깊었다.

리프트로 오르며 바라본 필라투스는 별칭 그대로 악마가 살고 있을 듯한 험준한 산세였다. 정상에 오르자 짙은 연무로 주변 일대가 뿌옇게 흐렸다. 알프스의 3대 이름난 꽃은 에델바이스, 알핀로제, 엔치안이라는데 유감스럽게도 에델바이스와 알핀로제는 볼 수 없었고 엔치안은 초원에 지천으로 피어 있었다. 청아한 보랏빛 고산 화가 담박하고 우아했다.

정상 표지판에는 '필라투스 산에 오신 걸 환영합니다'라는 한글이 영어, 프랑스어, 독어 등과 함께 나란히 적혀 있어 나그네 마음이 뿌듯했다. 깨끔한 최신 원형 휴게소에서 점심을 먹었다. 다시 나그네 마음을 찡하게 감동시킨 것은 후식으로 나온 아이스크림 때문이었다. 아이스크림 위에는 스위스 국기가 꽂혀 있었다. 그네들의 광적인 애국심을 엿보았다.

안전사고 제로

필라투스 정상에 올라 연무 사이로 주변의 눈 덮인 알프스 산들을 바라본 후 하산 길에 올랐다. 하산은 반대편 남쪽 코스로 세계에서 가장 가파른 아프트식 등산 열차를 탔다. 새빨간 색의 이 등산 열차는 최고 48도의 비탈길을 톱니바퀴로 쉬엄쉬엄 내려갔다.

열차 내 안내 방송은 이 철로가 1889년에 완성되었지만 100년이 넘도록 단 한 건의 안전사고가 없었다고 자랑했다. 그네들의 정비 기술과 정확성, 직원들의 성실성에 탄복하지 않을 수 없었다.

'100년이 넘도록 안전사고 제로(0)', 이 사실 하나가 스위스 사람들의 모든 걸 대변했다. 심한 급경사로 등산 열차는 안전성을 고려해서 평행 사변형이었는데 하산 길 전장 4.8킬로미터를 시속 7.2킬로미터로 40여 분만에 터널과 암벽을 스멀스멀 통과했다.

차창 밖 해발 1000여 미터의 고지는 온통 초원으로 소들이 한가롭게 풀을 뜯고 있었다. 소의 목에는 큼직한 워낭의 둔탁한 소리가 고요한 알프스의 정적을 깨뜨렸다. 산기슭 초지 곳곳에는 농부들이 겨울을 대비하여 건초를 마련하고자 긴 낫으로 풀을 베고 있었고, 한편에서는 벤 풀들을 트럭에다 실어 나르고 있었다. 그네들 속담대로 햇볕이 있을 때 건초를 마련하고 있었다.

필라투스에서 하산하여 루체른 시가지를 둘러보았다. 루체른을 에워싼 로이스 강과 피어팔트슈테터 호수가 어찌나 깨끗한 지 한 움큼 마셔도 될 듯했다. 이런 깨끗한 강과 호수는 정부나 어느 자연보호 단체의 캠페인이나 노력만으로는 이룰 수 없으리라.

그 날 밤 취리히로 돌아온 다음 저녁 식사 후 시가지를 산책하면서 살펴본 바, 그네들은 자연 보존을 위해 에너지를 극도로 아꼈다. 그네들은 자연을 파괴하는 공해 유발을 근원적으로 막기 위해 수력 발전만 이용하고, 화력 발전소나 원자력 발전소 건설을 억제한다고 했다. 도로 양편에 있기 마련인 가로등이 이 나라에는 길 한복판에만 있었다. 그래서 밤의 거리가 그리 밝지 않았다. 한참을 산책했으나 한국 도시의 그 흔한 네온사인은 거의 볼 수 없었는데, 다만 병원과 약국만 네온불을 밝히고 있었다.

스위스 사람들은 나뿐 아니라, 남도 생각하고 오늘뿐 아니라, 내일도 생각하는 슬기로운 국민들이었다. 오늘의 스위스는 하늘이 내린 축복이 아니라 스위스 사람들이 스스로 만든 지상 낙원의 나라였다.

4.
독일 주택의 지붕

뤼데스하임의 모자점

10여 년 전에 산 등산모가 몹시 낡고 색이 바랬다. 유럽 여행을 앞두고 새로 사 쓴다는 게 어물쩍거리다가 놓쳐 버렸다. 딸, 아들이 공항까지 따라와 환송하면서 외화를 절약하라고 신신 당부했지만, 나는 등산모 하나만큼은 마음에 드는 걸로 꼭 사고 싶었다.

프랑스, 이탈리아, 스위스를 지나면서 빡빡한 여정으로 놓쳐 버렸다. 이탈리아 고속도로변 휴게소에서 등산모를 발견했지만 곁에는 이탈리아 국기가 그려져 있고, 속을 살폈더니 'Made in china' 라 새겨져 있기에 사고 싶은 마음이 싹 가셨다.

마침 독일의 뤼데스하임이라는 소도시의 한 골목을 지나다가 첫 눈에 마음이 드는 등산모를 발견하고 가게에 들어갔다. 나는 진열대 위에 놓인 모자를 덥석 집어 머리에 써 보았다. 그러자 판매원 아가씨가 눈을 동그랗게 뜨고서는 내게로 다가와 모자를 벗으라고 했다.

"손님, 당신의 머리 사이즈는 얼마입니까?"

머리 사이즈? 나는 모른다고 고개를 흔들었다. 그러자 아가씨는 줄자를 들고 내 머리 둘레를 갸웃 가늠하더니 같은 색깔의 모자를 골라 주었다. 아가씨가 건네 준 모자를 쓰자 내 머리에 꼭 맞았다. 모자 사이즈를 확인했더니 58이었다. 나는 모자 값을 치른 후 가게를 나오면서 얼굴이 화끈거렸다. 서로 문화의 차이지만 어쨌든 모자점 아가씨에게 어글리 코리언의 일면을 남기지 않았나 하는 염려 때문이었다.

독일인은 머리 사이즈까지 생활화되는 사회라니? 우리나라에서는 내의, 구두, 와이셔츠의 사이즈는 생활화됐지만 여태 모자 사이즈는 생활화되지 않았고, 나는 그때까지 머리 사이즈를 모른 채 지냈다.

우리는 상점에서 물건을 살 때, 아직도 만져 보거나 입어 본 뒤에 산다. 재래시장은 물론 백화점의 판매원 아가씨들도 그렇게 하기를 권한다. 때로는 판매원들이 지나가는 고객을 불러 억지로 입혀 본 뒤 손님에게 꼭 맞는다든지, 색상이 잘 어울린다든지, 수다를 늘어놓으며 꼭 사기를 권유한다. 또 고객도 한두 번 입어 봐야 직성이 풀린다.

그런데 유럽을 여행하면서 어떤 상점에 들러도 우리나라의 상점과 같은 그런 과잉친절(?)은 없었다. 그들은 손님들이 상품을 만지는 것을 가장 싫어한다고 했다. 손님이 진열대에 놓인 상품을 본 뒤 색상과 사이즈를 말하고 대금을 지불하면 그제야 상품을 내준다. 에누리도 없다. 어느 상점의 직원도 물건을 못 팔아서 안달복달하는 과잉친절을 찾아볼 수 없었다.

라인강의 기적

우리의 쇼핑 문화는 아직도 후진성을 면치 못하고 있다. 그래도 요즘은 많이 개선됐지만 우리의 상품들은 정확한 사이즈보다 대, 중, 소 또는 특대 등을 적당히 구분해서 만들고, 고객은 이것저것 입어 본 뒤 그래도 몸에 맞지 않으면 다시 수선점에 가서 고쳐 입어야 했다. 그동안 적당주의, 대충 대충주의의 관행으로 살아온 느낌이다.

프랑크푸르트의 주방 용품점을 들렀을 때 일이다. 여행 중 내내 눈요기만 하던 아내가 여기서는 칼과 가위를 이것저것 골랐다. 독일의 명품 쌍둥이표 칼과 드라이 잭(Dreizack)표 칼은 졸링겐이란 대장간 마을에서 생산된 칼로 그 역사가 자그마치 200년, 400년이나 된다고 한다. 칼의 종류만 해도 수십 종이 넘었다.

졸링겐은 칼 하나만으로 세계적인 명성을 얻고 있었다. 아내가 부엌칼과 과도, 가위를 고르자 점원은 칼날을 가는 기구도 같이 사기를 권했다. 가끔 날만 갈아주면 대물림으로 하면서 쓸 수 있다는 설명이었다. 온 마을이 칼 하나에 수백 년 동안 기술을 닦아 온 그들의 장인 정신에 독일의 한 단면을 읽을 수 있었다.

지난 세기에 두 차례나 세계대전을 일으켰고 그 때문에 처참한 파괴와 패전으로 분단된 독일, 하지만 그 참혹한 폐허의 잿더미 속에서 라인강의 기적을 이루고, 또 스스로의 힘으로 분단을 극복, 마침내 통일을 이룬 나라다. 나는 독일의 아우토반을 달리면서 그 무서운 독일의 저력을 생각해 보았다.

그것은 독일 국민의 합리성, 논리성, 성실성 그리고 기술 우대의 장인 정신이라고 하겠다. 이러한 국민성에서 그들은 자연과학과 철학, 그리고 문학, 음악을 꽃피우기도 했다. 학벌이나 허세보다 실력과 기술을 우위에 둔 그네들의 실용성으로 경제 대국을 이루어 세계인을 놀라게 했다.

그들은 검소하고 자연을 최대한 이용하고 있다. 독일 주택은 지붕에 으레 창문을 낸다고 한다. 마침 여름이라 지붕의 창문은 열려 있었다. 창문을 통한 햇빛으로 낮 시간의 실내조명을 해결하고 통풍으로 가능한 선풍기, 에어컨 사용을 최대한 억제한다고 했다. 그들은 전기를 아껴 쓰기 위해 어둡기 전에 저녁 식사를 한다고 하니 '라인강의 기적'도 바로 독일 국민들의 이런 근검절약의 소산이리라.

그들은 꿰매 입는 걸 조금도 창피하게 생각하지 않는다. 우리보다 엄청나게 잘 살면서도 아직도 꿰맨 양말, 꿰맨 옷, 꿰맨 신발을 버젓이 신고 다닌다고 한다.

　에어컨도 켜 놓지 않은 채 후끈한 버스를 타고 독일 국경을 넘어 벨기에로 달리면서 무서운 독일을 되새겨 보았다. 그들은 머잖아 다시 세계 최대 강국이 될 것이라는…….

5.
다 함께 잘사는 네덜란드

네덜란드의 결혼 풍속도

네덜란드의 결혼 풍속도는 철저한 본인 중심이다. 결혼을 앞둔 젊은이가 부모의 권유로 맞선을 본다는 것은 TV프로 '믿거나 말거나' 시간에나 나옴직한 일로, 결혼에는 국경과 성(性)도 없어 남자끼리 여자끼리도 하는 모양이다. 이 나라에서는 보석 가공 기술이 세계 최고 수준으로, 영국 왕실의 왕관까지 여기서 맞춰간다지만 정작 네덜란드 젊은이들의 결혼 예물 반지는 14K나 18K 반지가 주종을 이룬다고 한다.

이는 검소한 그네들의 국민성 때문이기도 하지만, 결혼한 젊은이들이 언제 헤어질지 모르기 때문에 값싼 반지를 준다는 것이다. 대신 부부가 해로하여 은혼식이나 금혼식 때에는 그제야 수 캐럿짜리 다이아

몬드 반지를 교환한다니 이곳의 자유분방한 결혼 생활을 이해하면 쉽게 수긍될 테다. 그들은 부부라도 서로 사랑하지 않으면 관습에 얽매이지 않고 쉽게 헤어지기에 이혼율이 매우 높다고 한다.

2002년 월드컵 이후는 우리에게 거스 히딩크의 나라로 더 알려진 네덜란드는 사회주의 색채가 짙은 나라로 극심한 빈부의 차가 없다고 한다. 부의 분배가 비교적 균등한 다이아몬드 형으로 중산층이 두텁다. 입헌군주제의 나라지만 의회 민주주의에 기초를 두고 있으며, 지방자치제의 발달로 도시의 인구 집중이 없다고 한다.

네덜란드는 도시보다 농촌이 오히려 더 잘 사는 나라로, 암스테르담의 시민의 소득이 농촌보다 낮다고 하니 국민들이 무작정 도시로 몰릴 리가 없을 게다. 사회보장제도가 발달한 나라로 개인병원은 인정치 않고, 국가 관리병원으로 마을마다 홈 닥터제가 도입, 진료보다 예방에 역점을 둔다고 했다.

특히 토지 공개념으로 모든 토지는 국가가 관리하고 소유하며 개인은 필요에 따라 국가에서 사고, 팔 때도 국가에 판다고 한다. 그래서 땅값이 오르지 않는다고 했다. 사실 토지는 사람, 어느 특정한 개인만의 소유물이 돼서는 안 된다. 토지는 사람뿐 아니라, 모든 생명체의 공유물이 돼야 한다. 그런데도 탐욕스런 사람들이 땅에다 금을 그어 내 것 네 것을 나누면서, 남의 땅을 차지하기 위해 얼마나 많이 싸우고, 동식물을 죽이고 자연을 서슴없이 마구 파괴하지 않는가.

내일 지구의 종말이 오더라도

네덜란드는 빈부의 차, 도농(都農)의 차가 거의 없는 나라, 국민 모두 부지런히 일하는, 허영이나 사치와 권모술수가 통하지 않는 나라, 부동산 투기도 불로 소득도 없는 건강한 나라로 꼭 내가 바라던 이상의 사회 같았다.

네덜란드인들은 근면하고 저축심이 많으며 신용이 대단하다고 한다. 그들은 결코 남의 신세를 지지 않으려 한다. 심지어 부부가 함께 식사를 하더라도 별명이 없는 한 자기가 먹은 밥값은 자기가 낸다고 한다. '더치페이(Dutch Pay)' 란 어원이 이 나라에서 생겼듯이 돈 거래에는 조금도 실수가 없다고 했다. 그러면서도 그네들은 나만 잘 살겠다고 발버둥치는 것 같지 않았다.

모든 백성들이 다 함께, 그리고 이웃 나라까지 더불어 잘 살아야 한다는 건강한 이념을 가진 훌륭한 사람들이었다. 일찍이 네덜란드 철학자 스피노자는 다음과 같이 말했다.

"내일 지구의 종말이 오더라도 오늘 나는 한 그루의 사과나무를 심겠다."

6.
펜과 칼의 나라 영국

'크레이지 웨더(Crazy weather)'

영국 땅에 상륙하자 가장 먼저 반기는 것은 궂은 날씨였다. 유럽 대륙에서는 10여 일 동안 비 한 방울 맞지 않았는데, 간밤 자정 무렵 북해를 건너 올 때부터 비가 뿌렸다. 여객 터미널 스낵코너에서 샌드위치로 아침을 때우고 화장실을 들렀더니 화장실 규모가 유럽의 어느 나라보다 크고 넓었다. 화장실마저 왕년의 대국다운 규모였다. 질척질척한 비를 맞으면서 주차장에 대기 중인 버스에 올랐다. 운전기사의 복장이 정장 차림이었다.

유럽대륙에서 본 운전기사들의 차림은 죄다 노타이였는데 영국의 20대 기사는 눈부시게 흰 와이셔츠에 검은 넥타이를 단정히 매고 있었다. 신사의 나라답게 그의 차림에서 깔끔함과 중후함을 느꼈다. 버스가 출발하자 곧 하늘은 언제 비를 뿌렸는지 모를 만큼 쾌청했다.

영국에서 사흘 머물렀는데 하루에도 몇 차례씩 햇볕과 비가 숨바꼭질하는, 일기 변화가 몹시 잦은 기후였다. 영국 사람들은 이런 날씨를 '크레이지 웨더(Crazy weather)' 곧 미친 날씨라고 했다. 영국 신사들이 버버리코트를 즐겨 입고 우산을 늘 휴대하는 이유를 알만 했다. 런던을 향해 달리는 차창을 통해 주변을 부지런히 두리번거렸다. 높은 산은 볼 수 없고 야트막한 구릉지, 밀밭, 초목들이 펼쳐졌다. 어딘가 음습한 분위기였다. 대학 시절에 읽었던 에밀리 브론테의 《폭풍의 언덕》 배경인 호워드 황야를 연상케 했다.

런던의 거리는 유럽의 다른 도시보다 깨끗했다. 이 나라에서는 자동차가 좌측통행인 점이 이색적이었다. 이 나라에 머물면서 가장 부러웠던 점은 정치도 문화도 모두 보수와 진보가 잘 어울린 점이었다.

세계에서 가장 민주주의가 발달한 국회의사당 웨스트민스터 궁전에서 과히 멀지 않은 버킹엄 궁전에는 여왕 폐하가 옛 전통을 고스란히 지키면서 근위병 교대식을 거행하고 있었다. 또, 피커딜리 광장에는 정장을 한 신사와 최신의 펑크 족, 팝 아티스트가 득실거리는가 하면, 길 건너편 극장에서는 셰익스피어 고전극들이 연일 공연되고 있었다.

오늘의 영국은 어찌 보면 서로 공존하기 힘든 고전과 현대, 보수와 진보의 모순까지도 동시에 포용하고 있다. 옛 것을 보물처럼 지키면서

도 새 것을 과감히 수용하는 그 포용력이 영국의 저력이 아닐까 곰곰
생각이 들었다. 자본주의 종주국인 영국이 K · 마르크스의 망명을 받
아들여 대영 박물관에서 그의 자본론을 집필케 했다는 것은 대국다운
면모를 십분 보여준 것이다. 일찍이 영국 사람들은 "새는 좌우 두 날개
로 난다"는 평범한 진리를 터득했나 보다. 사실 역사의 진리는 아주 평
범한 데 있다.

펜의 나라

우리는 편의상 '영국'으로 부르지만, 영국의 정식 국호는 '그레이
트브리튼 및 북 아일랜드 연합 왕국(United Kingdom of Great Britain and
Northern Ireland)'이다. 지난날 한때 전 세계 영토의 1/3을 식민지로 거
느려 하루 종일 '해가 지지 않는 나라'로 세계 최강의 대영 제국이었
다. 또 영국은 민주주의 종주국이며, 최근 수백 년 동안 이웃나라와 전
쟁에서 한 번도 지지 않은 나라이기도 하다. 흥(興)하면 망(亡)함이 있
고, 성(盛)하면 쇠(衰)함이 있으련만, 수세기 동안 세계 곳곳에 유니언
잭의 깃발을 휘날린 그 비결이 무엇일까? 나는 영국에 머무는 동안 그
의문을 곱씹어 봤다.

세계 2차 대전 후, 그들은 많은 식민지를 잃게 되어 유니언 잭의

위력이 빛바랜 감이 없이 않지만 아직도 영국의 저력은 기세등등하다. 나는 영국 땅에 와서야 그 해답을 찾았다. 그것은 영국은 펜과 칼을 숭상했고, 문무(文武)를 고루 갖춘 나라였다는 것이다. 펜 즉 문(文)만 성해도, 칼 즉 무(武)만 성해도 왕조를 오래 지탱할 수 없다. 칼만 성하고 펜이 쇠하면 퇴폐와 향락에 빠지기 십상이고, 펜만 성하고 칼이 쇠하면 제자백가(諸子百家, 여러 학자)의 지나친 논쟁으로 자칫하면 국력이 유약하여 바다 건너 대륙의 유럽 제국에게 침략 당할 수밖에 없다.

나는 런던에 산재한 유적과 유물 중, 대영 박물관에서는 이 나라의 펜의 힘을 읽을 수 있었고, 런던 탑과 윈저 성에서는 칼의 위용을 보았다. 대영 박물관은 영국 문화의 상징이었다. '대영' 이란 이름에 걸맞은 세계 최고, 최대의 박물관으로 의사요 고고학자였던 한스 스로운 경이 수집한 문화재를 토대로 1753년에 기초가 마련되고 1759년에 일반에게 공개됐다는데, 인류 문화사적으로 가치 있는 최고의 유물들을 소장하고 있었다. 이집트의 로제타스톤(Roseta Stone)을 프랑스 세력을 물리치고 옮겨다 놓았고, 터키가 그리스를 통치하고 있을 때 아테네의 파르테논 신전을 그대로 싣고 와서 박물관에다 재현시켜 놓았다. 이집트의 미라, 그리스와 로마에서 약탈해 온 토기, 조각품, 오스만 터키족에 의해 파괴된 그리스의 찬란한 유물들도 영국인들은 예사롭게 보지 않고 수집했다. 그밖에 시리아, 바빌로니아, 아시리아, 페르시아, 터키의 찬란했던 문명을 소개하고도 남을 귀중한 문화재들도 정갈스럽게 전시장을 메우고 있어 보는 이로 하여금 기를 죽인다. 고대 문명의 발상지인 이집트, 메소포타미아, 인도, 중국의 유물들을 듬뿍 소장하고 있어서 세계 문화사의 변천을 시대별, 지역별로 분류 전시하여 지구인의 문화적 발자취를 일목요연하게 살필 수 있게 진열해 놓았다.

또 박물관 1층 도서관에는 1215년에 발행된 대헌장(Magna Carta) 원본과 1453년에 처음 활판 인쇄된 구텐베르크의 성서, 셰익스피어의 작품 초판본, 모차르트, 베토벤의 육필 악보, 저명인들의 원고, 지도, 신문, 잡지, 우표 컬렉션까지 전시되었고 1,000만 권이 넘는 장서에는 동서양의 진귀한 책들이 부지기수였다.

이 대영 박물관은 영국인들의 정신문화의 주춧돌로 그들에게 자긍심을 불어 주고 정신 교육의 장(場)이 됨은 굳이 묻지 않아도 알 수 있었다. 조상이 아무리 찬란한 문화를 쌓아 놓았다 할지라도 후손이 시원치 않으면 그 문화는 다른 민족에게 파괴되고 약탈된다는 경각심을 실증으로 보여주고 있었다. 파르테논 신전에서 목이 달아나고, 팔다리가 잘린 그리스의 부조(浮彫)를 보고 역사의 냉엄한 교훈을 읽을 수 있었다. 런던에는 대영 박물관 외에도 국립 미술관, 자연사 박물관, 과학 박물관, 지질학 박물관, 인류학 박물관, 교통 박물관, 극장 박물관, 전쟁 박물관, 국립 우편 박물관 등 인간의 삶의 자취를 소중히 간직하고 있다.

문호 셰익스피어를 인도와 바꾸지 않겠다는 그들의 문학 애호정신, 사소한 것이라도 역사가 있으면 아끼고 그대로 보존하고, 아무리 어둡고 부끄러운 역사라도 이를 아끼고 사랑하고 보존하는 영국, 그것이 대영 제국의 버팀목이었다. 대영 박물관을 비롯한 런던 시가에 산재된 박물관, 화랑, 극장 등 문화 유적지를 바라보면서 영국은 펜의 나라, 곧 문(文)이 번창한 나라였음을 새삼 알게 되었다.

칼의 나라

템스 강변의 타워브리지(Tower Bridge)에서 엎어지면 무릎 닿을 거리에 런던 탑이 고색창연하게 버티고 있다. 이 탑은 11세기 정복 왕 윌리엄 1세 때 요새로 구축한 곳인데 17세기 초까지는 한때 왕궁으로 사용된 적도 있었고, 그 뒤 조폐공사, 감옥, 무기고, 보물의 창고로도 쓰였다고 한다. 지금도 왕립 무기 박물관 및 보물 창고로 사용된 바, 왕의 대관식 행렬이나 국가적인 행사가 있을 때는 여왕이 이곳 지하 보물고에 보관된 왕관 가운데 마음에 드는 걸 골라 쓴다고 한다. 이 지하 보물고는 세계 모든 도둑들에겐 '꿈의 동산'이요, 뭇 여성들의 허영심을 부추겨 줄 '보석의 집'으로 관람객의 입을 다물지 못하게 할 정도다. 주얼 하우스(Jewel House)에 전시된 세계 최대인 530캐럿짜리 '아프리카의 별', 동인도 회사가 빅토리아 여왕에게 바친 '코히 누어 다이아몬드' 등 수많은 금강석과 순금으로 만든 조각품들은 지난날 대영 제국의 영화를 말해 주고 있었다.

로열 아머리스(Royal Armouries)에는 지난날의 무기들로 창, 칼, 총, 갑주 등이 시대의 발달에 따라 전시됐는데, 철갑을 두른 기마인 상에서 대영 제국의 힘을 느낄 수 있었다. 영국의 힘은 기사 문화에서 싹텄고, 이 칼의 문화로 세계를 정복하고 '하루 24시간 해가 지지 않는 나라'를 건설했다. 그들이 이곳에 전시된 이 무기들로써 스페인의 무적함대를 무찔렀고, 트라팔가 해전과 워털루 전투를 승리로 이끌었다. 윈저 성에 전시된 무기와 깃발, 휘장들은 힘이 정의요, 힘은 총구로부터 나온다는 걸 대변해 주는 영국의 무(武), 곧 칼의 문화(文化)였다.

해양 왕국 영국은 오대양을 누비면서 세계에서 가장 쓸모 있는 땅만을 골라 그들의 식민지로 삼았다. 그들은 식민지 땅에서, 금강석을, 원료를 마구잡이로 실어다 부국을 이뤘다. 민주주의 종주국인 영국이 20세기 오늘에 와서도 왕실에 대한 국민들의 절대적인 신임을 받는 것은 지난 왕조가 영토(식민지)를 확장했고 세계 곳곳의 문화재를 약탈하다시피 긁어모아 국리민복(國利民福)에 힘쓴 왕년의 왕들에 대한 감사의 마음이 깔려 있기 때문이 아닐까?

대영제국은 지난 수세기 동안 이웃 나라와 전쟁에서 한 번도 진 적이 없었다. 이는 영국인들이 문과 무, 펜과 칼을 동시에 중요시하고, 보수와 진보 두 날개로 균형감을 가지며, 역사와 전통을 아끼고 존중하며, 이런 전통을 이어가는데 있었다고 나는 결론을 내렸다.

외돌괴 (제주 서귀포)

구룡폭포 (금강산)

최고는 다르다

너와 나, 이 세상에 온 이상 조용히,
깨끗이 살다가 자기 몫을 다하고
제때에 소리 없이 떠나는 사람이 되자.
하지만 그게 어디 우리 마음대로 되는 세상이냐.
나는 다만 그렇게 되기를
이 밤 천지신명에게 빌고 빌 뿐이다.

1.
최고는 다르다

팔순의 현역 사진작가

한 출판사에서 《꿈의 공장》이라는 묵직한 사진집을 보내왔기에 어제 오늘 책장을 넘기며 아련한 추억의 시간에 빠졌다. 이 책은 올해 미수(米壽, 88세)를 맞은 한국 광고사진계의 대부로 영원한 현역 사진작가 김한용 선생이 지난 60여 년간 작업해 온 인물사진과 광고사진을 한 권에 모았다.

"1924년 평남 성천에서 태어나 1947년 국제보도연맹 소속 보도사진가로 사진에 입문하였다. 1950년 한국전쟁 중에는…"

나는 책날개의 이 대목에서 잠시 눈을 감고 김한용 선생의 생애에

경의를 드렸다. 우리나라 사람들의 평균수명이 늘어났다고 하지만 88세까지 현역에서 일한다는 것은 대단한 축복이다. 더욱이 60년 넘게 외길로 한 분야(더욱이 춥고 배고픈 예술계)에서 일한다는 것은 그 삶 자체가 명장의 길로 아름답고, 한 생활인으로서 귀감이 되기 때문이다.

이 사진집은 김한용 선생이 지난 60년이 넘는 세월 동안 작업해 온 인물사진과 광고사진을 집대성한 사진집이다. 최은희, 신성일, 엄앵란, 윤정희 등 광고사진 속의 모델이 된 추억의 스타들과 그 당시 최첨단 유행을 창조했던 광고사진, 달력 사진, 각종 잡지 및 사보의 표지 사진 등, 270여 점이 컬러로 수록되어 있다.

나는 이 사진집의 앞부분 컬러사진보다 뒷부분 흑백사진에 더 눈길이 갔다. 여기에는 추억의 정감어린 얼굴들이 더 많았기 때문이다. 복혜숙, 조미령, 주증녀, 최은희, 김지미… 등의 여우와 김승호, 최남현, 황해, 주선태, 김진규, 최무룡… 등의 남우들 젊은 날 모습을 만났기 때문이다.

내 어린 시절 고향 구미에는 전용 영화관이 없었다. 일주일에 한 번 꼴로 영화가 들어오면 의용소방대 창고에서 상영했다. 영화가 상영한 날이면 확성기를 단 지프차가 마을을 돌면서 시골사람들을 유혹했다.

"문화와 예술을 사랑하시는 구미면민 여러분, 오늘 저녁에 여러분을 모실 영화는 돈에 속고, 사랑에 우는, 눈물 없이 보지 못할 순애보로…."

그 확성기 소리를 들은 우리 악동들은 돈이 없으면 부모 몰래 뒤주의 쌀이라도 배지기(몰래 빼냄)하여 십리(4킬로미터) 길을 걸어 영화가 상영하는 면사무소 옆 소방대 창고로 갔다. 의자도 없는, 가마니를 깐 바닥에 앉아 영화 한 편을 감상하려면 필름이 최소한 네댓 번은 끊겼고, 화면에서는 줄곧 비가 주룩주룩 내렸다.

이 사진집에 실린 배우들은 그때 스크린을 주름잡았던 분들이다. 그때 우리 악동들은 픽션과 논픽션도 제대로 구별 못하여 영화를 본 다음날 악역을 맡은 배우 포스터 사진에 흠을 냈다. 그 무렵 가장 악역을 많이 맡은 배우는 이예춘, 최남현, 황해, 주선태, 복혜숙… 등이었다.

톱스타 최은희

어느 날 갑자기 '김지미'라는 배우가 혜성처럼 영화계에 데뷔했다. 그가 어찌나 아름다웠는지 그 무렵 '김지미'는 미녀의 대명사였다. 어린 눈에도 그를 보면 졸음이 달아날 정도로 예뻤다. 선배 최은희와 신인 김지미의 미모와 인기는 그 무렵 장안의 최대 관심거리였는데, 영화계는 이를 놓치지 않고 '춘향전'으로 일대 격돌했다.

신상옥 감독은 최은희를 내세워 '성춘향'을, 홍성기 감독은 김지미를 내세워 '춘향전'을 만들었다. 두 작품은 라이벌 전으로 단연 장안의 화제였다. 두 작품은 같은 고전소설 《춘향전》을 각색한 한국 최초 총천연색 시네마스코프인 데다가 홍성기, 신상옥 두 감독조차 당대 최고로 촉망받았다.

최은희
© 김한용

더욱이 '춘향전'의 주인공은 20대의 새로운 스타 김지미였고, '성춘향'의 타이틀 롤은 최고의 스타로 한창 연기 절정의 30대 최은희이었기 때문에 더욱 비상한 관심을 불러일으켰다. 두 배우는 공교롭게도 각 감독의 부인으로 그야말로 물러설 수 없는 한판 자존심 대결이었다. 두 감독은 사생결단 작품 제작에 전력투구했다. 제작비가 바닥이 난 신상옥 감독은 부인 최은희의 패물까지 팔아 충당했고, 그래도 모자라 스텝들의 밥은 외상전표로 먹었다고 한다.

1961년 정초, 영화 팬들의 눈과 귀는 온통 두 영화의 대결에 쏠렸다. 두 편의 '춘향전'이 앞서거니 뒤서거니 개봉한 까닭이었다. 그해 1월 18일 국제극장에서 먼저 홍성기 감독의 '춘향전'이 개봉했고, 열흘 뒤 1월 28일 명보극장에서 신상옥 감독의 '성춘향'이 개봉됐다.

이 극적 라이벌 전에서 운명의 여신은 신상옥·최은희 부부의 손을 들어주었다. 이 영화는 당시 74일이라는 기록적인 상영 끝에 서울에서만 36만 명의 관객을 동원한 대히트 작품이었다. 이 명승부 결과 '성춘향'의 신상옥 감독은 '신필름' 전성시대를 구가했고, '춘향전'의 홍성기 감독은 막대한 제작비 손실에, 부인 김지미 씨와 헤어지는 이중의 아픔을 겪었다. 그때 두 배우를 렌즈에 담은 김한용 선생의 후일담(작가의 말)에 그 무렵 최은희 씨의 일화를 들려주고 있다.

하루는 한 맥주회사 달력 1월 달용 사진 촬영을 위하여 최은희 씨가 내 스튜디오에 왔다. 그가 맥주잔을 들고 촬영을 해야 하는 사진이었는데, 최은희 씨가 나의 요구에 "못 들겠다. 내가 기생이냐?"고 끝끝내 포즈를 거부해 촬영에 실패하고 하는 수 없이 다른 연기자로 대체했다. 최은희 씨는

돈 앞에서도 당당하게 자존심과 긍지를 잃지 않은 당대 최
고 배우였다.

이 일화를 통해 그는 우리에게 '최고는 뭔가 다르다'는 것을 일깨워
주고 있다. 나는 그 시절에 봤던 '사랑손님과 어머니'에서 어머니 역
을, 그리고 '상록수'에서 채영신 역을 맡은 최은희 씨의 열연이 지금
도 머릿속에 삼삼하다. 대붕의 연기와 자존심과 긍지를 어찌 뱁새들이
따르겠는가.

최은희, 그는 당대, 아니 20세기 우리나라 최고 배우였다.

2.

기록하는 자가 앞서간다

대영박물관

　영국 런던 러셀 가에 있는 대영박물관을 찾았을 때다. 이곳은 동서 고금의 문화유산을 모은 박물관·미술관·도서관으로 세계 최대의 규모를 자랑하고 있다. 그래서 1년 동안 무려 400만 명이 넘는 관람객이 찾아오는 런던 최대의 관광 명소이다. 그렇기에 이곳에는 늘 사람들로 붐빈다.

　박물관에 입장하기 위해 줄을 서서 기다리고 있는데, 조금 떨어진 광장에 50명 남짓 여학생들이 몰려 있었다. 우리와 피부색이 같고 모두 챙이 긴 흰 모자에 교복을 단정히 입었다. 반가운 마음에 자세히 살펴보니 그들은 우리나라 학생이 아니라 일본의 고교 수학여행 단이었다. 내가 훈장인 탓인지 그들에게 자주 눈길이 갔다. 박물관에 들어간 뒤 문화재를 눈여겨보면서도 한편으로는 뒤따라오는 일본 수학여행단에 자주 눈길이 갔다. 그들은 질서 있게 인솔 교사를 따르며 안내자의 설명에 '하이, 하이'라는 말을 쏟으면서 하나라도 놓칠세라 노트에 부지런히 기록을 했다. 필기도구가 없는 학생이 없었다. 나는 그 장면을 부리운 눈길로 바라보면서 오늘의 일본이 경제대국이 된 근본 요인 중의 하나가 바로 저들의 기록하는 습성이라는 생각이 들었다.

한국 도자기를 탐낸 일본인

내가 학생들과 함께 해인사에 갔을 때다. 해인사의 가장 큰 볼거리는 천년 세월 동안 팔만대장경이 잘 갈무리가 돼 있는 장경각(藏經閣)이다. 마침 해인사의 한 스님이 우리 학생을 위해 팔만대장경의 제작 경위와 장경각을 지은 조상들의 빼어난 건축 솜씨와 천년이 지나도록 대장경을 고스란히 보존할 수 있었던 조상의 슬기와 장경각의 과학적인 건축 구조에 대해 매우 유익한 설명을 해주었다. 그런데 경청하는 학생은 아주 일부였고, 기록하는 학생은 아무도 없었다. 학창시절의 수학여행은 학교 공부에서 해방될 수 있는, 오랜만에 학교를 떠나 쌓인 스트레스를 푸는 기회라는데 나도 동의한다. 하지만 즐겁게 노는 가운데도 배움이 있어야 되지 않을까?

내가 일본 수학여행 단을 한 차례 보고 그들을 너무 미화한다고 비판받을지 모르겠다. 나도 누구 못지않게 일본을 싫어하고, 지난날 일제가 우리 민족에게 가한 만행을 잘 알고 있다. 하지만 우리나라와 일본은 '가깝고도 먼 나라'로 과거도 그랬지만, 앞으로도 뗄 수 없는 관계로 지내야 하는 이웃 나라다. 우리나라의 무역적자가 가장 심한 나라가 일본으로, 그들의 산업이 기침을 하면 우리는 감기가 들 정도로 우리 산업에 매우 큰 영향을 미치고 있다. 대부분 우리 가정에 일본 제품이 한두 개 이상 없는 집이 드물 만큼 그들 상품이 우리 생활 깊숙이 파고들었다. 우리나라만 그런 게 아니다. 유럽의 점포에서도 일본 제품이 판을 치고 있었다. 파리의 전자제품 상가에도, 스위스의 조그마한 선물 가게에서도 손쉽게 일본 제품을 찾을 수 있었다. 독일의 아우토반이나 미국의 고속도로를 날렵하게 달리는 자동차의 뒷부분 로고는 일제가 판을 치고 있었다. 이처럼 그들의 상품은 전 세계를 뒤덮고 있다.

사실, 일본이 해외에다 수출하는 대부분 상품들이 원래 일본에서 만들거나 발명된 것은 거의 없다. 일본인들은 다른 나라에서 발명된 것을 보고 배우고 만들어서 그 종주국에다 되파는 아주 비상한 재주를 가졌다. 전자제품이 그러하며, 카메라, 자동차 등이 그러하다. 그들은 단순히 모방만 하는 게 아니라 외국에서 배워온 기술에다 일본의 혼을 집어넣어 더 작게, 더 예쁘게, 더 값싸게 만드는 천부적인 솜씨를 가지고 있다. 그렇게 만든 제품에다 'Made in Japan' 을 새겨 오늘도 지구촌 곳곳에 실어 나르고 있다. 그들은 자기보다 앞선 나라에서 배우는 데 여간 부지런한 족속이 아니다.

일본인들은 선진 문화를 과감히 받아들인다. 자기보다 우수한 남의 문화를 배우는 데는 가히 탄복할 만하다. 우리나라 삼국시대나 고려시대에는 일본이 우리나라보다 훨씬 뒤졌다. 그래서 우리나라 사람들은 왜국, 왜구라 하여 몹시 깔보았다. 하지만 그들은 그런 굴욕을 무릅쓰고 우리나라로부터 많은 문물을 전수 받았다. 벼농사가 그러하고 불교문화, 유교문화가 모두 우리나라에서 일본으로 건너갔다. 심지어 임진왜란도 우리나라의 도자기가 탐이 나 일으킨 전쟁이라고 말할 정도로 자기네의 문화 발전을 위해서는 전쟁도 마다 않는 광적인 민족성을 지녔다. 과거 우리나라를 침략했던 중국이나 몽고족들은 전쟁 뒤, 이 땅에서 금은보화를 노략질하고 여자들을 잡아갔음에 견주면 임진왜란 때 일본인들은 조선의 도공들을 사로잡아갔다. 오늘날 그들의 후예가 일본의 도자기 문화를 꽃 피워 세계에 자랑하고 있다. 한 예로 현재 일본 규수 남단 가고시마 현에서 '심수관도원' 을 운영하고 있는 심수관 씨는 임진왜란 때 끌려간 도공의 14대 후손이다.

우리나라와 중국에서 더 배울 게 없는 일본인들은 "아시아에서 벗어나 구미에서 배우자" 라는 표어로 메이지유신과 함께 많은 사절단과 유학생들을 유럽과 미국으로 보냈다. 그들은 유럽과 미국의 선진 문물과 광대함에 깜짝 놀랐고, 정치 경제 문화 군사 등 모든 면에서 유럽과 미국을 미친 듯이 모방하기 시작했다. 짧은 기간 일본인들은 수많은 선진 문물을 들여왔고, 소화력 또한 대단했다. 그들이 구미에서 배운 것들 중에 가장 못된 것은 '제국주의'였다. 메이지유신으로 부국강병을 이룬 일본은 과거 은혜의 나라인 우리나라를 비롯한 다른 아시아 국가를 침략하여 자기네 식민지로 만들었다.

아무튼 일본인들이 기록하고 배우는 자세만은 혀를 내두르지 않을 수 없다. 언젠가 일본의 JAL 국내선 여객기가 오사카 부근의 한 산속에 추락하는 대형 참사가 발생했다. 그때 외신에 보도된 바에 따르면, 죽음을 앞둔 극한 상황에서 한 일본인 승객이 남긴 메모가 소개되어 그들의 기록 문화에 감탄케 했다. 창피한 얘기지만 일제강점기에 누가 친일하고 밀정(密偵)노릇하고 매국했는지, 그 정확한 증거 자료는 일본인들이 가지고 있다.

미국 국립문서기록관리청

내가 한국전쟁 사진을 찾고자 세 차례 미국 국립문서기록관리청에 갔을 때다. 거기에는 미국이 세계 각국에서 수집한 근현대 각종 비밀 문서와 자료들이 매우 다양하게 보관돼 있었다. 나는 그곳에서 한국전

쟁 때 미군들이 북한에서 쓸어 담아 온 '남하(남파) 공작대원 명단',
'세포수첩', '북조선 로동당 당원증명서' 빨치산들이 민폐를 끼치고
주민들에게 준 동해남부전구 빨치산 사령관 남도부 발행의 '원호증',
전쟁에 나간 남편에게 보낸 한 '인민군 아내의 편지'도 볼 수 있었다.
심지어 북한군 견장과 양곡 배급표까지도 보관하고 있었다. 미국은 이
런 희귀한 기록물들을 보관하며 분석 연구하고 온갖 정보를 독점하면
서 지금 세계 최강국의 자리를 지키고 있다.

이처럼 기록은 개인에게도, 나라에게도 매우 소중한 정보의 자료
다. 지금도 그렇지만 앞으로는 더 한층 기술과 정보가 으뜸인 시대가
될 것이다. 그동안 쌓아놓은 기술의 노하우를 다음 세대에게 이어주
고, 정보화시대에 남에게 뒤떨어지지 않기 위해서는 생활 주변의 하찮
은 일이라도 기록하는 습성을 가져야 한다. 평생 땀 흘려 쌓은 학문이
나 기술을 기록하지 않거나 다음 세대에게 전수하지 않고, 이 세상을
떠나면 개인은 물론이거니와 국가적으로도 큰 손실이다.

고려시대 청기와 장수는 지독한 이기주의자로 그 만드는 비법을 자
기만 알고, 아무에게도 기술을 전수도 않을뿐더러 기록도 남기지 않아
그만 맥이 끊어져버렸다. 그로 인해 '청기와 장수'란 자기만 알고 남
에게는 알리지 않아 어떤 일을 자기 혼자서 차지하는 이기주의자라는
뜻의 말로 전해오고 있다.

기억력이 좋아도 기록을 따를 수는 없다

너희는 메모를 하는 습성을 가져라. 이러한 습성을 가지기 위해서는 어릴 때부터 일기를 쓰는 게 가장 좋다. 일기는 곧 자기 수양도 된다. 일기를 쓰는 동안 매일 자기 자신을 반성할 수 있을 뿐만 아니라 새로운 내일을 계획하고 설계할 수 있다. 또 일기는 한 개인의 역사다. 먼 훗날 자기 자신에 대한 그날의 증언이요, 정감 어린 추억 속에서 지난날을 되돌아보게 하기도 하며, 내일의 새로운 인생을 다짐하는 구실을 한다.

《안네 일기》는 2차 세계대전 당시 유대인 소녀 안네 프랑크가 네덜란드 암스테르담의 뒤채 다락방에서 1942년 6월 14일부터 1944년 8월 1일까지 피신한 생활을 청순하고 반항적이며 사춘기 소녀의 섬세한 필치로 쓴 일기이다. 이 일기는 전쟁의 잔혹성과 나치의 비인도성을 고발하는 기념비와 같은 작품으로 1947년 출판 이후 세계 60여 개 나라의 언어로 번역되어 전 세계인을 감동시키고 있다.

하찮은 일에도 기록하는 습성을 가져라. 긴 문장이 아닌 짧은 문장으로도 좋다. 후일 기록이 있는 것과 없는 것은 문화 발달 면에서 엄청난 차이를 가져온다. 악필이나 암호문이더라도 뒷사람들은 다 읽는다. 고고학자들이 이집트의 로제타스톤의 기록을 해독해냈듯이. 네 기억력이 좋다고 자만하지 말고 그때그때 메모해라. 아무리 기억력이 좋아도 기록을 따를 수는 없다. 기억이란 언젠가는 까마득히 사라져버린다. 기억은 한시적이지만 기록은 그것을 버리지 않는 한 영원하다. 기록은 나의 발자취로 뒷사람에게 소중한 자료가 된다.

기록하는 습성을 길러라. 기록하는 자가 앞서 간다.

3.
네 얼굴은 스스로 만들어간다

백범 선생의 얼굴

어느 대학신문사에서 학생들에게 복제하고픈 인물에 대한 설문 조사를 하였다. 그 결과에 따르면 제1위로 백범 김구 선생을 꼽았고, 복제해서 안 될 인물 제1위는 히틀러를 꼽았다고 한다. 나 역시 언제, 어디서나 백범 선생의 사진이나 동상을 대할 때면 절로 고개가 숙여지고 옷깃이 여며진다. 왜 많은 사람들이 백범 선생에게 머리를 조아릴까?

김구 선생의 자서전 《백범일지》를 보면, 백범 선생은 어렸을 때 수두를 앓았는데, 당신 어머님이 예사 부스럼 다스리듯 죽침으로 고름을 짜낸 탓으로 얼굴에 마마자국이 남아 있다고 했다. 선생이 소년 시절 청운의 뜻을 품고 공부를 해서 과거를 보고자 임진년 해주에서 거행된다는 경과(慶科, 당시 과거제도의 하나)에 응시코자 과장에 갔으나 글도 모르는 부자들이 큰선비의 글을 몇 백 냥, 몇 천 냥에 사고파는 부패한 현장을 목격하고서는 벼슬길을 단념한 뒤, 입에 풀칠이라도 하고자 풍수와 관상 공부를 했다.

백범 선생은 석 달 동안 두문불출하고 관상 공부를 하면서 거울을 앞에다 두고 먼저 자신의 상을 살펴보았다. 아무리 자신의 얼굴을 뜯어보아도 천한데다가 가난한 상에 흉한 상일뿐이었다. 당신의 못난 얼굴을 새삼 알고 난 백범 선생은 비탄에 빠졌다. 세상 살고 싶은 마음이 조금도 없었다. 그런데 관상 책에 이런 구절이 있었다.

"상호불여신호 신호불여심호(相好不如身好 身好不如心好)"

이는 "얼굴이 좋은 것이 몸이 좋은 것만 못하고, 몸이 좋은 것이 마음이 좋은 것만 못하다"라는 말인데 이 글을 본 뒤 용기를 얻은 백범 선생은 얼굴이 좋은 사람보다 마음이 좋은 사람이 돼야겠다는 생각을 굳혔다고 한다. 얼굴만 보면 백범 선생은 미남이 아니다. 만년의 백범 선생 모습도 그저 수수한 시골 할아버지 모습이다. 그런데도 수많은 백성들이 백범 선생을 우리나라 현대사 가운데 가장 흠모하는 인물로 꼽는다. 그것은 바로 그분의 인품, 사상, 인생 역정 때문이다.

미국인들이 가장 존경하는 인물은 링컨이라고 한다. 켄터키 통나무 집 출신의 링컨 대통령도 얼굴은 미남이 아니었다. 링컨의 초상을 자세히 뜯어보면 턱이 좁고 광대뼈가 튀어나온 보통 이하의 얼굴이다.
그런 얼굴을 가진 링컨이 미국인의 우상이 된 것은 노예해방 운동에
앞장선 것을 비롯하여 자유와 평등을 위해 혼신을 다한 그의 생애 때
문이다.

네 얼굴을 가꿔라

사람은 선천적으로 아름다운 얼굴로 태어난 사람도 있고, 반면에 못
생긴 얼굴로 태어난 사람도 있다. 그러나 사람은 한평생 사는 동안 여
러 번은 얼굴이 변한다. 선천적으로 아름답게 태어났을지라도 후천적
으로 그가 가꾸지 않으면 추한 얼굴로 일생을 마감하게 되고, 비록 추
한 얼굴로 태어났을지라도 후천적으로 그가 열심히 자신을 가다듬는
다면 아름다운 얼굴로 길이 역사에 남는다. 여기서 얼굴을 가꾸고 가
다듬는다는 말은 성형수술을 한다거나 피부 미용을 하는 게 아니다.
자신의 품성과 인격을 갈고 닦고 바르게 사는 걸 뜻한다.

아무리 미남미녀일지라도 그가 나쁜 마음을 품고 악한 행동을 한다
면 그의 얼굴에서는 혐오스럽고, 독기를 내뿜는 끔찍한 얼굴로 변해버
린다. 영화나 드라마 속에서도 배우들이 맡은 배역에 따라 이미지가
다름을 볼 수 있다. 인현왕후 배역을 맡은 배우는 선량하고 어진 성품

으로 관객들의 연민을 불러일으키지만, 장희빈 역을 맡은 배우의 얼굴은 그 표독스러움으로 시청자들의 소름을 끼치게 한다.

의과대학 학생들이 한때 성형외과를 많이 선호했다. 개업의 가운데에 수입이 좋기 때문이었다. 그만큼 젊은 여성 가운데는 성형 수술을 하는 사람이 많았다는 얘기이다. 나는 이따금 졸업한 뒤 학교를 찾아오는 제자의 얼굴이 몰라보게 변해 고개를 갸웃거릴 때도 더러 있는데 그들은 대부분 성형수술을 했기 때문이었다. 어디 젊은 여성뿐인가. 중장 노년층도 이마의 주름살을 펴기도 하고 심지어 겉으로 드러나지 않는 곳까지도 수술을 하는 모양이다. 예뻐지기만 한다면, 섹시해지기만 한다면 무슨 짓인들 못하랴. 얼굴에다 진흙도 바를 테고 송장 썩은 물도 마다하지 않을 것이다.

모두들 겉으로 드러나는 육감적인 아름다움에는 혈안이 되지만 진정한 아름다움, 곧 내적 아름다움을 가꾸는 데는 소홀하다. 겉만 아름답고 속이 추한 사람은 천박해 보이거나 과대 포장한 상품처럼 곧 배신감이나 혐오감을 느끼게 한다. 진정한 아름다움은 그의 인격에서 풍겨 나온 체취이고, 그의 영혼에서 나오는 은은한 향기이며, 그의 올곧은 삶에서 느낄 수 정갈함이다. 곧 아름다움의 으뜸은 그 사람 내적 인품의 아름다움이요, 영혼의 꽃다운 향기다.

"나이 사십이 되어서도 남의 미움을 받으면, 그는 마지막이다"라고 공자가 말했고, 또 링컨 대통령도 "마흔을 넘긴 사람은 자기 얼굴에 책임을 져야 한다"라고 말했다.

애들아, 지금 네 얼굴이 못났다거나 잘났다고 비관하거나 으스대지 말고, 이 순간부터 네 얼굴을 가꾸어라. 못난 얼굴이 잘난 얼굴이 될 수도 있고, 잘난 얼굴이 못난 얼굴로 변할 수도 있다. 그것은 오직 네 탓이다.

네 얼굴에 책임을 져라. 지금의 네 얼굴이 네 삶에 따라 아름다운 얼굴도, 추한 얼굴도 될 수 있다. 거듭 말하거니와 네 삶에 따라 네 얼굴이 달라진다.

4.
사람다운 사람

디오게네스의 촛불

고대 그리스의 철학자 디오게네스는 통 속에서 살았다. 그 무렵 그리스를 정복하고 기고만장한 알렉산드로스 대왕이 그의 소문을 듣고 한번 만나보고자 하여 그를 불렀으나 디오게네스는 응하지 않았다. 하는 수없이 대왕이 직접 그를 만나러 갔다. 그때 디오게네스는 통 밖에서 햇볕을 쬐고 있었다. 대왕은 그에게 "나 알렉산드로스 대왕인데 필요한 게 있으면 말하시오"라고 하자, 디오게네스는 "저리 비키시오. 햇볕이 가려지지 않게"라고 대답했다. 또한 디오게네스는 대낮에도 촛불을 켜고 다녔다. 사람들이 의아해서 묻자 그는 "사람을 찾기 위해서"라고 대답했다. 예나 지금이나 사람은 많지만 사람다운 사람이 드물었나 보다.

나의 매제는 대기업 인사 부장과 인사 담당 이사를 여러 해 맡았는데 해마다 신입사원 채용 때에는 입사 응시자가 수천 명이 넘지만 회사에서 필요로 하는 인재를 고르기가 여간 어렵지 않았다고 토로했다. 그만 그런 게 아니다. 대부분 기업주들은 입사 희망자는 지천으로 많은데 쓸 만한 사람이 없다고 이구동성이다.

예사 사람들도 마찬가지다. 딸을 둔 부모는 사윗감이 없다고 푸념을 하고, 아들을 둔 부모는 며느릿감이 없다고 걱정을 한다. 선생님들은 요즘 제자다운 제자가 없다고 탄식을 하는가 하면, 또 학생들은 스승다운 스승이 없다고 토로한다. 선거철만 되면 국회의원이 되겠다고, 대통령이 되겠다고 나서는 입후보자는 많은데, 유권자들은 그 사람이 그 사람으로 죄다 나라와 민족의 앞날보다 사리사욕에 눈이 어두운 자라고, 찍을 후보자가 없다고 하면서 기권하는 추세가 늘어나고 있다. 어쨌든 어딜 가나 사람이 미어질 정도로 많은데 사람이 없다고 아우성이다. 하긴 요즘 벌어지고 있는 추한 사람들의 꼴들을 어찌 글로 전할 수 있으랴. 옛날에는 그런 사람을 인면수심(人面獸心, 사람의 얼굴을 하고 있으나 마음은 짐승과 같다)이라고 했는데, 요즘에 벌어지고 있는 현상들은 짐승보다 못한 사람들이 우리 사회를 얼룩지게 하고 있다.

사람이 되라. 지난날 어느 재벌 총수가 부하직원으로부터 받은 배신감을 이기지 못해 고층 건물에서 투신자살하면서 남긴 유서에 담긴 말로 한때 유행했던 말이다. 사람은 누구나 태어남으로써 사람이 된다. 하지만 사람으로 태어났다고 모두 사람다운 사람이 되는 것은 아니다. 사람은 크게 두 부류로 나눌 수 있으니 곧 동물적(본능적) 사람이요, 다른 하나는 이성적 사람이다. 이 동물적 사람이 교육을 받음으로써 이성적 사람이 되는데 이 이성적 사람이 사람다운 사람이다.

오늘날 우리는 교육의 홍수 속에서 살고 있다. 대부분 고등교육을 받고 국내에서도 부족해 비싼 돈을 들여 외국 유학까지 하지만 사람다운 사람이 극히 드물다.

사람이면 다 사람인가? 아버지의 유산을 빨리 상속받고자 아버지를 시해한 어느 대학 교수나, 재혼에 방해된다고 자녀를 버리거나 살해한 비정의 부모, 또 무슨무슨 파 폭력배들이 돈 몇 푼을 빼앗고는 증거를 없애기 위해 시체를 불태우거나 암매장하는 등의 작태를 볼 때, 오히려 짐승 보기 부끄러운 세상이 되었다.

각종 부정 비리의 주범들은 대부분 이 나라 지도층이요 최고 학벌을 지닌 자들이다. 그런데 왜 우리나라에서는 교육을 많이 받은 자들이 사람답지 못할까? 그 일차적인 책임은 오늘의 교육에 있다. 사람이 되는 교육은 저만치 팽개쳐둔 채 지식과 기술만 습득하는 출세 지향주의 교육, 이기심 극대화주의 교육으로만 치달아 비인간적이고 탐욕스런 인간만 양산한 느낌이다. 그동안 우리 사회는 양심, 정의, 진실, 청렴, 지조, 도덕 등 이런 단어보다 부정, 부패, 뇌물, 청탁, 협잡, 공갈, 폭력, 사기, 가짜 등의 단어들이 판쳤고, 그런 사람들이 진짜를 누르고 행세

했기 때문에 우리 사회의 오염도가 심각해진 것이다. 하긴 예나 지금이나 사람다운 사람은 적었나보다. 옛날부터 전해 내려오는 '호랑이 눈썹'이란 우화 한 토막을 소개하겠다.

호랑이 눈썹

아주 오랜 옛날 어느 산골 마을에 마음씨 착한 나무꾼이 살았다. 나무꾼은 날마다 산에 가서 나무를 해 장에다 팔아 곡식과 반찬을 사서는 앞 못 보는 늙은 어머니를 봉양하고 처자식을 거뒀다. 가난한 살림이었지만 이웃의 불행에는 늘 앞장섰고 자신의 양식을 아껴 불우한 이웃을 도왔다. 어느 날 나무꾼이 깊은 산골에서 도끼로 큰 나무를 쓰러뜨린 후 땀을 닦으며 잠시 쉬고 있는데 갑자기 호랑이가 '어흥' 하면서 나타났다. 나무꾼은 놀란 나머지 '으악!' 비명을 지르면서 기절했다.

얼마 뒤 나무꾼이 눈을 뜨자 컴컴한 동굴이었다. 나무꾼은 이곳이 이승인지 저승인지 몰라 자기의 다리를 꼬집었더니 아픈 감각이 있어서 이승인 줄 알았다. 점차 동공이 커져 어둡던 동굴 안의 사물들이 희미하게 시야에 어른거릴 때 나무꾼은 다시 놀랬다.

호랑이란 놈이 위에서 내려다보고 있었기 때문이었다.

"놀라지 마라."

호랑이는 꼬리로 나무꾼을 가볍게 치면서 빙그레 웃었다. 그때 나무꾼은 이런 생각을 했다.

'오라, 이놈이 지금은 배가 부른 모양이구나. 하지만 곧 시장하면 나를 잡아먹을 테지.'

차츰 초조해진 나무꾼은 호랑이에게 하소연을 했다.

"호랑이님, 어서 저를 드시지요. 죽음의 시간을 기다리기가 너무 괴롭습니다."

그러자 호랑이는 고개를 천천히 가로 저으며 말했다.

"나는 만물의 영장인 사람은 절대로 잡아먹지 않아."

그제야 나무꾼은 안도의 숨을 내쉬면서 일어나 주위를 살폈다. 동굴 안 여기저기에는 동물의 뼈다귀, 사람의 해골과 팔다리뼈들이 어지럽게 널려 있었다. 보름 전 갑자기 마을에서 실종된 고리대금업자 김 첨지의 망건과 담배쌈지도 보였다. 나무꾼은 호랑이에게 물었다.

"저건 분명히 김 첨지의 망건과 담배쌈지인데 어떻게 된 겁니까?"

"쳇! 그자가 사람이야? 그자는 사람이 아니야."

호랑이는 콧방귀를 뀌었다.

"사람이 아니라뇨?"

"그자는 사람의 탈을 쓴 이리였다고. 사람의 탈을 쓰고서 온갖 못된 짓은 다 했었지. 인간 세상에서는 그런 자를 양두구육이라고 한다지. 그래서 내가 잡아먹었어."

놀랄 일이었다. 호랑이는 마을에서 일어난 자그마한 일까지도 죄다 꿰뚫고 있었다. 김 첨지가 보릿고개 때 쌀 한 말 꿔주고는 가을 추수 때 두 말씩 꼬박꼬박 받았고 그걸 못 갚으면 이자에 이자를 물려 가축까지, 나중에는 그 집 딸까지 빼앗아 첩으로 삼는 고약한 짓을 한 걸 호랑이는 손금 보듯 환히 알고 있었다.

"놀라게 해서 미안해. 어서 집에 가 봐. 가족들이 애타게 기다릴 테니."

나무꾼이 바지를 툴툴 털고 호랑이 굴을 빠져 나오려는데 호랑이가 불렀다.

"잠깐, 내 너에게 선물을 하나 주겠다. 나는 사람과 동물을 구별하는 눈썹을 가졌거든. 내 눈썹을 하나 뽑아줄 테니 요긴하게 쓰라고."

나무꾼은 호랑이가 준 눈썹을 받아 깊숙한 곳에 간직하고는 산에서 내려왔다.

이튿날은 장날이라 나무꾼은 장작 한 짐을 지고 장터로 갔다. 나무를 이내 판 후 나무꾼은 호기심으로 장터에 모인 많은 사람들 중에서 사람은 몇이나 되는가 보려고 호랑이 눈썹을 자기 눈에다 끼웠더니 아, 글쎄 온갖 짐승들이 다 모여 있었다. 늑대, 이리, 개, 너구리, 멧돼지, 소, 원숭이……. 그 많은 짐승 무리 가운데 사람은 불과 다섯 손가락을 꼽을 정도였다.

이 이야기에서 보듯이, 사람다운 사람이 된다는 것은 말로는 쉽지만 막상 그렇게 되기는 어렵다. 이는 자신의 탐욕으로 눈과 귀가 멀어 보이지도 들리지도 않기 때문이다. 그렇다면 사람다운 사람이란 어떤 사람인가? 그것은 나만 잘 사는 게 아니라 이웃과 사회 더 나아가 이 우주의 만물과 더불어 살 수 있도록 노력하는 사람이다. 사람다운 사람은 세속의 부귀빈천과 별로 상관이 없다. 촌부나 저잣거리에서 만난 뭇사람에게서 오히려 훌륭한 사람을 찾을 수 있다.

우리는 왜 배우는가? 그것은 사람다운 사람이 되기 위해서다. 먼저 사람이 되지 않고 지식과 기술을 쌓는다면 차라리 교육을 받지 않은 사람보다 더 사악한 사람이 되리라.

너희는 먼저 사람이 되라. 그리고 나서 지식과 기술을 습득하라.

5.
세상은 잠시 머무는 곳이다

윤달

올해 4월 21일부터 5월 20일까지는 3년에 한 번꼴로 돌아오는 윤달이다. 음력 윤달은 하늘과 땅의 신이 사람들에 대한 감시를 쉬는 달로, 예로부터 조상의 묘를 이장을 하거나 부모의 수의(壽衣)를 하는 풍습이 있다. 나는 집안의 8대 종손 및 장손으로 어려서부터 엄한 유교의 가풍 아래서 자랐다. 4대 봉제사는 물론, 장례는 으레 선산에 매장해야 하는 걸로 알고서 할아버지, 할머니, 아버지, 어머니 네 분을 내 손으로 모두 모셨다.

지난 1999년 여름. 나는 항일유적답사 목적으로 베이징에 가 경북 안동 출신의 이명준이라는 독립운동가를 만나 그분의 인생역정을 들었다. 93세의 노옹이셨던 이명준 선생은 심신이 매우 건강하신 분이었다. 두 차례에 걸쳐 당신의 기나 긴 독립운동의 가시밭 인생 역정을 들었는데, 이명준 선생은 마무리 말씀으로 장례 이야기를 하셨다.

"지금의 매장 풍습을 바꿔야 한다. 오늘날 매장은 산 자와 죽은 자의 싸움으로 번지고 있다. 마오쩌둥(毛澤東) 주석이나 김일성 주석도 죽은 후에 화장하지 않고 안전관에 모셔 두고 있는데, 인민을 교육하기 위해 그랬는지는 몰라도 나는 잘못된 일이라고 생각한다. 지금은 몰라도 앞으로 100년이나 1000년이 지난 다음에는 분명히 잘못된 일로 판명될 것이다. 한 줌의 재가 된 저우언라이(周恩來), 덩샤오핑(鄧小平)은 얼마나 멋진 선각자였던가. 호화 분묘를 만들고 비석을 세우는 일은 다 소용없는 일이다. 정말로 후손을 위한다면 화장하는 게 옳다. 나는 이미 부모와 처를 모두 화장했고, 나도 화장하라고 일렀다."

중국 지도자의 장례

이명준 선생의 말씀은 당시 내게 큰 충격으로 다가왔다. 그 뒤 저우언라이, 덩샤오핑의 생애에 대한 책을 읽으면서 두 지도자의 거룩한 삶과 장엄한 유언, 그리고 인생의 마무리에 대해 깊이 고개를 숙였다.

중화인민공화국 총리 저우언라이는 "자신의 유해를 화장해 조국 산하에 뿌려 달라"는 말을 남기면서 지난 1976년 세상을 떠났다. 당시 장례위원장을 맡은 덩샤오핑이 저우언라이의 영결식을 주관하면서 유언대로 유해를 화장해 비행기를 타고 직접 전국을 돌며 흩뿌렸다고 한다. 중국인민을 그 누구보다 사랑했던 저우언라이 총리는 중국 전토에 자신의 뼈를 뿌리고 자신을 위해서는 단 한 평의 땅도 소유하지 않았다고 한다.

오늘의 중국 번영에 주춧돌을 놓은 덩샤오핑은 93세로 1997년 2월 19일에 사망했다. 그의 유언에 따라 사망 직후 각막과 장기 일부는 해부학 연구용으로 기증됐으며, 6일장을 거쳐 2월24일에 팔보산 혁명공묘에서 화장됐다. 추모대회가 끝난 뒤, 대만과의 평화통일과 홍콩의 반환을 보고 싶다던 그의 뜻을 받들어 그의 뼛가루는 비행기에 실려 바다에 오색 꽃잎과 함께 뿌려졌다.

1976년 1월 8일, 유엔본부에 조기가 게양됐다. 이날은 저우언라이가 사망한 날이었다. 이에 각국 대표들의 반대 목소리도 있었다. 하지만 당시 유엔 사무총장이었던 발트 하임은 이런 말을 했다고 한다.

"저우언라이는 생전에 한 푼의 저축도 없었다. 그리고 한 명의 자녀도 없었다. 앞으로 어느 나라 원수든 이 두 가지 중 한 가지에만 해도 그가 서거하는 날 우리 유엔에서 그를 위한 조기를 게양할 것이다."

서구의 장묘 문화

나는 그런 글과 보도문을 보고 매우 감동했다. 나는 네 차례에 걸쳐 드넓은 중국 대륙을 누비면서 눈을 부릅뜨고 중국인들의 묘지를 살펴봤다. 조선족이 많이 살고 있는 동북지방에는 일부 집단 공동묘지가 있었으나, 다른 대부분 지역에서는 무덤을 찾기가 쉽지 않았다. 중국인들은 그들이 가장 존경하는 지도자가 화장돼 바다에 날려졌는데, 그 누가 호화분묘를 만들겠는가. 나는 세계 곳곳에서 역사기행을 하면서 일부러 묘지를 살펴보았다. 세계에서 가장 넓은 면적을 가진 러시아, 미국, 중국, 그 밖에 여러 나라에서도 대한민국과 같은 요란한 묘지를 찾아볼 수 없었다.

나는 2004년 한 지인의 안내로 미국 LA에 있는 'Forest Lawn Mortuary'라는 한 장묘공원을 둘러본 적이 있었다. 거기서 한 미국인 장례식 장면을 지켜봤는데, 집전하는 성직자와 검은 상복을 입은 10여 명의 유족이 엄숙하지만, 조촐하게 장례를 치르고 있었다.

그 장묘공원의 묘지들은 대부분 한두 평 남짓한 평장으로 묘비에는 고인의 이름과 출생과 사망연도, 그리고 '가장 사랑하는 아내, 또는 딸, 아들'이라는 말밖에 없었다. 서구에서는 전직 대통령들의 무덤도 이와 비슷하다고 들었다. 그야말로 그들은 죽음 앞에서 지위고하를 막론하고 평등하다는 세계관을 가지고 있었다.

나는 이웃 일본에서 도심이나 외곽 곳곳에 납골공원묘원을 볼 수 있었지만, 그들 국토 아무 곳에나 묘지를 쓰지는 않았다. 지구 상 유독 한국만이 양지바르고 야트막한 곳을 묘지로 사용하고 있다. 내 산, 내 땅이라도 공공의 이익에 알맞게 이용되는 것이 바로 사회정의 아닐까.

이 세상에 내 것은 없다

그런데 우리 사회는 아직도 일부 정치지도자나 소위 '졸부' 들이 호화 관혼상제를 계속하고 있어 국민들의 원성을 자아내고 있다. 심지어 어떤 정치인은 대통령이 되고자 미리 선거 전에 산소를 이장하기도 했다. 어느 날 갑자기 대통령이 된 자는 먼저 조상의 산소에 봉분을 높이고, 석물을 들이는가 하면, 심지어는 헬기장까지 만드는 짓을 해 뜻있는 국민들의 비웃음을 샀다.

그것을 본 일부 개념 없는 국민들은 그것이 효의 귀감인 양, 벼락출세를 하거나 '졸부' 가 되면 먼저 조상 묘 단장에 열을 올렸다. 열차나 승용차로 여행을 하면서 차창을 내다보면 양지바른 산지에는 으레 묘지가 있고, 그 묘지에는 석물이 장식돼 있는 경우를 쉽게 마주할 수 있었다.

한편, 일부 공원묘지는 온 산이 무덤으로 장마철이면 수분을 흡수치 못해 산사태가 발생하여 무덤들이 허물어지는 일이 발생하기도 한다. 조상의 시신들이 뒤섞이고, 장마가 끝나면 자기 조상 시신을 찾는다고 법석을 부리는 모습을 볼 수 있다. 그런 꼴을 보고도 사람들은 꾸역꾸역 공원묘역을 찾고 있다. 해마다 추석을 앞둔 즈음에는 벌초 행렬로 고속도로가 막히고, 조상의 묘에 벌초를 하다 예초기에 다치고 심지어 벌에 쏘이는 사람도 생긴다. 해마다 추석을 앞둔 벌초 때는 오가는 길에 교통사고를 당했다는 뉴스가 연례행사다.

사실 자기 부모는 다 소중하다. 그 분을 위해 묘지로 쓰이는 땅은 아깝지 않을 수 있다. 하지만 모든 대한민국 사람이 묘지를 쓰고, 특히 권력이나 금력을 가진 사람들이 솔선해서 자연과 국토보전에 대한 의식을 고치지 않는다면 우리 국토는 묘지로 뒤덮일 수밖에 없다.

엄밀한 의미에서 이 지구의 임자는 사람뿐만이 아니다. 사실 내 것은 이 세상에 없다. 내가 잠시 빌려 쓸 뿐이다. 일찍이 이백은 "천지자(天地者)는 만물지역려(萬物之逆旅)"라고 하였다. 곧 천지라는 것은 '만물의 여관'이라는 말로, 이 세상은 사람을 비롯한 모든 생명체가 잠시 머물다 가는 여관에 지나지 않는다.

그렇다면 천지의 주인, 곧 여관의 주인은 어떤 사람을 좋아할까. 나는 여관 주인 노릇을 해보진 않았지만, 조용히 이 세상에 왔다가 사용료를 치른 후 슬며시 아무런 자취도 남기지 않고 제시간에 떠나는 손

님을 좋아할 것이다. 천지의 주인은 그런 깨끔한 사람을 당신 곁에 두
려고 할 것이다. 이 세상의 산야는 모든 생명체의 공유물이다. 그곳에
죽은 자를 위해 지나치게 무덤을 만들고, 큰 돌덩이를 갖다놓고 자연
을 파괴하는 일을 일삼는 사람은 천지의 주인으로부터 환영받지 못할
것이다.

티베트인의 장례 풍습

언젠가 신문에서 티베트 사람들은 죽으면 자신의 육신을 독수리나
까마귀에게 보시하는 조장(鳥葬), 또는 천장(天葬)을 한다는 보도를 보
고 야만스러운 장례라고 생각한 적이 있다. 하지만 곰곰이 생각해 보
니 생각이 달라졌다. 그들 나름의 깊은 윤회의식과 살아생전의 죄에
대한 갚음을 행하는 티베트인들의 자연에 대한 높은 의식을 느낄 수
있었다. 사람은 평생 동안 얼마나 많은 동물들을 괴롭히며 잡아먹는
가. 마지막 가는 길에 되갚음으로 그들의 먹이가 되는 게 바른 죄 닦음
이 아닐까.

나는 일찍부터 선산에 있는 조상의 묘를 수목장으로 천장(遷葬)하고
싶었지만 실천에 옮기기 힘들었다. 아내는 나보다 더 이성적으로 판단
했다. 아내는 이미 사후 시신 기증을 했다. 딸 아들도 그런 터라 우리

가족 내에서는 천장에 대한 이견이 없었다. 하지만 나는 "집안에서 굳이 선산에 쓴 묘지까지 천장할 필요가 있는가"라는 집안사람들의 이견을 설득하고, 또 "산소 이장은 아무 때나 하는 게 아니다"라는 속설로 때를 기다렸다.

그런 가운데 이태 전, 오대산 월정사의 수목장을 보고, 내가 바랐던 이상과 같아 그때부터 마음속에 점지해 뒀다. 그리고 올해 윤삼월을 기다려 마침내 지난 5월 4일, 이장을 단행했다.

아내가 "올 윤삼월은 이장하는 집이 많아 화장장 접수조차 어렵다"는 소문을 듣고 그 말을 전하기에 나는 지난 4월 중순부터 부쩍 이장 준비를 서둘렀다. 먼저 선산이 있는 경북 구미시 도개면을 찾아가 개장 신고를 한 뒤 장의사를 통해 화장장에 접수했다. 지난 5월 3일 나와 아내, 아들이 선산의 조상 묘에 고유 제사를 올린 뒤 할아버지, 할머니, 아버지, 어머니 무덤을 개장했다.

무덤에서 수습한 유골을 화장해 분골한 뒤 한지에 싸 상자에 담아 집에 돌아왔다. 하룻밤 집안에 모신 뒤 다음 날(5월 4일) 가까운 유족들을 모시고 월정사 지장암 옆 숲에서 스님의 집전으로 수목장례를 드렸다. 이어 대법당 적광전에서 반혼제를 올렸다.

내 유해를 나무뿌리에 뿌려다오

이날 참석한 유족들은 "날씨도 좋고 언저리 경치도 아름답고, 수목장 이장 절차를 지켜보니까 자연으로 돌려보내는 가장 좋은 장례인 것 같다"고 칭찬을 아끼지 않았다. 내 마음은 한결 가벼워졌다. 이날 헤어지기 전 찻집에서 차를 나누며 나는 아우들과 친척들에게 말했다.

"이곳을 어떤 의무감 때문에 찾지는 말고, 지나는 길이나 마음이 울적할 때, 혹은 삼림욕을 하고 싶을 때 찾아라. 그리고 음식물이나 꽃의 반입은 환경을 더럽힌다고 허용치 않으니까 그냥 묵념만 드리고 가면 된다."

그날 돌아오면서 핸들을 잡은 아들에게 나는 유언을 했다.

"내가 죽으면 화장을 하고, 월정사 원주실에 부탁해 내 유해를 네 증조할아버지, 증조할머니, 할아버지, 할머니의 추모목 뿌리에 뿌려라. 만일 원주실에서 그 추모목에 정원 초과로 안 된다고 하면 가까운 곳에 새 나무 뿌리에 유해를 뿌려라. 그리고 너희 어머니가 죽으면(아내는 이미 사후 시신 기증을 했기에) 머리카락이나 손톱을 잘라 아버지 유해 뿌린 곳에다가 묻어다오."

아들은 알겠다고 답했다. 내 유언은 이어졌다.

"수의는 특별히 마련하지 말고, 아버지가 평소 입었던 옷을 입혀다오. 그때 네 형편이 어떨지 모르겠다만 가능한 부의금은 받지 말고."

아들은 다시 그러겠다고 답했다. 아들의 대답을 듣자 내 마음이 편해졌다. 그와 함께 내가 갈 영원한 안식처를 마련한 뿌듯함도 생겼다. 아울러 남은 날을 더 열심히 살아야겠다고 다짐했다

월정사 숲길

6.
모든 사람은 죽는다

죽음은 자연을 돕는다

나는 오늘도 살아 있음에 감사드린다. 내가 살아 있기에 너희에게 이 얘기도 들려줄 수 있지 않느냐. 그러나 한 치 앞을 내다볼 수 없는 게 우리네 인생이니까 내가 내일, 모레…. 그 언제 죽음의 사자가 나를 찾아올지 모르겠다. 부모나 형제자매와 같은 혈육의 죽음은 남은 가족으로서는 가장 슬픈 일이다. 하지만 한 차원 높은 단계에서 죽음을 생각한다면 죽음은 그렇게 슬퍼할 일도 아니다. 나는 그 언젠가 찾아올 죽음의 사자를 담담히 맞을 수 있을 것 같다. 오늘까지 삶을 허락해준 것도 감사하게 생각한다.《불교성전》에 다음 이야기를 전하고 있다.

부처님이 사밧티의 기원정사에 계실 때였다. 3대독자를 잃은 한 과부는 비탄에 빠져 먹지도 자지도 않고 울기만 했다. 마침 부처님이 사밧티의 기원정사에 계신다는 얘기를 듣고 과부는 부처님을 찾아가 슬픔과 박복함을 하소연했다.

"부처님, 저에게 이 슬픔에서 벗어날 길을 가르쳐주십시오."

비탄에 젖은 과부의 말을 다 듣고 나신 부처님은 이렇게 말씀하셨다.

"가엾은 아주머니, 내게 한 가지 방법이 있소. 지금 곧 마을로 가서 사람이 아무도 죽은 일이 없는 집을 일곱 군데를 찾아서 쌀 한 홉씩 일곱 홉만 얻어오시오. 그러면 내가 그 슬픔에서 벗어나는 길을 가르쳐주겠소."

"네, 부처님. 감사합니다. 제가 곧 얻어오지요."

과부는 바삐 마을로 갔다. 집집마다 대문을 두드리고는 사람이 죽은 일이 없느냐고 물었다. 모두들 고개를 흔들었다. 이웃 마을로 갔으나 마찬가지였다. 며칠이 지난 뒤 그 과부는 한 홉의 쌀도 얻지 못한 채 맥이 빠져 부처님에게 돌아왔다.

부처님이 조용히 부드럽게 물었다.

"아주머니, 사람이 죽지 않은 집이 있었습니까?"

"……"

그제야 과부는 부처님이 하신 말씀의 깊은 뜻을 깨달았다. 부처님을 우러러보는 과부의 얼굴에는 어느새 슬픔의 그림

자가 지워져 있었다.

《페이터의 산문》에 따르면, "죽음은 자연을 돕고, 자연을 이롭게 한다"고 했다. 마치 가을에 떨어진 나뭇잎이 땅에 떨어져 썩어 이듬해 봄 새싹의 거름이 되는 것과 같은 이치다. 만일 이 세상에 태어난 사람이 죽지 않고 모두 산다면 더 이상의 비극은 없다. 이 지구는 콩나물시루처럼 사람으로 가득 찰 테고, 그로 인해 아주 끔찍한 일들이 벌어질 것이다. 지금도 우리 사회에 골치 아픈 많은 문제들인 주택, 식량, 공해, 교육, 범죄 등이 모두 적정 인구를 초과한 탓으로 일어난다고 해도 지나친 말이 아닐 것이다.

또 사람이 죽어서 그 시신이 썩지 않는다면 그 역시 비극이다. 그동안 죽은 사람이 썩지 않고 땅에 묻혀 있다면, 이곳저곳 땅만 파면 사람의 시체로 도저히 살 수 없을 것이다. 자연은 알아서 이 세상에 태어난 생명들을 죽게 하고 또 그 시체는 썩도록 하여 새 생명의 터전이 되게 하고 거름이 되게 한다.

천국으로 가는 0순위

모든 사람은 죽는다. 아니 사람뿐 아니라 모든 생명, 지상의 모든 물체는 사라진다. 영원한 것은 없다. 그래서 무상(無常, 모든 것이 덧없음)하다. 나는 졸업반을 담임할 때, 그들이 졸업식을 끝내고 교실로 돌아와 졸업장, 앨범, 기념품 등 모든 것을 다 나눠준 뒤, 마지막 인사말로 "모든 생명은 죽는다"는 얘기를 하면서 '죽음에 대한 철학'을 가지면서 살라고 당부한다.

죽음은 먼 곳에 있지 않고 늘 우리와 가까운 곳에 있다. "사람은 태어나자마자 죽음이 시작된다" "대문 밖이 저승이다"는 말은 맞는 말이다. 그런데도 대부분의 사람들은 자신만은 예외로 천년만년 산다고 착각하면서 살아가고 있다. 하긴 그것이 행복하게 사는 비결인지도 모르겠다. 죽음의 공포에서 해방된 채 살아가니까.

내가 이 글에서 말하고자 하는 바는, 모든 사람은 죽는다. 따라서 단 한 번의 인생이므로 살아 있는 동안 최선을 다하라는 것과 사람답게 살다가 죽음을 맞으라는 것이다. 그리고 죽음이란 두려워한다고 피해가지 않고, 또 죽음은 그 자체가 인생의 한 과정이라는 점이다. 이 세상의 모든 사람은 누구나 이 세상에 한 번 왔다가 가는 나그네다. 성경 '시편'에 보면 "저희는 잠깐 자는 것과 같으며, 아침에 돋는 풀과 같다. 풀은 아침에 꽃이 피어 자라다가 저녁에 벤 바 되어 마르나이다"라고 하며 인생의 짧음과 덧없음, 생명의 유한함을 말씀하고 있다.

중국 당나라의 시선 이백도 "천지라는 것은 만물의 여관이요, 세월은 영원한 나그네다"고 읊었다. 여기서 '천지'란 이 세상을 말함일 게

다. 곧 이 글이 뜻한 바는 사람을 비롯한 이 세상의 삼라만상 모든 만물은 이 세상에 잠시 머무는 투숙객에 지나지 않는다. 그리고 세월이란 잠시도 멈추지 않고 흐른다는 뜻이다.

그렇다면 천지의 주인은 누구일까? 그 해답은 사람에 따라 다를 것이다. 기독교를 믿는 사람들은 의당 '하나님', 불자들은 '부처님'이라고 우길 테고, 회교도들은 '알라신'이라고 목소리를 높일 테고, 그도 저도 아닌 무신론자들은 막연히 '조물주'라고 말할 것이다. 하지만 천지의 주인은 하나일 것이다. 자기가 믿는 종교나 철학 또는 인생관에 따라 하나님, 부처님, 알라신, 조물주 등 호칭이 다를 뿐이다. 어떤 호칭으로 불리든, 천지의 주인이 좋아할 사람은 과연 누구일가를 생각해 보고자 한다.

기독교에서는 "어린아이들과 같이 되지 아니하면 결단코 천국에 들어가지 못하리라"고 하여 어린이와 같은 순수한 마음을 지닌 사람이 하나님이 좋아하는, 곧 천국으로 가는 0순위일 테다. 불교에서는 모든 중생을 어여쁘게 여기는 자비심을 지닌 사람이 극락세계로 가는 0순위일 테다. 또 유학을 숭상하는 우리나라의 옛 선인들은 다른 이에게 적선을 많이 한 사람이 죽어서 좋은 곳을 간다고 믿었다. 모두 다 나름대로 일리가 있는 새겨들을 만한 말씀들이다.

깨끗이 살다가 떠나자

나는 호텔이나 여관은 경영해보지 않았지만 그 주인들이 좋아하는 손님은 어떤 사람일까에 대해서는 한번 생각해보았다. 주인에 따라 좋아하는 사람이 다소 다를 것이다. 숙박료를 잘 내는 손님, 자주 찾아주는 단골손님, 팁이 후한 손님, 부대시설을 많이 이용해서 수입을 올려주는 손님, 다른 고객을 많이 유치해주는 손님 등 좋아하는 스타일이 천태만상일 테다. 하지만 다음과 같은 손님은 모든 주인들이 다 좋아할 테다. 조용히 찾아와서 모든 시설을 깨끗이 쓰고 숙박료를 제대로 치르면서 제 시간 안에 떠나는 손님일 것이다. 아마 이런 손님은 어느 나라 어떤 별난 주인도 좋아할 것이다.

하나님은, 부처님은, 조물주는 바로 이런 손님을 좋아하고 또 이런 손님을 당신 곁으로 부르시리라. 어느 나라 사람이든, 피부색이 어떠하든, 얼굴이 예쁘든 밉든, 부자든 가난뱅이든, 지위가 높고 낮음을 가리지 않고 그를 천국으로 인도하리라.

우리들은 이 세상에 손님으로 잠시 머물다 떠난다. 그리고 이 세상은 나 아닌 다른 손님이 내 뒤를 이어 찾아온다. 그리고 또 다른 손님이 줄줄이 이어 찾아든다. 결코 이 세상에 내 것은 있을 수 없다. 다만 내가 천지의 주인으로부터 잠시 빌려 쓸 뿐이다. 하나님의 것을, 부처님의 것을, 조물주의 것을 마치 내 것인 양, 이 세상의 만물을 마구 쓰고 헤치고 지저분하게 늘어놓고 함부로 버리고 분에 넘치게 쓰고 먹고 때가 지났는데도 가지 않겠다고 발부둥치면 마침내 이 세상의 주인으로부터 배척을 받을 것이다.

영원한 것은 없다. 생명을 가진 것은 모두 죽는다. 따라서 모든 사람도 죽는다. 우리가 굳이 죽은 뒤 명성에 연연해 할 필요는 없지만, 그렇다고 죽은 뒤 천지의 주인으로부터 배척을 받고, 이 세상에 남은 사람들로부터 지저분하고 욕심 많게 살다 갔다고, 내 시신 위에다 험담을 쏟아놓는 그런 일이야 있어서야 될 일이냐.

너와 나, 이 세상에 온 이상 조용히, 깨끗이 살다가 자기 몫을 다하고 제때에 소리 없이 떠나는 사람이 되자. 하지만 그게 어디 우리 마음대로 되는 세상이냐. 나는 다만 그렇게 되기를 이 밤 천지신명에게 빌고 빌 뿐이다

그는 영감을 주는 아버지요, 스승이다

김 영 숙
(이화여자대학교 명예 교수)

"보통의 선생은 말을 할 뿐이고, 좋은 선생은 설명을 한다. 훌륭한 선생은 몸소 보여주고, 위대한 선생은 영감을 준다"는 말이 있다.

내가 아는 박도 선생은 몸소 실천으로 청소년들에게 나갈 길을 밝혀주는 지혜로운 길잡이요, 영감을 주는 스승이다. 그것은 그의 말과 글이 실천으로 뒷받침되어 있기 때문이다. 일찍이 프랑스의 뷔퐁은 "글은 곧 사람이다"라고 한 바, 이 말은 그에게 적확한 말이다. 그의 글이 살아 숨 쉬며 우리에게 강한 호소력으로 다가오는 것은 아마도 그의 인품과 실천에서 나오는 성실성과 진정성 때문일 것이다.

나는 박도 선생을 사람보다 먼저 이력서로 만났다. 1976년 1학기 도중 내가 근무했던 학교(이대부고)에서 갑자기 한 국어 교사가 사임하게 되어 마땅한 분을 모시려던 참이었다. 어느 날 교감 선생님이 국어과 한 선생님의 추천으로 받은 박도 선생의 이력서를 나에게 건네주시며 다른 결격사유는 없는데, 다만 전임교에서 모교로 갔다가 1년 만에 다시 전임교로 간 것이 흠이라고 말씀하셨다. 순간 나는 전임교에서 이미 떠난 사람을 다시 초빙했다는 것은 흠이 아니라 오히려 장점이라는 생각이 스쳤다.

이튿날 교감 선생님과 상의하여 우리 학교로 모시기로 하였다. 그 며칠 후 박도 선생을 처음 만났을 때, 그 인상은 예리하고 단호한 눈매로 강한 책임감과 정의감을 느꼈다. 누구와도 잘 어울리고 일 처리는 술렁술렁 넘어가는 무골호인과는 거리가 먼 분처럼 보였다. 오랜 세월이 지나면서 그때 내가 느꼈던 첫 인상은 일부 맞기도 하고 다르기도 했다. 이듬해 나는 학교장 보직 임기 만료로 다시 대학으로 돌아와 강의에 전념했지만 한 캠퍼스 울타리 안에서 지내다 보니 이따금 만날 수 있었다.

내가 박도 선생을 좀 더 잘 알게 된 것은 피차 교직에서 물러난 뒤부터였다. 일 년에 한두 번씩 만나 밥도 먹고, 차도 마시기도 하고, 이따금 전화로 안부를 주고받으면서 나는 그의 생활과 문학세계를 점차 깊이 있게 알게 되었다.

그는 사회적 통념이나 관례, 관행에 구애받지 않고 자기가 옳다고 생각하는 것을 소신껏 과감하게 실천하는 분이다. 몇 해 전 아드님 결혼식을 아무에게도 알리지 않고 시골의 한 민박집 잔디밭에서 조촐히 치른 일이라든지, 경상도 양반 가문의 종손으로 고정관념에 사로잡히지 않고 선산에 모셨던 조상의 묘를 수목장으로 천장한 일이라든지, 후배를 위하여 정년이 보장된 학교에서 퇴직한다든지, 여태까지 운전면허증 없이 사는 일 등, 예사사람은 실천하기가 그리 쉽지 않을 것이다.

며칠 전, 박도 선생에게서 발문을 부탁받고 매우 망설여졌다. 나는 사회적으로 널리 알려진 저명인사도 아닌데다가 이런 발문을 써본 적이 없었기 때문이었다.

"교장 선생님, 평소 저와 이야기하듯이 편하게 써주세요."

그의 말이 나를 편케 하여 수락하자 이튿날 A4 용지 200매 분량의 막 출력한 초고 원고가 우송되었다. 나는 원고를 거의 단숨에 읽었다. 그의 글이 강물이 흐르듯 유연하고, 내용이 무척 재미있는데다가 투명한 그의 영혼이 글마다 오롯이 배어있었기 때문이다.

박도 선생은 이 글에서 그가 살아온 경험과 동서고금을 아우르는 해박한 지식, 그리고 오랜 수양생활에서 얻은 깨달음을 바탕으로 한 인생론을 한 아버지로서 당신 자녀뿐 아니라 모든 젊은이에게 들려주고 있다. 대체로 이런 류의 글들은 읽을 때는 그럴 듯하게 들리지만 책을 덮으면 곧 공허한 이야기로 들리기 십상이다. 그런데 이 책에 실린 이야기들은 현재 나의 삶과 직결된 이야기로 귀에 속속 들어

와 때로는 비수처럼 내 마음에 꽂히고 동시에 나의 삶을 되돌아보게
했다.

　　　그는 솔직담백한 사람이다. 사실 사람은 누구나 별로 드러내
고 싶지 않은 자신이나 집안의 허물이나 실패담, 좌절의 경험 등이 있
기 마련이다. 그런데 그는 이야기 속에 자기의 적나라한 모습을 숨김
이나 꾸임이 없이, 마치 신부님에게 고해성사하듯이 고백하기에 진정
성을 느낄 수 있었다.

　　　이즈음 급격한 사회 변화 속에 각종 매체의 눈부신 발달은
우리를 독서에서 멀어지게 하고 있다. 모든 것이 빠르고 간편하게 돌
아가는 세상에서 느긋하게 책을 읽는다는 것은 쉬운 일이 아니다. 특
히 젊은이들에게는 더 그렇다. 이런 독자들에게 박도 선생은 어떻게
하면 그들이 좀 더 흥미를 가지고 재미있고, 실감나게 읽을 수 있게 해
줄 수 있을까를 많이 고민한 듯하다.

　　　이 책의 이야기들은 우리가 잘 알지 못한 먼 옛날, 먼 나라
사람들의 이야기도 있지만, 우리가 익히 그 이름을 들어서 알고 있는
사람들의 이야기로 독자의 흥미와 관심을 끌게 한다. 가난하고 볼품없
는 소년이 대통령이 된 이야기, 한 소년이 역경을 딛고 재벌이 되어 휴
전선을 넘어 고향을 찾아간 이야기, 고난 속에서도 꿈을 잃지 않고 성
공한 예술가들의 이야기 등을 읽으면 "아, 그래서 그랬구나" 하면서
고개를 끄덕였다. 그러면서 젊은 세대들이 이 글을 읽는다면 삶의 태

도가 달라지겠다는 생각도 갖게 했다.

그가 들려주는 대부분의 이야기는 지금 내가 살고 있는 세상, 우리 주변에 있었던 일, 나도 똑같이 느끼고 체험했던 일, 이름만 들어도 알고 있는 사람들의 숨겨진 것들이었다. 그래서 독자의 흥미와 관심을 높여 처음부터 끝까지 재미있게 읽을 수 있었다. 사실 아무리 좋은 책이라도 재미가 없어 아예 읽지 않거나 읽다가 만다면 무슨 소용이 있겠는가.

나는 박도 선생을 지켜보면서 그는 진정한 애국자로 생각한다. 그는 퇴직 후 근현대사 연구와 집필생활로 더 바쁘게 지낸다. 그는 때때로 가방 하나만 달랑 들고 우리나라 역사가 있는 지구촌 곳곳을 누비며 젊은이들에게 자기가 보고 들은 역사적 사실을 좀 더 알기 쉽고 생생하게 들려주고 있다. 그가 안중근 의사 순국 100주기에 펴낸 《영웅 안중근》을 읽으면서 나도 이토 히로부미를 향해 방아쇠를 당기는 듯 분노했고, 그가 미국 국립문서기록관리청에서 수집한 한국전쟁 사진집에서는 다시 그 시절로 돌아간 듯 아픈 추억에 젖게 했으며, 그의 장편소설 《제비꽃》에서는 진정한 우정과 뜨거운 인간애에 감동했다.

그는 역사현장에서 우리 젊은이들에게 물음을 던지고 있다. 좋은 집에서 아름다운 옷을 입으며 맛있는 음식을 먹고 사는 것만이 잘 사는 것인가? 오늘의 우리는 번영에 너무 취해 과거(역사)를 잊고 나태해지고 있지 않는가? 문화 선진국 사람들은 어떻게 살고 있는가, 또 그들에게서 우리가 배우고 고쳐야 할 점은 무엇인가? 우리가 역사를 배우고 역사의식을 갖는 일은 왜 중요한가? 이 글에서는 그런 질문에 대한 답을 그는 아주 간결하게, 자신이 겪은 체험이나 예화로써 명쾌하게 답해 주고 있다.

나는 이 책의 원고를 꼼꼼히 매우 재미있게 읽으면서 비단 젊은이뿐 아니라 우리 국민 모두가, 오히려 기성세대들이 일독했으면 좋겠다고 생각했다. 그것도 한꺼번에 읽지 말고 가까운 곳에 두고 하루에 한두 편씩 깊이 음미하면서 읽으면 남은 인생에 큰 보탬이 될 것으로 믿어 의심치 않는다.

나는 이 글 마무리로 박도 선생과 이 나라의 아버지들에게 작자 미상의 "What Makes a Dad"라는 시를 드린다. 장영희 교수가 "아버지의 조건"이라고 번역한 제목을 나는 "아버지란"으로 바꾸어 본다.

아버지란

하느님이 만드신, 산처럼 힘세고

나무처럼 멋있고

여름 햇살처럼 따뜻하고

고요한 바다처럼 침착하고

자연처럼 관대한 영혼을 지니고

밤처럼 다독일 줄 알고

비상하는 독수리처럼 강하고

봄날 아침처럼 기쁘고

영원한 인내심을 가진 사람

하느님은 이 모든 걸 주시고

더 이상 추가할 게 없을 때

당신의 걸작이 완성되었다는 걸 아셨다

그래서

하느님은 그를 '아버지' 라 불렀다.

What Makes a Dad

God took the strength of a mountain,

The majesty of a tree,

The warmth of a summer sun,

The calm of a quiet sea,

The generous soul of nature,

The comforting arm of night,

The wisdom of the ages,

The power of the eagle's flight,

The joy of a morning in spring,

The patience of eternity,

Then God combined these qualities,

When there was nothing more to add,

He knew His masterpiece was complete,

And so,

He called it............Dad.

오솔길 (강원도 안흥)